LOCUS

LOCUS

LOCUS

LOCUS

to

fiction

to 75

2隻老鼠

MICE

作者：戈登・芮斯 Gordon Reece

譯者：韓良憶

責任編輯：江怡瑩 美術編輯：蔡怡欣

校對：呂佳眞

法律顧問：全理法律事務所董安丹律師

出版者：大塊文化出版股份有限公司

台北市105南京東路四段25號11樓

www.locuspublishing.com

讀者服務專線：**0800-006689**

TEL：(02) 87123898 FAX：(02) 87123897

郵撥帳號：18955675 戶名：大塊文化出版股份有限公司

Mice by Gordon Reece

First published in the English language in 2010 by Allen & Unwin Pty Ltd, Sydney, Australia

總經銷：大和書報圖書股份有限公司

地址：新北市新莊區區五工五路2號

TEL：(02) 89902588 FAX：(02) 22901658

初版一刷：2012年 5 月

定價：新台幣 280元

Printed in Taiwan

MICE

2隻老鼠

戈登・芮斯 Gordon Reece 著
韓良憶 譯

1

我媽媽和我住在離小鎮約莫半小時路程的農莊裡。我們可是費了好一番工夫，才找到符合我們各項要求的住家：坐落於鄉間、沒有鄰居、三間臥房、前後有院子、屋子有點歲數（必須有「個性」），但同時也得具備各種現代化設施——務必要有中央暖氣系統，因為我們倆都怕冷。一定要僻靜，沒人打擾，說到底，我們是兩隻老鼠，我們要找的並不是家居住宅，而是藏身之處。

房屋仲介帶著我們看了無數房屋物件，但是我們只要是透過林梢看得見鄰舍的屋頂，或者聽得見遠處隱約的車聲，便會交換一個心照不宣的眼神，把這房子自我們的清單中刪除。當然，我們還是會把屋子上上下下都參觀一遍，耐心傾聽仲介解說種種一目了然、不必多說的事情，好比，這是主臥室，這是另一間臥室，這是浴室。我們覺得要是不這麼做的話，未免有點唐突失禮，仲介可是開了好長一段路，載我們來到鄉下。而且，想要叫我媽對這個抹著髮膠、身上的手機還不時振動的狂妄小夥子施出鐵腕（達倫，我們看夠了，謝謝，我們沒有興趣），還不如乾脆叫她飛上月球算了。老鼠絕不唐突，老鼠從來沒有鐵腕，因此我們花了不少個星期六，參觀根本就不感興趣的房地產。

不過，仲介終究帶著我們來到「忍冬小屋」。

它並不是我們看過最漂亮的農莊，房屋正面砌的是褐磚，窗戶小小的，屋頂鋪的是灰石板，煙囪被煙燻得污黑，看來不怎麼像鄉間住宅，倒比較像城裡的房子。然而，這裡的確偏僻得不得了，周遭是大片大片的農地，最近的鄰居坐落在半哩多以外。只有一條單線道通往小屋，並且迂迴難行，彎彎曲曲，環繞著整片地產。路上有多處急轉彎，險象環生，道路兩旁有樹籬，遮蔽了視線，讓人感覺起來像迷宮，而不是公共道路。達倫告訴我們，難得有車子開上這條路，駕駛們可不想被迫尾隨龜速行進的農作機具，這話我們聽進耳裡，總算有一次相信了他。我們必須拐進林蔭夾道的車道，再開上好一段路，才能到達房屋前面，路面坑坑疤疤，左側還有個大彎，加深了我們對忍冬小屋的印象，那就是——這裡距離人跡常至的道路太遠，因此這世上種種嚴苛的現實層面不會侵擾到我們。

最幸福的是，這裡很安靜。元月初颳著大風的一天，當我們爬出達倫那輛四輪驅動的汽車時，我首先注意到的就是那一片靜默。當樹梢的鳥兒停止吱吱喳喳，達倫暫時閉上嘴，不再滔滔不絕地講著那些推銷辭令時（**我真喜歡這幢房子，我可不是隨便說說而已，要是有辦法，我想明天就搬來住**），它就在那裡；這世上最美妙的聲音——那徹底悄然無聲的靜默，就在那裡。

屋主姓詹金斯，夫婦倆年歲已高，他們在門口迎接我們，兩人一頭油膩的白髮，雙頰紅潤，穿著厚實的開襟毛衣，手裡握著一杯茶，雖然現場並沒有人講出什麼特別風趣的話，他們卻不時爆出呵呵笑聲。詹金斯先生說，因為太太的健康因素——按照他的說詞，是「心臟不大舒服」——萬一有什麼差池，他們可不想住在這「鄉下地方」，因此不得不搬回城裡。

他說，離開這裡，他們心裡可難過了，他還請我們放心，說他們在這小屋中度過了三十五年的美好歲月。是啊，三十五年的美好歲月，詹金斯太太跟著重述，好像自己不過就是丈夫的應聲蟲罷了。

他們按照慣例，領著我們參觀屋子，場面不免尷尬：因為有太多的人想擠進狹小的走廊和樓梯平台，每到一扇門前，大夥就喃喃有詞，彼此謙讓，一陣混亂（您請——不，您先請）。我們從一個房間走到另一個，我感覺得到詹金斯先生一再盯著我瞧，想弄清楚一個羞怯的中產階級少女，臉上怎麼會有那麼多難看的傷疤。他們帶著我們穿過廚房，走進後院時，我鬆了一口氣，我可以落後大夥一步，避開那雙窺探的藍眼睛。

詹金斯先生是個園藝高手，他決定要讓我們明白這一點，一路展示後院裡的果樹、菜田和他的兩間工具棚，我們一腳高一腳低地跟在後頭。那兩間工具棚之乾淨、之井然有序，讓我大開眼界，每一種工具都各自掛好，連他倆的手套都按兩人的名字「傑瑞」和「蘇」，各自以名牌標示好。他讓我們看他臭氣四溢的堆肥，得意地說：「這個呢，正是令我自豪又喜悅的美物。」又領著我們參觀他們搬來此處時種下的兩行絲柏樹，如今樹高已逾十公尺。在他詳細解說樹皮有多麼健康時，我小心打量茂密的枝葉，樹後除連綿到天邊的大片青翠農田外，其他什麼也沒有。

詹金斯先生尤其為他的前院感到自豪，寬闊的草皮修剪得像滾木球場一般工整，草地周遭圍繞著數不清的花草和灌木叢，儘管隆冬景物蕭瑟，草木各處仍零星露出鮮明的色彩。

「重要的是，種植冬天仍會開花的植物，」他對我媽媽說，「還有許多多年生的植物，不然的話，冬天就毫無色彩了。」媽媽想轉移話題，說她不大懂園藝，詹金斯先生卻以為她言下之意是要請他當場指點一二，好彌補她知識的不足。他開始長篇大論地說明各種型態的土壤。「說到這塊土壤，」他說，「它含有石灰質，有一點乾，有一點『飢渴』，需要大量的農家糞肥、腐葉、庭園堆肥、草根土……」他喋喋不休，我聽不下去了只得走開，「腐葉……人造肥料……石灰岩地層……」我想我一度聽見他講到「乾血」，但想必是自己聽錯了。

我繼續走，那討厭的聲音在我身後逐漸消失，變成單調咕噥的聲響，這時我發覺自己已走到小徑的盡頭，草地中央有一大片橢圓形的玫瑰花壇橫阻在跟前。玫瑰花枝遭到無情的修剪，被截斷的花莖伸向天空，好像舉著殘臂在抗議。這副景象看來淒涼，被翻起的土壤堆成一座小山，讓我聯想起剛挖好的墳地。

我環顧院中其他植物和樹叢，發覺自己幾乎連一種也不認得。如果我想成為作家，當然就一定得認識這些植物。作家似乎都認得花草樹木之名，這讓他們發起言來比較擲地有聲、莊嚴神聖。我打定主意，等我們搬進來後（我從我媽一臉陶醉的表情便已看出，這裡將是我們的新家），我要做的第一件事情，就是學會庭園中每一種花草樹木的名字，不單是俗名而已，還要認識拉丁學名。

當我回到我媽身旁，詹金斯先生再也按捺不住好奇心了。

「親愛的，妳是怎麼了？」他問，一隻手不經意地揮了揮，表示他指的是我臉上的疤痕。

我媽本能地把我拉近她身邊，替我回答。

「雪麗出了點意外，在學校裡出了意外。」

2

媽媽動用離婚分到的錢買下忍冬小屋，那筆款子少得只能養活老鼠。信不信由你，我爸是專門經手家事法的律師，他在一年半以前拋妻棄女，投入他秘書的懷抱，那女的可年輕了，比他小三十歲，有張淫蕩的娃娃臉，總是不吝露出胸前的事業線（她只比我大十歲！而我難道得把她當成我的「新媽媽」嗎？）。財務和「育兒」事宜讓離婚官司拖了大半年才塵埃落定，爸爸打起官司來，簡直把媽媽當成懷有深仇大恨的宿敵，而不是結髮十八年的妻子，他想方設法要拿走她的一切，其中甚且包括我。

媽媽一步步退讓，放棄領取他養老金的權利，放棄贍養費，甚至因為他的賭氣要求，而歸還他結婚多年來送給她的部分禮物，但是她拒絕放棄我。法官判定我是「格外聰穎」的十四歲女孩，有能力自行決定想跟誰住。由於我渴望留在媽媽身邊，我爸的監護權聲請被駁回。當他明白無法藉由把我帶走而懲罰媽媽多年的忠誠奉獻時，立刻和「佐依」移居西班牙。他先前還一副很想要我跟他同住的慈父模樣，那會兒卻不告而別，從此音訊杳然。

房屋以快得出奇的速度過戶，我們在元月底搬進忍冬小屋。那是個詭譎多變的冬日，天空這一刻還烏雲密布，下一刻卻陽光普照，彷彿春天提早到來，可是過了一會兒又是陰霾蔽天，寒風刺骨，下起一陣陣冷雨。

搬家工人體臭難聞，他們穿著沾著污泥的靴子，嚼著口香糖，懶散地在小屋走進走出，不時大聲暗示幹這活兒讓他們好口渴，「在所不惜，就想喝杯茶」。媽乖乖地端了一托盤的奶茶出來，還按他們的吩咐加了三、四顆方糖，他們就坐在碎石車道上喝茶抽煙，身子靠在茶櫃上，而他們本該把這些櫃子搬進屋裡。有個工人看到她在盯著鋼琴一側瞧，那兒被他們撞出一個很大的凹痕，就快活地扯高嗓門說：「美女，不是我們弄的，本來就凹了。」她急匆匆跑回屋內（**老鼠最怕衝突場面**），他們放聲大笑，可開心了。

他們威嚇她以現金付帳——包括他們一面喝著她的茶，一面模仿她「上流」口音的那半個小時在內——最後，他們總算走人了，留下掛在花葉上的煙蒂。

拿樸實舒適的忍冬小屋，來交換城裡那幢我已住了差不多一輩子的豪宅，我一點也不覺得遺憾。當爸媽打起離婚官司時，那屋子便已不再是我的家，它在那之後變成了「婚姻居所」，是貴重財產，雙方律師有如詭計多端的棋手，各顯神通，想據為己方所有。婚姻居所永遠不會是幸福的家。

對我而言，那裡有太多回憶，有甘有苦。我說不上來什麼比較苦，是爸爸在我七歲時打扮成耶誕老公公的模樣，雙手輕輕捧著一隻在微微打著哆嗦的金黃色倉鼠呢，還是七年以後，酩酊大醉的爸爸，真的踢倒房門，只因為該輪到他接我共度週末，而我不肯跟他走；是爸媽在結婚十五週年紀念日當天，在客廳中當著親友的面，隨著艾力．克萊普頓的〈今夜多美妙〉的歌聲，面貼面翩然起舞，還是三年後，爸爸兇巴巴地一把將我媽推開，害她跌坐在地上，折斷一根手指。就在那同一間客廳裡面……

還有一個理由讓我慶幸自己離開了「婚姻居所」，這個理由連對我自己都不想承認，就是儘管爸爸是這麼對不起我們母女倆，可是血緣關係很難切斷，我就是禁不住想繼續愛著爸爸。婚姻居所處處都留有一些痕跡，讓我想起他的另一面，想到他可以有多麼親切可人，我們以前有多麼開心。我六、七歲時，他在山毛櫸樹上替我蓋了樹屋；我上中學前，他在我臥室中裝設了好漂亮的書架，還有他從倫敦替我買回來的那些皮面精裝的「經典童書」（鼓勵我立志當作家的是爸爸，是他種植了那種籽）。他以前總愛在車庫做運動健身，裡頭仍隱約留有他的汗味，那兒有面老舊的鏢靶，我們常玩擲鏢遊戲，玩得樂不可支。

不過，說不定最叫人辛酸的事，就是只要我一照鏡子，見到爸爸那雙淡褐色的眸子正盯著我看，便會想起他。我一直比較親媽媽，不怎麼親爸爸，可是當我們共享天倫之樂時，好比在我年幼時，他把我高高地舉上天，彷彿想在耀眼的陽光下看穿我的身子，在這樣的時刻，不知怎的，那滋味甚且更加美好。

當然，這件事我沒對媽媽講，以免讓她傷心。可是，只要我們還住在婚姻居所，那狡詐難擋的誘惑便不會消失，如果我和媽媽為了種種小事起爭執，那誘惑就會忽然增強。我希望搬家以後，這股特洛依木馬式的感覺會減弱，終至消散無形。

忍冬小屋是個令人精神一振的新開始，我喜歡廚房裡的老式櫥櫃、赤陶地磚和磨砂處理過的松木桌子。不論外頭天氣有多麼陰沈，這裡總是溫暖又舒適，所以我們後來就都在廚房裡用餐。我喜歡客廳與飯廳沒有隔間、一氣呵成的設計，如此一來，即便我們各忙各的，我卻始終能感覺到媽媽就在附近。我喜歡用粗糙、凹凸不平的灰石砌成的壁爐、塗了亮光漆的壁爐台和仿都鐸式窗戶那小巧秀氣的菱形。我喜歡破舊的木樓梯，從頂端算來第四階，腳步一踏上去，不管落在哪裡，都會大聲發出咿咿呀呀的聲音。我喜歡我的臥室裡外露的屋梁和內嵌式的窗邊座椅，我坐在那兒就著光看書，一看便是好幾個小時，那光線之純淨、清澈，是我以前沒看過的。我喜歡一早起來拉開窗簾，看到的淨是翠綠和鮮黃的阡陌，一望無際，直到天邊，而不是市郊千篇一律的紅磚「高級住宅」，每一戶外頭的車道上都停著一輛雙B轎車。我最喜愛的一件事，就是我可以搬把椅子到後院，坐覽天上的雲朵彷彿火山岩燈的溶蠟般，緩緩幻化各種形狀。

我盯著天空瞧時，就愛想像自己活在一個比較簡單又純真的年代，最好是尚無人類以前的時代，那時地球還是一大片開闊的綠色樂土，而殘酷——只為了享受傷人的樂趣而傷人——仍是完全未知的事物。

3

我媽原是年輕有為的出色律師，大學尚未畢業就被倫敦頂尖的律師事務所相中，一出校門，就應聘進了那家事務所，不過並不很適應，她痛恨倫敦的生活，那裡人潮洶湧，衝撞冒失，地鐵在尖峰時刻擁擠不堪，到處有滿臉通紅的酒鬼（倫敦不是老鼠該住的地方）。四年後，她決定遷居鄉間，在城裡最大的艾氏律師事務所找到一份工作，她就是在那兒認識我爸，他比她年長八歲，當時已是事務所的合夥律師。他們交往六個多月後，他就向她求婚了。

由於爸媽個性南轅北轍，加上這場婚姻後來落得個難堪的下場，弄得我時常在納悶，爸爸何以會選中媽媽，她又為何讓自己被他選中。我一點也不懷疑他被她的容貌所吸引——從結婚照片就看得出來她當時有多漂亮，是個笑容燦爛如花的黑髮棕眼美女。不過我敢說，他一定也覺得，這個冷冷的、不善應對的女孩，既有一流文憑，才智出眾又是出了名的，誰要能征服她的心，肯定不簡單。媽媽在歷經倫敦的種種不快後（公寓遭小偷，手提包在光天化日下被搶走），也許想要有個像爸爸這樣強壯的人保護她，她說不定以為她可以神奇地感染到他的力量，也可能只是他的英俊長相與溫和穩重的魅力，博得她的青睞；爸爸總是一派溫文爾雅，就連我小時候都能帶點妒意地察覺出，他那不經意的微笑總能博取其他女性的歡心。

四年後，我出生了，爸爸堅持要媽媽辭職，好待在家裡全心全意照顧我。他說，他可不要讓他的女兒像包裹似的被保母傳來傳去；他說，他不要他的女兒放學後回到空空蕩蕩的屋子，因為父母都還在外頭上班；他說，他的薪水足以養家，不必夫婦倆都工作。他如此堅持（當然）和一件事情無關，那就是媽媽當時就快要被拔擢為合夥律師。這（當然）和另一件事情也無關，那就是大家公認她是事務所裡最優秀的律師，她那轉得特別快、令人猜不透的腦筋，往往令他自慚形穢又愚笨。

媽媽乖乖順從他的意思。說到底，最明白事理的就是他，他較年長，是合夥律師，是個男人。即便她另有想法，又怎麼抗拒得了他呢？老鼠哪裡對抗得了貓呀？所以，她放棄自己喜愛的工作，接下來十四年全心全力相夫教子，打理家務——燒菜、購物、清掃、熨燙衣物，爸爸則逐步升遷，成為艾氏的資深合夥人。

他離開她時，她四十六歲，擁有的法律知識就像留在樹梢任其腐敗凋萎的果子，已經過時了，她的律師執業證照有十四年未更新。

她只找得到一份工作，就是在「戴辜布聯合事務所」擔任「法務助理」，這家律師事務所坐落在鎮上後火車站一帶一條破敗不入流的小街上。幾位合夥律師以她多年未執業為由，給她的薪水少到可笑的地步，他們說：「不要就拉倒。」她當然接受了。她在一間小辦公室中得到一張辦公桌，和兩位秘書共處一室，這一點表明了她在老闆心目中並非自立自主的合格律師，地位比秘書高不了多少。

但是幾位合夥律師沒多久就發覺她有多能幹，為她如此快速跟上實務進度感到驚訝。為人低級又庸俗的刑事律師布雷克利很不要臉，把自己一大堆當事人移給她，把她當成私人助理兼工友；「個人傷害」部門的主管戴維斯派給她越來越多棘手的案子，全是些被他搞得一團亂、自己無從收拾的案件。媽在那兒工作滿一週年時，負責事務所好幾宗最難處理的案子，薪水卻比秘書還少。

和媽媽共擠小辦公室的兩位秘書，名喚布蘭妲和莎莉，她們認為媽媽從城裡搬到忍冬小屋是錯誤之舉，毫不猶豫就對她說了。「伊麗莎白，雪麗快十六歲了，」布蘭妲說，「她會想在晚上跟朋友在城裡聚會。」

「沒錯，」莎莉說，「要是她跟我女兒一樣的話，會想每週末都去夜店玩。妳得送她接她，來回奔波，累得要命。」

媽媽設法讓私生活保持私密，或者該說是在不得罪布蘭妲和莎莉的情況下，盡量保持私密，這兩位巴不得分享自己婚姻生活中最隱私的祕密，一點也不會難為情。

媽媽就只是紅著臉，咕噥著說她真的無所謂，說她相信雪麗不會得寸進尺，予取予求。那兩位則大聲表示異議，嘲笑說：*伊麗莎白，妳心腸也太軟了吧！*

布蘭妲和莎莉老是對她講這種話——*伊麗莎白，妳太善良了！伊麗莎白，妳幹嘛忍氣吞聲？伊麗莎白，妳為什麼不挺身反抗？*她們眼見她逆來順受，接受根本是十足侮辱的加薪，看到戴維斯和事務所其他律師把自己的難題丟給她處理，在她解決這些問題後，連謝也沒謝一聲。她們看到布雷克利往往在下午還差五分就五點時，悄悄走近，要求她加班或「在週末看看這案子」，因為他知道她軟弱到不敢拒絕。難得有一天布蘭妲或莎莉不用高聲說，*伊麗莎白，妳心腸也太軟了吧！

她當然沒有告訴她們有關我的實情，她並未說明我不需要她開車接送我到城裡與同學朋友聚會，因為我在學校根本沒有朋友，一個也沒有。她沒有告訴她們，我在學校遭到霸凌，受害情況嚴重到我不得不休學，改成在家自學，她也並未跟她們說，在警方的勸告下，我向學校隱瞞我的新地址，以免相關的女孩發現。

4

相關的女孩。相關的三個女孩是泰瑞莎・華生、愛瑪・唐利和珍・艾爾生。

從我們九歲那年被編入同一班後，她們三人便是我最要好的朋友。我們每堂下課都一起玩（跳繩、呼拉圈、跳房子、一二三木頭人），中午都在學校的食堂一起吃午餐盒。週末和學校放長假時，也常常到各家去玩。我們是形影不離的四人幫，小社團。我們甚至把自己名字的第一個字母串起來取了幫名，叫做「噴射幫」（JETS）。

回首往事，我看得出來，早在霸凌開始以前，我和她們三人之間就已經不大對勁了。

我們十一、二、三歲時，在外人眼中是「乖」女孩，認真課業，每星期一次的拼字小考後都會比對答案；每次繪地圖都會像是給西斯汀教堂畫壁畫似的，仔細著色；放學後會彼此打電話討論困難的作業。我總是在英文和美術課上成績領先，愛瑪（她小名叫「皮皮・波特」，因為她有一頭薑黃色的髮絲，戴著圓框眼鏡，這兩點分別是「長襪子皮皮」和「哈利・波特」的特色）似乎對數學有天分；珍是我們四人中最嚴肅正經的一個，她拉大提琴，是學校樂團和週六音樂班樂團的成員；泰瑞莎有雙美麗的眸子和金中帶紅的秀髮，她想成為演員，狂熱於戲劇。我確定我們就像所有的孩子一樣，在課堂上會偷偷講話，但是我們都很怕老師，絕不敢妄想和老師頂嘴，就我記憶所及，我們都不曾惹過大麻煩。

然而，到了我們十四歲左右時，其他三人開始變了。而我沒變。

愛瑪摘掉眼鏡，改戴隱形眼鏡，還把一頭秀髮剪成龐克頭——耳朵兩側修短，頂上頭髮染紅翹起如火焰。珍放棄音樂，而且好像再也不關心課業，開始把頭髮染黑，指甲也塗上搭配的黑色蔻丹。她變得豐滿，胸部也變大，打扮一番後，輕易便可唬人說自己已經十八歲。珍三不五時惹事生非，可是不論師長怎麼處置，罰她留堂也好，停學也好，她似乎壓根就不在乎。就好像只要跟學校有關，她就一律抵制，就像是坐牢的犯人般天天算著日子，苦等著出獄那一天。

改變最大的，莫過於泰瑞莎．華生。她彷彿一夕之間抽高成五呎九吋的高個子，從矮胖嬌俏一變而為一臉陰沈的瘦子。她的身材既高又瘦骨嶙峋，一副冷酷無情的模樣，雙頰瘦削，顴骨如利岩般突出。她明目張膽穿起有違校方衣著準則的衣物，好比說綠色的馬汀大夫靴、超低腰的內褲，還有特小號的中空上衣，露出一大截蒼白的肚皮。儘管校長三令五申不可，她照樣在左眉上戴著銀眉環上學。她把頭髮留長，中分拉直。她的身體長成了硬線條，那雙碧眼也逐漸流露冷硬的神色，帶著冷酷且不饒人的光芒，隱約含有威脅的意味。

從接下來發生的事情看來，我常常想起她們在外表產生變化的同時，對我表現出的舉止也開始有異，我常在納悶，兩者之間是否相關。人的外表會影響到人的性格嗎？還是說人的性格會影響到外表？原始部落的男子臉孔一旦塗了戰鬥油彩，是否就會變成戰士？抑或是說，兇悍的戰士為了宣揚自己夠殘酷，而塗上戰鬥油彩？貓是否永遠長得像貓？老鼠是否永遠長得像老鼠？

不論真相如何，事實是，我並沒有改變。我仍認真讀書，用功準備考試，替地圖著色。我在英文和美術課上依然成績領先，不過那會兒在歷史、法文和地理課上也常考第一。老師在課堂上大聲喝斥學生時，仍令我膽戰心驚。我保持九歲以來的同樣髮型——及肩的直髮，額前蓄著劉海。我長高了一點，但依然有著「嬰兒肥」，肚皮仍然有一圈圈脂肪，走路時大腿會彼此摩擦。我跟她們不同，上學從不化妝，因為按媽媽的說法，她討厭「美容」。她自己也難得化妝，還跟我說那樣對皮膚不好。我長了青春痘也不去處理（媽媽說擠痘痘會留疤痕），其他女生則會用修得尖尖的指甲擠痘子，再用粉底遮蓋小傷口。她們開始戴耳環、項鍊、手鍊和戒指，我不戴，因為只要不是純金材質的東西，都會讓我過敏，而且我也不怎麼喜歡首飾，首飾好累贅，我又好怕會把它們搞丟。我照舊穿著樸素的上衣、運動衫和裙子上學，腳上穿的還是側邊有帶扣的大頭鞋（泰瑞莎稱之為我的「整型外科鞋」），其他女孩則越來越注重穿著打扮。

我留意到當我在學校操場或食堂尋找她們的蹤影時，她們好像都不太高興看到我。當我們在一起時，氣氛也迥然不同了，彷彿她們正分享一個笑話，而我被排除在外。她們上上下下打量著我，神情中似乎帶著隱約的憎惡，我有生以來頭一回對自己的外表很不自在，為自己裙腰上突出一圈軟綿綿的肥油、小女孩的劉海髮型和下巴上一堆白頭粉刺，感到難為情。

最早的跡象是她們看著我的樣子，她們臉上那令人無地自容的神情，讓我發覺我最要好的朋友開始討厭我了，而我仍未準備好相信這一點。

雖然我很想，但我們下課時，再也不會一起玩遊戲，因為她們認為那樣「太幼稚」了。

她們想要冷著臉、彎腰駝背坐在教室後頭老師看不到的地方，玩著自己的手機，越來越瞧不起我竟然連個手機也沒有（媽自己都養不起手機了，我怎麼好開口向她要一個）。她們沒在玩手機時，似乎總在談我不感興趣的話題，好比流行音樂、衣服、首飾和化妝。還有，她們越來越愛談男生。

只有我沒有男朋友，我十四歲快滿十五歲了，但依然弄不懂交男朋友有什麼好。我們學校大部分的男生都粗野沒教養。他們愛踢足球成瘋，愛在走廊上喧嘩爭吵，惡形惡狀。他們拚命想耍酷、充好漢，所以成天把粗話掛在嘴邊，還講些帶有粗俗性意味的話，讓女生難為情。我們多年來一直不喜歡男生，拒男生於千里之外。可是那會兒泰瑞莎、愛瑪和珍卻都交了男朋友，一談起他們來便沒完沒了。她們討論他們的刺青，他們在哪兒見習，他們怎麼改裝車子，還有他們在打架或運動場上受了什麼傷。不過，她們最愛聊的，是她們週末打算跟男朋友幹嘛——要去看哪部電影，想設法混進哪家夜店，想梳什麼髮型，要買什麼包包好搭配要買的那條牛仔褲。有時，午休結束時，我發覺自己在與她們相處的一整個小時中，一個字也沒講。

這會兒回頭去看，我有了後見之明，我應該更早停止與她們往來，設法交些新朋友。我應該接受事實，我們已漸行漸遠、分道揚鑣了。可是，當時情況並非如此明朗；儘管我知道我們四人之間起了變化，感覺到她們對我敵意日深，但是我並未領悟出事情有多嚴重。說到底，我們之前有好多年也常有小口角，但都是一下子便雨過天青。況且，沒有她們的學校生活根本是無法想像的事。我在學校沒有其他朋友，我本來也不需要交其他朋友。我始終有泰瑞莎、愛瑪和珍，我們從九歲起就是最要好的朋友，情同姐妹。我們是噴射幫啊！
我不曉得她們變得有多麼憎恨我，也不曉得自己有多麼危險。

5

升入中學第三年的三月左右，霸凌開始了。當時我們還住在「婚姻居所」。在那半年多以前，爸爸離開了我們，十個月後我們便遷到忍冬小屋。

我始終不很明白導火線到底是什麼。我知道我約莫在那當兒得到短篇小說創作比賽第一名，在朝會上獲頒小銀盃。我也知道那陣子上體育課時量了我們的身高體重，我是班上最胖的女生。我知道三月時我常常淚流滿面，因為那個月的二十四日，我爸聲請監護權的官司就要開庭了，雖然媽媽的律師叫我放心，說爸爸不會得逞，但是我還是好害怕，唯恐法官會勒令我去跟他還有「佐依」一起住。級任老師布里格小姐知道爸媽正在打離婚官司，那段時間很照顧我，只要看到我不開心，就毫不遲疑地一把攬住我的肩膀，帶我到她的辦公室，請我喝薄荷茶，鼓勵我。說不定她們嫉妒老師特別關注我，說不定她們嫉妒我贏得學校的重要獎項，說不定正式成為全班最胖的女生，讓我霎時失去了被當作「人」來看待的權利……我不知道，我不明白，說不定殘酷自有其道理。

剛開始進行緩慢，首先是俏皮話或冷嘲熱諷，乍看或許只是愚弄的把戲而已，可是過了沒多久，好玩、幽默的意味消失殆盡，玩笑話露出了真面目：充滿敵意、惡毒、刻意傷人，我嚇呆了。我們多年來友情穩固，而今我的摯友卻再也不喜歡我了，此一事實令我感到天旋地轉、困惑不解。我開始想方設法與她們保持距離，可是那會兒我已成為她們消遣取樂的對象，是她們發現可以在學校打發無聊時光的新花樣。她們在課間休息和午休時間來找我，我拚命想躲起來，她們卻總找得到我。她們不懷好意地模仿我們以前一起玩的遊戲，手牽手圍成圈，繞著我跳舞，不讓我逃脫，口中還叫囂著她們能想出的最難聽的話辱罵我，不把我弄到哭絕不罷休──妳爸走掉，是因為妳讓他難為情，妳這個白癡大胖子！雪麗要媽媽替她塞衛生棉條！

可是很快的，她們覺得光是罵人很乏味，殘酷的程度必須提高好幾級，遊戲玩起來才過癮。

她們開始肆意破壞我的個人物品，每天課間休息時間結束時，我回到課堂，就發現她們又下手侵擾：我的色筆統統被折成兩半；花了好幾小時才寫好的歷史作業被剪個粉碎；我的黑麵包三明治塗了立可白；字紙簍裡的垃圾被倒進我的書包；英文作業本裡塞了一條長如鞋帶的蟲子；有人用黑色麥克筆在我的木尺後面畫了大餅臉或肥豬圖案；有人扯掉我的吉祥小公仔的紫頭髮，用原子筆把它的臉塗得亂七八糟；我的Hello Kitty鉛筆盒中出現兩塊硬掉的狗大便。

我不能對老師講，因為我知道這麼做到頭來反而對我更不利。我不想讓迫害我的人有藉口來更兇狠地撒潑洩忿──我當時並不明白酷刑不需要藉口。我對校方保護我的能力也沒有什麼信心，我留意到師長只想清靜度日，對泰瑞莎、愛瑪和珍的行為裝聾作啞，假裝沒聽到她們爆粗口，沒看見她們比中指，就連布里格老師也不例外。

眼下我懂了，我早該告訴媽媽，可是當時我羞於啟齒。我羞於跟她講，她們就只挑中我作為霸凌的對象，好像我身上有什麼胎記，讓我有別於大家。更糟的是，媽媽認識這三個女生，替她們泡過茶，開車送過她們回家，她以為她們是我的摯友。我一想到她要是發現她們恨透了我，就承受不住，我害怕她不免會問到——妳做了什麼？妳是不是做了讓她們不高興的事？因為我就是無法甩脫內心深處的感覺，那就是：事情會演變成這樣，多少是我的錯，不知怎的，一切都得怪我。

此外，告訴媽媽或校方意味著挺身對抗加害者，而我完全無法勝任，我就是沒有那本事，就是沒有那樣的個性。別忘了，我可是一隻老鼠。閉口不言，默默受苦；身體一動也不動，指望別人看不到我；沿著牆邊急匆匆地跑，尋覓安全的藏匿處。這樣似乎較合乎我的本性。

我鄭重考慮過要傾訴的唯一對象，是我爸爸。在佐依沒介入以前，他一直很保護我。按照他的說法，他甚至想方設法要「鍛鍊我強悍起來」，如此我便能夠捍衛自己，他念叨著要我跟他一起去跑步，甚至百般勸我學柔道，過猶不及地想導正他心目中我媽媽的「不良影響」。我滿腦子都在幻想，爸爸會猝然採取行動保護我，就好像漫畫上的超級英雄，前來拯救我。

但是我心底完全明白，爸爸並不是超級英雄。我記得他後來變得有多粗野又自大無禮，私底下又有多粗俗下流（我曾在他的公事包裡找到春宮雜誌）。我敢說佐依一定會在他面前講我的壞話（雪麗這孩子，愛抱怨又軟弱，還成天黏著媽媽），她有什麼理由不講呢？她可不想和我分享他的錢。我懷疑爸爸會做出任何令佐依不開心的事，我懷疑他會冒著失去那雙挑逗的香唇、A片女星似的巨乳的風險，而採取任何行動。

我有他在西班牙的聯絡號碼，差一點就要打電話給他了。可是一想到接電話的是佐依，我就噁心反胃。

爸爸已經不屬於我的生活了。

6

我逆來順受，卻無濟於事，沒過多久，我「最好的朋友」不再破壞我的物品，開始直接整人。

頭一次發生在某一天午餐過後，珍抓住我的頭髮，泰瑞莎和愛瑪則把小麵包硬塞進我上衣胸前。接著她們跟我扭打，拚命想把麵包擠扁擠爛，反正就是想盡量讓我不舒服。我想抽出麵包，這時泰瑞莎重重打了我一巴掌。那一掌，還有那猛然啪的一聲，令每個人都大吃一驚，即便泰瑞莎自己亦然，我敢發誓，就在她快要開口道歉時，臉上五官突然又猙獰了起來。她一臉橫肉地捉住我的手，把我的指頭往後折，椎心的劇痛讓我叫喊不出聲音。

在那以後，對她們來講，事情就簡單多了。在那以後，肢體暴力已是家常便飯。

每天放學後，我窩在臥房裡，把她們對我做的每一件事都寫進日記中。為了怕媽媽進來，我拉了把椅子抵住房門。而今，記載下來的點點滴滴看起來好詭異，這不單單只是在我十六歲生日當天發生的事情使然——那天算是我自己的九一一紀念日——相形之下，這些記載都不過是芝麻蒜皮的小事。令我驚異的是，我的文字沒有一點情緒，簡直就像是在描述別人的事。在同一本日記中，有好多篇幅在談到爸媽離婚的事時，情緒激動到不行，可是一旦提起霸凌，卻變得只有三言兩語，草草帶過。隨著她們的暴力行為變本加厲，記述越來越簡略，幾乎像就事論事——苦痛的世界被精簡成再簡短不過的短語，寫在火柴盒背面的耶穌被釘死於十字架的故事。

五月：去上美術課的路上，珍把我推下矮牆，令我跌進帶刺樹籬中……愛瑪叫我「蕾絲邊」，扯下我頭上的髮夾——還有一大撮頭髮……愛瑪在我臉前喀嚓一聲點亮打火機，揚言要放火燒我……

六月：泰瑞莎想叫我變「麻腿」，讓我的腳瘀血麻痺，她老是踢不準地方，叫我站直不准動，直到她踢準為止。現在青紫了一大塊。千萬不可讓媽媽看到……珍和泰瑞莎把我的一只鞋子扔到資訊科技大樓後面。泰瑞莎看到我把鞋子撿回來，狠狠地踢了我的小腿肚，差一點痛昏過去……地理課時，泰瑞莎用指南針戳我。去上洗手間時，短褲後面有血……

如今，當我在電視上看到土石流意外的生還者或爆炸案的受害者時，辨識得出那種夢囈般空洞的語調。有砰的一聲，很響。有很多的煙。我了解到受創越深，越難找到適切的言語，在我的想像中，好像唯有沈默才是合宜的反應，直到我們面對最大的考驗。

不過，六月時，我差一點找到自己的聲音。那個六月，我幾乎擺脫麻痺癱瘓的狀態，說出來了……

那天放學後，我得去學長笛，但是泰瑞莎、愛瑪和珍不讓我出教室，把我圍堵在課桌後面，我衝往門口，她們揪住我，把我拉回教室後方。

珍硬挾緊我的腦袋往下壓，在另外兩人慫恿下，想用我的頭去撞窗台鋒利的鐵緣。我記得自己竟然大出眾人意料，掙脫控制，再次跑向門口，這時有個重物——是大開本的物理課本——砸中我的後背，用力之猛，我痛得咬到舌頭。

就在那當兒，布里格老師走進教室，那三個女生立刻轉身離開，假裝在書架旁邊忙著什麼。布里格老師拾起她要回來拿的文件，正打算走開時留意到我——我一動也不動地呆立原地，拚命想忍住眼淚。

「雪麗，妳還好吧？」她問。

那時，我差一點就要告訴她了，就是在那時，我嗚咽著，差一點就要脫口說出實情。然而那一刻，我看到泰瑞莎的眼神，如鯊魚般冰冷無情，霎時失去了勇氣。

「老師，沒事，」我說，「老師，我一切都好。」

我必須努力不讓媽媽發覺真相。為了掩藏手臂上的瘀傷，我總是穿著長袖衣服，還用圍巾來掩飾脖子上被抓傷的疤痕。我不能再穿平日習慣的睡袍，而得改穿睡衣睡褲，以免她看見我小腿肚和大腿上密密麻麻的青紫痕跡，活像是某種可怕新疾病的症狀。

我也改變習慣，趕在媽媽下班回家前就梳洗完畢。我把自己關在樓上的浴室裡，把褲子和裙子上的污痕洗乾淨，那些都是我被推倒或被壓在骯髒的牆上留下的痕跡——我甚至把她們扯住我的前襟、拖著我團團轉時掉落的鈕扣縫補回去。我有條不紊，用肥皂水一再刷洗我的書包，好去除她們抹在書包裡頭的髒東西。幸好我本來就迷糊又健忘，因此當我告訴媽媽我掉了我的午餐盒、髮夾或色筆時，她一下子就相信了。

我最害怕的是，她們會開始寄電子郵件罵我，這樣媽媽便會發現事實。雖然我們難得互通電郵，但我知道她們有我的郵址，我很怕媽媽哪天會點開，看到一封罵起人來用語狠毒不堪的郵件。因此，我每天都很早就起床，悄悄溜到樓下，趕在媽媽下樓前，檢查郵件。不過「相關的女孩」太聰明了，不會在網上留下霸凌的證據。她們曉得媽媽可能會看到郵件，循線追查到她們，她們整我整得已經很開心了，犯不著冒這個風險。

她們在網路上只有一次打破沈默。有個星期六早上，我打開一封認不出寄件者是何人的郵件，心中做好最壞的打算。那是一張色情照片，有個男人在對一個女人做不堪入目的事，那畫面齷齪到我直到今天都不願去回想。媽媽走過來到我身後，問我有沒有郵件時，那照片還在螢幕上，我在間不容髮的時刻，及時刪除（沒有，媽，沒有新郵件）。

我把她們這麼做的理由，當成是星期六晚上喝多了酒精飲料，興奮過頭了，這樣的事後來再也沒發生過。

然而，儘管我竭盡所能，但我知道媽媽已意識到事情不大對勁，我感覺得到她的天線正在四處探察，想探入我的腦袋瓜裡頭，查出是什麼讓我產生了微妙的變化。要不是那年夏天她太忙著處理賈克森案——那是戴維斯厚顏刻意忽視然後硬塞給媽媽處理的個人傷害案審判事宜，我敢說她肯定會琢磨出事情真相。

我倒數計時，估算著那一學年哪一天會結束，然後好不容易，暑假開始了，解救了我。

七月底，我和媽媽離開那灰暗又封閉得叫人恐懼的婚姻居所，出門度假，在湖區租了間可以自炊的小屋，居遊了兩個星期。老天保佑，天氣好極了，我們在山間散步，租了腳踏車，按照畫在樹幹或石頭上的紅漆記號，沿著小徑一路騎；我們在湖裡游泳。我們在景色秀麗的小村莊信步漫遊，看骨董，在悄然靜謐有如圖書館的茶館中，大啖塗了果醬的奶油司康餅。

到了晚上，我們一道下廚燒一頓豐盛的晚餐，並讀上好幾小時的書。媽媽把小屋裡舊得快被翻爛的羅曼史小說都看光了，每看到最好笑的段落，就停下來朗讀給我聽。我讀了下一學年要考的《馬克白》，有條不紊地將我不認得的字彙一一抄在特地帶來的作業簿上。我不由得把劇中三個女巫的臉想像成泰瑞莎、愛瑪和珍的模樣，就像那三名女巫不給馬克白好日子過，這三個惡毒的婆娘殘酷地阻撓我的生活。然而我在納悶，我這三名女巫不知道還會耍出什麼花樣來整我？我繼續讀下去，訝然發現，跟我本來以為的不同，主使謀殺鄧肯國王的竟是馬克白夫人，而不是馬克白，我發覺自己在思索，從我「最好的朋友」對我做的事來看，女性在兩性當中真是較溫柔的一方嗎。有沒有可能女性其實比男性更狠毒？

在假期中，我有時會把泰瑞莎、愛瑪和珍對我拳打腳踢、惡言辱罵的事，還有爸爸在我仍迫切需要他時拋下我的事，整個拋諸腦後。當我和媽媽在冰冷的湖水中游泳，被凍得咯咯發笑或尖叫驚呼時；在我沿著蜿蜒的山徑，緊跟在她身後往上爬，而神經緊張的牛隻因為我們快走近而慢慢爬起來，牛鈴叮噹作響的那一瞬間，我真的忘卻了生活中那些痛苦的細節，感到快樂。

然而九月很快又來臨了，隨著開學日逐漸到來，我越來越無精打采，常犯頭疼，發燒，每次只要一想到學校就泛胃酸。我沒有食欲，在飯桌上必須拚命克制反胃噁心，逼自己把盤子裡的食物吃光，以免媽媽起疑心。我無法聚精會神，每每打開書本連兩行都讀不完。

開學前一天晚上，我躺在床上，無法成眠，努力想讓自己堅強面對未來的命運。接下來這一學年是會考年，考得不錯的話，我就可以留校，開始認真為上大學做好準備。我確知那三名有關的女孩不打算留下，考完會考後就會離開學校。這表示我只要再撐一年就好了（身體一動也不動，指望別人看不到我；沿著牆邊急匆匆地跑，尋覓安全的藏匿處），然後事情就會告一段落。我深信自己撐得過這一年。

我以為等我回校時，甚至有可能不會再有霸凌，說不定就像防火道可以防堵熊熊的森林大火蔓延，漫長的八週暑假可以阻斷霸凌的氣勢。說到底，她們跟我一樣，也得應考，雖然無意於上大學，但如果想謀份好差事，仍需要好成績。說不定她們會因為操心考試成績，而比較沒工夫來搭理我。說不定霸凌會變得比較輕微，說不定根本就不會再有，說不定……

我當然都猜錯了。回到學校第一天，霸凌便重新開始，要說有什麼差別的話，她們似乎很惦念定期磨練施虐手段的滋味，想方設法要補足遺漏的時光。

霸凌力道又升高一個刻度。

我彷彿置身在祕密戰爭的前線，在飽受砲彈轟炸後的疲憊麻木狀態下，把戰況一五一十地寫進日記中。這日記本整個暑假都是一片空白，美得很。

九月：泰瑞莎在女洗手間揮拳揍我的臉。鼻血流得很厲害，止不了。跟媽媽說我在走廊上跌倒……她們把我壓在地上，泰瑞莎把我的上衣和胸罩拉到上面，用手機拍了一段影片。她說：「妳醜八怪的奶子會傳遍YouTube」……她們把我按在洗手間隔間牆上，輪流朝我吐口水……

十月：我就著飲水器喝水時，泰瑞莎用她的包包打我的頭。口腔上方傷口很深……她們放學後在等我，揍了我一頓。泰瑞莎坐在我身上，衝著我的臉放屁。我回家後嘔吐了兩次。媽媽回來前，總算勉強把一切都清理乾淨……

那個十月後來發生了一件事，讓我首度驚覺我撐不過一整年，我根本連第一個學期都撐不過。

有天早上，課間休息過後，我逐漸注意到我的課桌一帶傳出怪味，隱約發酸，隨著時間一分一秒過去，越變越臭。我走路回家的路上依舊聞得到那股臭味，於是開始懷疑是從我的運動用品袋子中散發出來的。我一回到家，就坐在客廳地板上，把袋中的東西一股腦地倒出來——說不定是毛巾悶在袋中發臭了，我翻遍所有夾層內袋，什麼也找不到，完全摸不著頭腦，但我仍然聞得到那股令人作嘔的酸臭味。

我拾起一只運動鞋，想看看鞋底是否沾到了什麼，有個東西從裡頭掉出來，落到我沒穿鞋的腳上。我看見那雙紅腫凸起的眼睛、張大的嘴，還有如陰囊般薄而透明的皮膚底下密密麻麻的青紫色血管，不由得一再尖叫出聲，慌亂地踢腳，直到那東西滑落到地板上。我退到牆角，緊緊抱住膝蓋坐在那兒，像瘋子一樣，弓著背，身子前後搖晃，不由自主地哭個不停。過了好久我才冷靜下來，撿起那隻死鷯鳥，扔進屋外的垃圾桶。

在那以後，我明白她們贏了，就在那一刻我曉得自己再也無法承受那份恐懼、痛苦與羞辱。

有個星期四的晚上，我坐在臥室裡，實事求是地把狀況整個想了一遍。就算有奇蹟發生，我居然鼓得起勇氣去告發她們，我還是敢講，這肯定只會讓事情雪上加霜，校長會叫她們去辦公室報到，她們什麼也不會承認，沒有對她們不利的直接證據（班上不會有人願意跟她們作對），只有我這方的說法。在沒有證據的情況下，校長一來性格軟弱又沒用，二來又會害怕這對學校將造成負面宣傳，因此絕不會採取任何行動。如果我告發她們，她們會變本加厲，更肆無忌憚、更兇狠地迫害我。再過兩學期就要學測了，已經來不及轉學。況且，即便轉學了，她們也知道我家在哪裡。

她們大可偷襲我，更可怕的是，甚至可能決定讓我連在家裡也不得安寧，那是我家欸，是唯一仍令我感到安全的地方。我一想到媽媽可能會在我家信箱裡拿到什麼下流的東西，就受不了。隨便怎樣都好，就是不可以讓這種事發生。

我覺得自己活得好悽慘，走投無路，似乎只有一條路可走。

我坐在書桌前，好像做家庭作業一樣，把一切都盤算妥當。我決定在兩天後，也就是星期六實行計畫，媽媽當天會去市郊的超市做每週一次的大採購。平日我都會陪她一起去，但是這一回我會託辭頭疼。我考慮了很久，決定好上上之策（車庫裡的屋梁，爸爸以前都把練拳的沙包吊在那裡；我的毛巾浴袍的厚腰帶），撕下一頁作業簿，要寫遺書給媽媽。

可是我在桌前坐了半個多小時，卻一個字也寫不出來。我依然無法將霸凌的事說出口，連用筆寫下來也辦不到，她得等到我死了，才會看到遺書。就連到了那當兒，我也說不上來原因何在，我們感情如此親近，我卻無法對她傾訴。我腦子裡只能想到，不論我們和別人多麼親密，人與人之間仍有一些限制，有無法逾越的界線，有些事情太深入我們內在，以致我們無法與任何人分享。我想，**真正能界定我們是誰的，說不定正是那些我們所無法與他人分享的事物。**

我腦子轉來轉去，一句話也寫不成，手則無意識地亂塗亂畫，當我低頭看見自己畫在紙上的東西時，不由得苦笑了起來。那是一隻老鼠，脖子上綁著粗粗的吊頸索。

我知道自己膽小羞怯，我知道自己愛哭，只要有人對我稍稍不假辭色或略有動手的跡象，我就會嚇得打哆嗦、失聲。可是，我在被霸凌了好幾月後，才總算了解到，這就是我，我是徒具人形的老鼠。我同時也領悟到，一切盡在不言中，我所能遺留下來的最有力聲明，就是這張圖畫。我把它對摺起來，寫上媽媽兩字，收進書桌最上層的抽屜，她很容易就能找到。

我的生命原本會這樣就結束，如同在我之前，有無數其他的軟弱鼠人亦是這樣地了卻殘生——自己綁著絞索吊上去，兩腳畫著圈圈，越畫越小，雙手痙攣。然而，欺壓我的惡人第二天設下了她們最殘忍無情的陷阱。

說來諷刺，那次惡毒的攻擊反而救了我的命。

7

比起其他大部分次數的攻擊，那一回差一點要了我的命，可我的記憶卻模糊多了。課間休息時，我去洗手間，那天早上我經痛得要命。我以為我聽到泰瑞莎和愛瑪在講話，可是走出廁所隔間時，只有幾個學妹圍在紙巾架附近。我走過去洗手，水很冷，我讓它流一會兒，等水變熱一點，我剛從滑溜的取皂機擠出一點青藍色的皂液到手心時，突然有人一把抓住我的脖子，用力把我往後一扳。

我瞥見珍興奮激動的臉，那幾個學妹嚇得一哄而散，我被硬拖進廁所隔間，前額撞到門框，我整個人嚇呆了，腦袋裡頭嗡嗡作響，眼前金星直冒，身體滑過濕答答的衛生紙，最後坐在濕地板上。

我察覺到愛瑪和泰瑞莎蹲在我身旁，抓住我，簡直像是要扶我一把似的。我聽見眼前傳來喀嚓喀嚓的聲響，愛瑪一字一字清楚地說，**要燒一條豬，就要像這樣**。泰瑞莎和珍轟然大笑，接著她們三人就走了。

我昏昏沈沈地坐在地上，感覺上坐了許久。我在流鼻血，右耳痛得不得了，我腳步不穩，掙扎著想起身，這時有一名學妹走進來看到我。她放聲尖叫，聲音之刺耳，活像在演恐怖片似的，然後就轉身跑出去了。

我好不容易站起來，蹣跚地慢慢走到鏡前，想把自己弄乾淨，準備上課。可是當我照鏡子時，卻看不到自己。鏡中有一個體型身高跟我一樣的女孩，身上穿著我當天早上穿上的上衣和裙子，可是這女孩沒有臉，應該是臉的地方冒著一團橘紅色的火焰。

莫里森先生衝進來時，我尚未搞清楚鏡中這恐怖的景象。他直奔向我（**在我眼中都是慢動作鏡頭**），有如殺入敵陣的軍人一般地在怒吼（**但是我什麼也聽不見**），脫下他的外套（**這時我明白鏡中的女孩就是我**），把它當成毯子（**我喊著媽媽**），蒙住我燃燒的頭顱（**沒有一點聲音**）。

然後，我眼前一黑。

我住院時，媽媽找到我的日記。她是在替我尋找我最愛的粉藍色睡衣時，無意中發現的。她撬開鎖，把日記從頭到尾都看了，她既驚且怒又害怕，拿著日記直接到學校，給校長看。

媽媽後來告訴我，校長馬上勒令要那三個女孩到他的辦公室，堅持讓媽媽留下看他問話（我所能想像的就只是她會侷促不安，她跟我一樣，不願意跟她們正面對峙）。泰瑞莎、愛瑪和珍雖然被叫來了，卻顯然一點也不害怕，在她們眼中，校長不過是個可笑的傢伙，就像是從三流電視情境喜劇當中冒出來、又肥又胖的跳梁小丑。她們看見媽媽也在，卻並不膽怯。她說，她們懶洋洋地坐在椅子上，咧著嘴在那兒暗示竊笑，睨視著她，一副瞧不起人的樣子，把她從前待她們有多好多寬厚的往事，忘得一乾二淨。

校長大聲念出日記中若干最不堪的段落，質問她們：「嗯，妳們怎麼說？」

據媽媽講，她們可有不少話要說呢。她們同一時間喊叫出聲，怒氣沖沖地否認欺負我，還抗議說，我遭到攻擊時，她們根本不在洗手間附近。我可以聽見她們三人的聲音交纏成一片：她不過就是想找我們麻煩！她是個怪胎！滿口的謊言！

媽媽說，就在這時她僅有一次地開口說話了。我一想到要她這麼做有多麼難受，就覺得心疼。她想必脹紅了臉，雙唇直打哆嗦，好不容易才說：「雪麗沒有說謊。」

愛瑪立刻反唇相稽：「假如是真的話，那她為什麼一直沒跟妳說？」媽媽又閉上了嘴。

泰瑞莎坐在椅子上，身子朝著媽媽向前傾，並不掩飾笑意，嘻皮笑臉地說：「搞不好雪麗是去女廁所抽煙，在用打火機時出了意外。芮福斯太太，搞不好她是去廁所點火哈兩口。」愛瑪和珍必須兩腳交叉，咬緊牙關，以免被這缺德的笑話惹得爆笑出聲。

當天稍後，她們被警方偵訊，這下子態度就認真多了。她們被分頭帶進警局的隔音室中，由一位警探來詢問這起攻擊案件。

我彷彿看得見現場實況：她們三個淚眼婆娑，聲音顫抖，否認一切，她們的父母則握著她們的手，安慰她們，深信寶貝女兒根本沒有能耐做出在別人頭上放火這等野蠻的事。她們三人謊話一個接一個講，小心重述事前串通好的不在場證明，律師則緊張地坐在一旁，好像裝在盒子裡的彈簧玩具，隨時可能跳出來，抗議警方不該對其年幼好欺負的未成年當事人提出他們所認定的不當問題，要警方絕對公平地對待這三位連某個字的意思都不明白的女孩。

在這同時，我躺在城裡總醫院的薰衣草病房中，那是十二床的女性病房。據會診醫師說，算我運氣好，他設法說明事情經過，可是我聽得不是很明白。他說，是「燭芯效應」救了我，意思是說，火焰的勢頭是朝上，因此把我的頭髮往上拉。從廁所一扇窗戶進來的氣流，對此效應多少也有所幫助，這代表最炙熱的火焰是在我的腦袋上方，而沒有落在我臉上。還有，我的頭髮燒起來的時間似乎並不長，他對我說，感覺起來之所以那麼久，是因為我處在休克狀態中，休克會使得時間的速度慢得有如蝸牛在爬。

我的頸部、前額、右耳和左手都只有二級燒傷，這簡直像是奇蹟。我想必是在不知不覺中，或是因為沒有感覺到疼痛，才會把我的左手伸進火焰中。我的視力和聽力完全未受損，連頭髮也沒有全部燒焦，只要去好的美容院修剪成短髮的新髮型，除了後腦勺有一塊地方紅紅的以外，看起來就像沒事一樣。疤痕一時消不去，額頭和頸部上有難看的紅白相間傷痕，但是醫師叫我放心，說這些疤痕用不著多久就會消失。

醫生開給我止痛藥和止痛針，灼傷部位敷上聞起來甜甜的清涼乳霜，稍微加以包紮。我本可當天下午就回家，但是醫師說，既然我曾發生休克現象，昏厥過去，他要我還是住院幾天，以策安全。

頭一天晚上我躺了好久好不容易才睡著，周遭有太多不熟悉的噪音和活動。真相是，醫院晚上並不會真正入眠，只是稍微休息一下，如此而已。夜班護士在病房裡來回走動，察看病人為什麼按鈴，或壓低嘶啞的嗓子叫她們過去；病人穿著拖鞋，慢吞吞地走去洗手間又走回來；清晨三點，有人推著輪床送來一位新病患；在我的病房另一頭，醫護人員推了幾部監視器到一位老婦人床邊，我的醫師睜著發紅的眼睛，滿臉的鬍碴，短暫露了面來照料她。即便在病房悄然無聲的時候，主要走道上通宵開著的燈，也讓人很難入睡。

怪的是，儘管我受了傷，臉部、頸部和手都冰涼不舒服，但我窩在塞得緊緊的被單裡頭，卻覺得是好幾個月以來最幸福的時刻。這會兒，一切都攤在陽光下了。媽媽曉得了，學校曉得了，警方曉得了，醫院曉得了，就好像突然伸出了一大片援手，卸下我拚命想要自己一肩扛起的重擔。這下子，該換別人來操心了——有大人、專業人員和這方面的專家。我總算脫離苦海了。

醫院中特別的氛圍讓我心靈平靜極了，我很喜歡那裡規律的作息（三點喝茶，五點是探訪時間，七點吃晚餐）；我很喜歡穿著整潔白制服的護士總是會停下腳步，跟我聊個兩句，她們知道我是病房中年紀最小的患者。我甚至很喜歡到處都飄著消毒水的松香氣味，還有下午時分透過廣播網播送的輕音樂，從另一個年代傳來叫人昏昏欲睡的單調音樂，不知怎的，具有奇異的安撫效果。我喜歡與同病房的其他女病患作伴，她們體貼關心我到不行，大膽的笑話和滿口的粗話逗得我哈哈大笑。她們寵壞了我，非讓我吃下親戚送來給她們的糖果、巧克力不可，絕對不容我拒絕。

病房裡有很多其他鼠人，我會覺得安適自在，說不定原因就在這裡。睡在我鄰床的蘿拉是五十一歲的老鼠，因為燒焦了丈夫的晚餐，被他用棒球棍痛打一頓。我對面那床的貝翠絲十八歲，詼諧愛說笑話，和她兩隻手腕上厚厚的繃帶，形成陰沈的反差。我們擁有祕密的聯繫，我半酸澀半嘲諷地稱之為「老鼠會」。我喜歡苦中作樂，想像我們胸前佩戴著會章，上頭有老鼠被捕鼠器捉到，頸子都斷了的圖案，還有我們的座右銘：「天生就有受害者基因」。媽媽遺傳給我的，是不是其實就是這個？

我坐在床上，隨興所至翻閱雜誌，或無所事事地在我的素描簿上亂塗亂畫，覺得很輕鬆，對未來感到樂觀。泰瑞莎、愛瑪和珍壞心腸地傷害我，結果傷自己更深。她們可能會因為對我做的事而遭到起訴，甚至可能會坐牢，最起碼也會被退學。不論如何，都會從此在我的生活中消失。我回到學校，一切都會恢復正常狀態。

正常狀態！光輝燦爛、一成不變、世俗的正常狀態！

8

我出院沒多久，發覺自己又回到婚姻居所，周遭淨是父母婚姻失敗和自己友誼失敗的不愉快回憶，樂觀精神逐漸消失。

有位警探來看我和媽媽，乾巴巴地告訴我，他們不打算對我「指控」的那三名女孩提出罪名（指控這兩字聽來，好像是我在撒謊！）。他解釋說，證據不足，沒有其他學生實地目睹她們放火燒我的頭髮。有幾個學妹起碼看到她們把我扔進廁所隔間裡面，但是學妹的家長明白表示，不會讓女兒捲入任何刑案審判。除非她們三人中有任何一個坦承犯案，並作證供出另外兩人，否則根本不能成功地起訴她們——而我明白，要等到太陽打西邊出來，她們才會認罪。

大約一星期過後，校長來了一封信。我和媽媽在早餐桌旁一同讀信，他一開頭先代表全體師長和同學（是全體同學嗎？）祝福我早日康復，接著就宣布更多的壞消息。他寫道，經過「徹底調查」後，他發現沒有獨立證據可資證明我在日記中提出的「說法」。三名女生都「斷然否認」對我有過「霸淩」（「淩」還寫錯字！），並且「否認」對十月二十三日的「不幸事件」知情。他說，他收到三名女生的家長「有力的陳述」，「強烈聲明她們的清白」，並且指出警方決定不予起訴，就證明了案子根本不成立。因此，「校方決定不懲戒泰瑞莎・華生、愛瑪・唐利和珍・艾爾生」。

信中繼續說道，校方本就採取若干極為強而有力的反霸凌政策，為其足可當作典範的反霸凌紀錄感到自豪。他希望媽媽不會考慮對學校採取任何法律行動，不過假如她有此打算，他「勸」她說，校方將「堅定辯護」。最後一段寫道：

我們期待歡迎雪麗盡早返回我們的大家庭。當然，我們無需提醒閣下，這一年對雪麗攸關重大，明年六月便將舉行會考，故而每採取一步行動，都應確保她在課堂上缺席的時間愈短愈好。

所以，不但沒有刑事起訴，她們對我做了這種事，竟然還不會被勒令退學。她們根本就不會受到任何懲處！

有些人會怒氣沖沖地衝到學校，當著校長的面把信撕個粉碎；有人會打電話給全國性新聞單位，以斗大的標題譴責學校和膽怯的校長；有些人會請地方電視台來家裡，拍攝我臉上和頸部的疤痕。有些人會想方設法讓這三個女孩為自己的所作所為受到懲罰，讓她們的惡行公之於世，傳遍全國。

但是，我們不是這幾種人，我們是老鼠。我們唯唯諾諾，謝謝警探撥空來通知我們，接受她們不會遭到起訴。我們唯唯諾諾，接受校長決定不懲處三個女孩。我們唯唯諾諾，接受了，屈服了，大氣不吭一聲，什麼都沒做，因為老鼠就只曉得逆來順受。

到了十一月的第一週，我不再覺得疼痛，身體已無不適，真的沒有理由不返校上課。只是我知道，泰瑞莎、愛瑪和珍在等我，當她們三個人再趁沒有旁人在場時堵住我……會怎麼樣呢？

媽媽去上班時，我無精打采地在婚姻居所晃蕩，坐在梳妝台鏡前想給我那一頭短髮弄出個樣子，卻只是白費工夫。這髮型根本不適合我，讓我的臉看起來太陽剛，頭在跟肩膀對比之下顯得特別大，還露出我的耳朵，我一向討厭自己有這對招風耳。我嫌憎地檢視額頭和脖子，燒傷的痕跡一條條如棕色的手指，密布在蒼白的皮膚上，活像外星人身上醜惡的薄膜（**為什麼沒有消失？醫生明明說過疤痕會淡去的！**）。

我的思緒開始回到車庫的橫梁，還有睡袍的毛巾布腰帶……

然後，我接到好到不行的大好消息。校長誤以為我們可悲地一聲不吭是有意挑戰，他深恐會招來負面宣傳，又給我們寫了一封信。這一回，信中提議一個方案：如果媽媽同意不對校方採取法律行動，不向任何「新聞媒體（包括報紙、廣播電視和網路）」談論「二十三日的事件」，我就不必返校上學，校方會做好安排，請地方當局派遣家教老師到府授課，直到我夏季參加會考時為止，而且我也獲准在家應試。此外，校方將強烈建議會考委員會，給我已繳交的作業加一成分數，因為「撰寫作業時發生困難狀況（不過校方並不承認對此狀況負有責任）……」。

媽媽當場就簽字同意，用回郵信封把文件寄回學校，我則在一旁手舞足蹈，雀躍歡呼。

我欣喜若狂，我不必回學校了！不必面對折磨欺凌我的人了！一星期五天有家教來家授課，一天五個小時，我確定自己一定會考好。我可以回到沒有相關女孩的校園中，開始為上大學用功讀書。我會結交一群新的朋友，從頭開始過新生活……

媽媽當天晚上煮了我最愛吃的東西，為我慶祝。有橙汁鴨佐烤馬鈴薯、青豆和青花菜，甜點是蘋果派加冰淇淋。讓我意外的是，她還在廚房餐桌上擺了一瓶紅酒和兩只大玻璃杯。

「媽，妳知道妳這樣做是違法的嗎？」她替我倒酒時，我開玩笑說。倒酒的聲音咕嚕咕嚕，還有一點灑了出來，好好喝的樣子。「依法，我還得再等兩年才准喝酒，妳還是律師呢！」

「我覺得妳應該得到這個獎賞，」她微笑著說。

我留意到她看來憔悴，眼睛下面的紋路更深了，黑色鬈髮間又多添了灰白的髮絲，於是明白這一向以來她也很不好過。我心想，**這就是為人母者不幸之處，註定是傷在兒身，痛在娘心**。

「媽，妳也一樣，」我微笑說，我們碰杯互敬。

「無論如何，」她補充說，「妳還有——嗯多久呢——再四個月就十六歲了。如果滿了十六歲就大到可以結婚，那就也大到可以喝杯葡萄酒。」

晚飯吃到一半時，早餐長凳上的電話鈴響，媽媽匆匆嚥下口中的食物以便接電話。她站在電話旁邊扮鬼臉，做出痛苦滑稽的表情，腦袋左右搖晃，眼睛骨碌碌地轉，嘴裡不停地嚼呀嚼的，卻遲遲無法把東西吞下去。她這一副誇張滑稽的樣子，逗得我忍俊不住，咯咯直笑，這顯然也是因為我喝了酒的關係，這會兒腦袋瓜裡頭已感覺到酒力。她總算能夠拾起話筒了，是她的律師亨利‧樂弗爾。他對她說，那對表示有興趣購買婚姻居所的夫婦，現已正式出價，「另一方」（意指她的丈夫，我爸爸）接受了。

「那……找房子的事進行得怎麼樣了？」他問。

「沒怎麼樣，」媽媽說，「我們還沒開始找呢！」

「嗯，妳最好加快腳步，」他警告她，「據我所知，這一對急著想早日搬進來。」

我們把一整杯酒都喝完，慶祝雙喜臨門，第二天早上，我破天荒頭一遭帶著宿醉醒來。雖然太陽穴兩側刺痛，我卻心情愉快，不必再去上學，不必再見到泰瑞莎、愛瑪和珍，不必再受辱，不必再默默受苦，不必再承受痛楚，最棒的是，婚姻居所賣掉了。我們總算要離開這幢恐怖之屋，它是紀念一段失敗婚姻的博物館。

六星期過後，我站在忍冬小屋的前門口，端詳著橢圓形玫瑰花壇那如墳塚般隆起的土堆。

9

我們在忍冬小屋很快就安定下來，過起作息規律而怡然的日子。

我們每天早上一起坐在廚房的松木餐桌旁吃早餐，烹調工作由我一手包辦（對此我可感到自豪了），媽媽則是老樣子，一早慌慌張張地奔來跑去，迅速熨好乾淨的襯衫，利用最後一刻發送電子郵件，或翻箱倒櫃地找一樣她不知丟到哪兒的東西。我們有固定輪流的菜單：一天早上吃烤吐司，隔天就吃雜糧粥，這樣的順序我們奉行不悖，連週末也不例外。

因為上下班通車時間這會兒變長了許多，媽媽在八點一刻左右便離家，我們每天道別的方式一模一樣，活像一對老夫老妻，我在玄關各親她的兩頰一下，提醒她開車小心，然後站在門邊揮手告別，她那輛福特老爺車輾著碎石車道，嘎吱有聲地慢慢駛遠。她總會回頭看一眼，最後一次揮個手，五根指頭併攏下壓，好像手套式木偶在行鞠躬禮似的。她走了以後，我會一邊聽著新聞廣播，一邊清洗早餐和前一晚餐的碗盤，接著上樓到我的臥房更衣。

十點正，我的主要家教老師羅傑．克拉克會準時到達。羅傑教我英國語文、歷史、法文和地理，我最有把握能拿到A的，就是這五門功課。我和羅傑在飯廳的大桌上課，一邊喝著源源不絕、一杯又一杯的茶，羅傑說，我泡的茶濃得「讓茶匙插在裡頭都會屹立不搖」。

媽媽起初並不怎麼欣賞讓一個男人來家裡教我這個主意，不過她在獲得保證，說是經過徹底調查，羅傑身家清白，加上她自己跟他會過面後，態度就和緩下來。她想必是看到羅傑對我不會構成任何威脅，因為他也是老鼠，跟我還有媽媽一樣，胸前掛著老鼠會的標誌，我立刻就感覺與他意氣相投。

他才二十七歲，但因為心理壓力大，頭髮都快掉光了，只剩兩耳上方還有兩片髮絲死守陣地。說不定是為了要補償，他蓄著濃密的金色八字鬍。他瘦成皮包骨，像有厭食症似的，戴著玳瑁圓框眼鏡，一雙碧眼在鏡片後顯得特別大。他說話的時候，喉結突起像水煮蛋，在喉嚨一上一下滑動。雖然他長相有點怪異，我卻立刻就對他有好感，很快就認識到他有當老師的天賦，我從前在學校時難以弄懂的課程，經他輕言細語地講解，忽然就變得一目了然。

羅傑和我相處愉快，他像朋友的成分大過於像師長。在我們「放鬆精神休息一下」的固定時段中，他逐漸對我透露自己的事情。他以一流成績拿到大學歷史學位，跟著受訓當授課老師。他一直有志於教學，他的父母都是教師，他見證到教育工作帶給他們多大的滿足和快樂。

然而對羅傑而言，現實與幻想有極大的不同。他發覺在自己擔任教職的學校中，沒有多少學生有學習的興趣。他的外貌長相讓他被學生討厭，他們給他起了外號，叫「胎兒」。學生在他的課堂上無法無天，不受管教。他堅守教職五年，其間十一度遭學生攻擊。他的車子常被人用鑰匙刮傷，輪胎被放氣，次數多到他最後只好賣掉車子，走路上下班，一趟要走上四哩多。他因為害怕與同校學生同車，不能搭巴士上下班。

最後，在一位學生用頭撞羅傑，撞掉他一顆門牙後，他精神崩潰，不得不因健康因素辭去教職。他好轉一些後，回到大學，以第一次世界大戰的起源（那是史上一次大規模的老鼠大屠殺）為題，寫了研究論文。他只有微薄的獎學金，經濟困難，有位朋友建議他向地方當局申請擔任私人家教，輔導要麼健康不佳、要不就是因為太害怕而不敢上學的孩子。我不過是他教的第二個學生。

跟羅傑上課時，我打破了以前沈默寡言的習慣，很快就把我的遭遇源源本本地告訴他。我跟他講到我爸，對他而言，性生活可比自己的女兒重要多了。我說到噴射幫，還有她們如何痛打我，害我差一點不省人事，最後還放火燒我的頭髮。

「好神奇，」有一天我對他說，「我是學生，你是老師，而我們倆都是校園霸凌的受害者。」

他眉頭一蹙，彷彿想分辯說我們年齡有段差距，不過隨即又微微一笑，好像在表示，這反正是實話，何必否認？

「我們倆有不少共同點，」我說。

他那被鏡片扭曲的綠眼珠盯著我的臉瞧，「沒錯，雪麗，我們有很多共同點。」

下課時間是下午一點，羅傑開車回他在城裡的公寓，臨走前總不忘開玩笑說：「幸好我帶了一綑毛線來，不然絕對找不到返回文明世界的路。」

我會替自己做清淡的午餐，通常是沙拉，然後坐下來看電視午間新聞。媽媽的公務重到連午餐都無法休息，只能在辦公桌旁匆匆吃個三明治。布雷克利、戴維斯和其他合夥律師到附近的餐館大吃大喝，自以為是大人物似的，邊吃邊高談闊論，大吹牛皮；媽媽則靜靜坐在沒有人的辦公室裡，很有效率地修訂他們的錯誤。

吃完午餐，我會坐在樓上臥房的窗台椅上，就著燦爛明亮的天光，一頭鑽進那陣子正在看的隨便哪本小說。天氣溫暖的時候——二月時有好幾個晴朗的日子——我會坐在戶外看書，總是小心蓋好額頭和頸部的傷痕，不讓那裡曬到太陽。

哈利斯太太在兩點半到達，她五十來歲，個子不高，頭髮染成橘紅色，態度咄咄逼人。我跟羅傑相處融洽，跟她則完全處不來，這不單只是因為她教的是數學和自然科學這兩門我最不喜歡的科目。

哈利斯太太教像我這樣的老鼠好多年了，同情心皆已消磨殆盡。她已得出結論：我們這些人不過就是在逃避，都是些被慣壞、受到溺愛的小孩，無法面對人生的真相。我對她提過一次我的疤痕，卻換來她的一頓嘲笑。

「疤？什麼疤？妳管這些叫疤？妳應該去醫院看看真正受到燒傷是什麼模樣，稍微上點妝，就沒有人會注意到妳的疤。時下的年輕人就有這種毛病，太浮誇，凡事只想到自己。」

她的態度令我很不高興，但是我太軟弱，不敢開口辯解。我覺得自己看過許多人生的真相，老實講，太多了。我懷疑哈利斯太太根本沒有看過，不然的話，她就比較能夠了解了。

哈利斯太太四點半走，我埋首做家庭作業，直到媽媽在六點半左右回家。如果那時我已寫完功課，就會練練長笛。我的樂譜架就立在鋼琴一側，這樣一來，在尚未天黑以前，我可以欣賞前院宜人的風光。要是我沒有吹長笛的心情，就會繼續看書，或拿出水彩顏料畫畫。由於我不很擅長無中生有地畫東西，所以都會從客廳的書櫃上取下一本大開本的畫冊，臨摹一匹特別好看的馬或有意思的風景。有時，我會畫畫看飯廳餐具櫃上的物品，好比裝著乾燥香花香料的木碗、插著乾燥花的花瓶，或媽媽多年來收集的瓷器和玻璃小玩意什麼的，這些擺設多半是外婆送給媽媽的（媽媽始終鼓不起勇氣告訴外婆，這些玩意其實「非她所好」），全是些俗氣到可怕的東西，比方繪本書作家波特童書中的豪豬太太、臉頰紅潤的維多利亞時期賣花女、把釣線綁在大腳趾上的垂釣男童、破浪而出的玻璃海豚、袖珍小茅屋。怪的是，看來越是俗氣的玩意兒，我們看著就越覺得有趣，也就越喜歡了。

我最喜愛在忍冬小屋和媽媽共享家居晚間時光，她下班回家後，我會替她泡杯茶，兩人坐在廚房桌旁聊天。我們看過蜜雪兒・菲佛演的電影《Kiss情人》後，學來一個習慣。在那片子裡，那一家人每天都一面吃晚餐，一面分享自己當天遭遇到的得意與失意的事。

我得意的事不外乎是，羅傑給了我好成績、小說讀到特別好看的一章、畫了一幅真不錯的畫。失意的事則是，為額頭和頸部的疤痕不褪覺得沮喪，或是想到我爸，對他狠心拋妻棄女感到憤怒。讓媽媽得意的事是，把案子辦成功，得到客戶的感謝、讚美；失意的事則往往是討厭的布雷克利先生對她大小聲，有時甚至會用粗口罵她，要不就是在影印室中磨磨蹭蹭，身子一直向她湊過去。

媽媽總設法給我加油打氣，堅稱我的傷疤逐漸癒合了，我也會針對布雷克利的事給她打氣，不過除了一些陳腔濫調，我也說不出什麼好話。她可不能冒著失業的風險，她需要這份工作，我們倆都需要。可是，說到爸爸，事情可就複雜多了，在我憤怒的表面底下沒多遠的地方，其實藏著讓我懷有罪惡感的一股渴望。那些希臘軍人行將從特洛伊木馬腹內傾巢而出，斬斷把我和媽媽綁在一起的帶索，我看得出來，當我提到他時，她的身體就會越來越僵硬。我很清楚自己已經沒有朋友了，萬萬不敢再傷害她，不願跟她疏遠，沒有她，我就沒有了方向。

喝完茶，媽媽會脫下為上班穿上的外出服，母女倆隨即一起準備晚餐。我們倆都愛吃、愛烹調，喜歡按照我們擁有的不計其數的烹飪書，試做複雜的料理。我們有時會在廚房裡花上兩個多小時，在媽媽一年前從義大利扛回來的厚重大理石砧板上切蔬菜，湯鍋則在爐頭上嘶嘶作響，滾煮著什麼。

吃完晚餐，我們會坐在客廳，把中央暖氣調到最高溫，如果外頭真的冷到不行，還會燃起壁爐。我們通常會一面看小說（不過媽媽往往得閱讀和公事有關的東西），一面聽古典音樂。媽媽熱愛古典樂，是個滿不錯的業餘鋼琴家，所以我是聽古典樂長大的。雖然我想試著喜歡流行音樂，不知怎的，始終無法衷心喜愛。我們愛聽莫札特、蕭邦、柴可夫斯基和布拉姆斯，最熱愛的莫過於普契尼的歌劇。由於周遭好一段距離內沒有鄰居，我們可以把音響開到最大音量，陶醉在《波希米亞人》和《蝴蝶夫人》那淒美的樂聲中。

除了新聞，我很少看電視，電視上好像要麼是叫人看了洩氣的紀錄片，有關紐約的吸毒鬼或非洲的愛滋病，要不就是演技拙劣又低俗的連續劇，還有膚淺到離譜的真人實境節目。但是我們的確愛看電影，尤其喜歡浪漫喜劇，總是查閱報紙上的電視時刻表，看有沒有好看的電影要播映。我們最喜愛的都是老片，好比湯姆．漢克斯和梅格．萊恩主演的《電子情人》和《西雅圖夜未眠》，休．葛蘭演的《新娘百分百》和《妳是我今生的新娘》等好片，就是這類的電影。我們不愛看時下的片子，好像都太粗俗、太大膽而情色，我覺得跟媽媽一起看這種電影很難為情。我們倆都很迷喬治・克隆尼，為了看他，心甘情願忍受《瞞天過海》系列片中那些刻意扮陽剛、裝腔作勢的部分，還有讓人看不懂的情節。偶爾他會露出一個樣子，或說些什麼，令我有一點聯想起我爸爸，只有一點點。當然，這一點我從來沒跟媽媽提過，但是我時常在納悶她會不會也想到他。

我們養成在晚上十點左右喝杯熱巧克力的習慣，還沒到十一點，兩人通常會一同蜷臥在沙發上，睡著了。

我倚在沙發上，頭靠在媽媽肩上，打著盹；上唇遺留的巧克力變乾了，好像鬍子。我的手軟綿綿的抓不住，小說已滑落到地板上，周遭飄揚著布拉姆斯的小提琴協奏曲或柴可夫斯基第六號交響曲的樂聲，我肆意享受忍冬小屋這安全又溫暖的氣氛。偶爾，當我注視著壁爐中噼啪燃燒跳躍的橘色火焰時，我會想起泰瑞莎・華生，想到她此刻不知在幹嘛，是在夜店跳舞、在又擠又煙霧瀰漫的酒館裡喝啤酒，還是在男友的汽車後座摟摟抱抱，這時我會想：**泰瑞莎・華生，就算妳拿全世界來跟我交換，我也不要跟妳換**。我知道我是老鼠，我知道我藏匿在護牆板後舒適的小窩裡，躲避外面的世界，但是我這老鼠人生充滿著世上所有美好的事物——藝術、音樂、文學……愛。

這容或是老鼠的生活，卻是好的生活，是豐富又美妙的人生。

10

那年的春天提早來了，溫和的二月過去了，緊跟著是暖和的三月。櫻花一夕盛開，白櫻滿枝，過了幾天，我們醒來，發覺杏桃樹也已一樹粉嫩。我們打算等夏季杏桃結果時，烘焙水果派，配上大杓大杓的香草冰淇淋一起吃。我實踐對自己許下的諾言，學會了院中所有花卉的名字，有個星期天早上，帶著媽媽到院子裡，給她導覽，一一說明每一種花的名字，最後來到橢圓形的玫瑰花壇，很有宮廷氣派地揮一揮手，宣布說：「最後，還有一種重要的花，那就是永花期雜交薔薇，rosa hybrida bifera……」

隨著白天越來越長，我們待在戶外的時間越來越多，改在後露台上喝下班回家後的那杯茶，坐在媽媽在城裡撿便宜買到的塑膠庭園椅上。週末，我們花很多時間，慢條斯理地整理院子。我修剪草地，這可不是輕鬆的活兒，因為院子有將近三英畝那麼大，而我們又聽任草長得太高，在詹金斯先生的鐵腕統御下絕不會有這種事。我來來回回，把一箱箱裝得滿滿的草渣，運到院子後方冒著水汽的堆肥上，想起詹金斯先生儼如自豪的家長，神氣地向我們介紹這一堆黏答答的髒東西，不由得莞爾一笑。

媽媽興致勃勃地種菜，想到可以從自家菜園拔菜煮來吃，就覺得興奮。她想要比詹金斯太太的菜種更多的菜，還想種迷迭香和百里香等烹飪香草，為她燒的菜餚增香添味。由於現有的菜田面積不夠，她決定擴大菜園，讓它向後延伸至絲柏樹旁。因此，有一個星期六的早上，我們去城裡買了鐵鍬和乾草叉，著手幹活，把有兩張雙人床那麼大的一塊地，翻成肥沃濕潤的褐土。我們鐵了心埋頭苦幹，欣然做著勞力工作，轉換一下滋味，可是並沒料到這活兒竟然那麼累人。我們第二天早上醒來時，簡直渾身都無法動彈，連拿起水壺都覺得痠痛，上下樓梯更是苦不堪言。

我們興致來了，傻氣十足地在前院草地上玩起滾木球，在果樹之間掛上網子，玩羽毛球。媽媽個子雖高卻笨手笨腳，運動細胞差勁透頂，每當她以幾吋之差又沒擊中目標，還是大力一揮想拍不斷旋轉的羽球卻落空時，我們倆都情不自禁地笑倒在地上。

住在鄉下，方圓數哩都沒有鄰居，真好。你可以盡情談笑，中氣十足地放聲大喊，甚至尖叫，都沒人會聽見。這兒跟婚姻居所大不相同，在那兒你走進院子時，老覺得不大自在，因為四周都有人可以從上方看得到你，你得輕聲細語，以免鄰居聽到你講話，你看得見樹叢後頭隱隱約約有他們的身影。

晚間，我們在客廳合奏音樂，原本自從爸爸離開後，我們似乎就中斷了這項習慣。我們有很多的長笛和鋼琴合奏樂譜，有一天，我隨手翻閱時，發現一本我們之前沒打開看過的樂譜，叫《俄羅斯民謠曲集》，它成了我們百分百最喜愛的樂曲集，那個三月，我們演練了整本曲集的每一首曲子，長笛部分不僅動聽且令人琅琅上口，不難吹奏，鋼琴部分則比較棘手，偶爾甚且對媽媽形成考驗。這些樂曲的曲調會纏著你不放，演奏完第二天，我們倆都會成天或吹口哨或哼著同樣的調子。如果我犯了特別可怕的錯誤，我們倆都會咯咯笑個不停，笑到半個小時只能勉強奏完幾個小節。我真喜歡和媽媽合奏，而且很喜歡吹長笛，以前我並沒有那麼喜歡吹長笛，幾度放棄又幾度重拾這樂器。

有時，當媽媽努力想要搆到纏在櫻桃樹的羽球，把它勾下來時，還有當我把木球往她那兒一滾，球卻滾出草地，她因此扮出鬼臉時，我會仔細端詳媽媽，心中漲滿對她的愛。她瘦高卻不靈巧的身體、那一雙她從來就不知該往哪擺的大手，還有她那一頭又黑又鬈、怎麼梳都不服帖聽話的頭髮，都讓她看來好……弱不禁風，我只能奔向她，伸出雙臂，使出渾身力氣，緊緊地抱住她。

我知道我們手頭很緊，所以當媽媽開始打聽我想要什麼當十六歲生日禮物時，我只給了她一張書單。她一副不相信的樣子，問我真的就只要那些嗎，我說，沒錯，我想要的東西，我都已經有了。

當然，不盡然是真的。我是想要一樣東西，但是如果我在那節骨眼上開口要，就太自私了。媽媽開的那輛車破得只能進報廢場，而且都穿十五年以上的舊套裝去上班。她上一回替自己添購新物品，我都記不得是何時了。然而，我們吃得很好，總有錢替我買新衣和新鞋、我想要的書和雜誌，或者買張DVD，去戲院看場電影。我明白她老是把我的需要放在自己前面，我可不想妄用這一點。

但是，的確有我想要的東西，想要得不得了，那種渴望的心情，絕不亞於我年幼時祈求擁有長笛的程度。我想要一部筆記型電腦，我跟媽媽上街購物時看過的那種很炫的新款筆電，機型又輕又薄，可收進肩揹式的包包，所佔體積和重量都不比一文件夾的紙大多少。

我們已有一部桌上型電腦，放在忍冬小屋前屋的小房間中，媽媽用那裡當她的辦公室。那部電腦已用了將近十年（爸爸離開時，當然帶走了較新的電腦），因此機型古老到不行。它已經出現年久失修的跡象，往往無緣無故就當機，常常無法恰當地關機，而且速度好慢，好慢，好慢！我只有在需要上網時才用電腦，可是用著總不安心，我知道媽媽得用這部電腦工作，這讓我好害怕會不小心刪除客戶的供述，或她花了好幾個小時整理出的複雜損失清單。我寧可手寫我的文章作業，也不想跟被我們戲稱為「畜生」的這玩意兒搏鬥，但是我曉得，要是我有自己的電腦，寫起作業會得心應手多了。我可以移動段落，把不滿意的部分整個都刪掉（而無需像四歲小孩一樣在那兒塗塗改改），檢查拼字是否正確，更可一目了然地查出自己究竟寫了多少字，這樣可以節省不少時間，因為羅傑對字數規定嚴格。

我的思緒已開始逐漸飄往學校的畢業典禮和大學，有筆電的話，撰寫需要交的論文作業時，會便利許多，如果我能把打字速度練得夠快，甚至看得到自己邊聽課邊用電腦做筆記。

然而，真正最讓我激動的，是想到筆電將可幫助我在創意寫作上獲得長足的進步。有了筆電，我就有辦法著手進行寫很長的作品，說不定甚至可以寫出我的第一本長篇小說……

可是，我什麼都沒講。我明白只要媽媽看出一點端倪，發覺我想要筆電，她就會買給我——即便這意味著，她得穿磨損穿孔的鞋子和抽絲的褲襪去上班。

11

三月走了，四月來了。我們怡然過著平凡的日子，羅傑上午來，哈利斯太太下午來，我用力讀書，重回正軌，努力想考出好成績，再過三個月就要舉行會考了。媽媽仍然一人做三人的工作，對布雷克利先生無禮粗野的舉止和不安分的手忍氣吞聲。

我的生日漸漸快到了，我想到自己將滿十六歲，就覺得有幾分激動。我收到在威爾斯的奶奶送的禮金，有些遠親寄來了生日賀卡，媽媽把卡片陳列在餐具櫃上。醫院寄來一張貼心的卡片，照顧過我的護士在卡片上都簽了名。警方轉來學校寄的一封興高采烈的「生日問候」信，由校長署名，他還寫了「衷心的祝福」，我把它撕個粉碎，扔進垃圾桶。

雖然我努力想克制，但我不由自主地還是巴望著爸爸能有一點表示，可是什麼都沒有，絲絲點點刺痛無情的感覺鑽進我心底，我越是拚命想忽略這感覺，就越感到椎心難受。我依然無法相信我們父女緣分已盡，我這輩子可能再也見不到他了。我曉得他有忍冬小屋的地址，開始懷疑媽媽沒收了他寄來的禮物——有一天，我甚至發了瘋似地翻箱倒櫃。不過，當我運用理智思考，就明白媽媽不可能隱藏了什麼——郵差總是在她已出門上班好一陣子後才來。實情是，連我出院時，爸爸都沒有打電話給我，所以，這會兒我也不過是要滿十六歲而已，他何必為這事跟我聯絡呢？事情已經很清楚，由於我站在媽媽這邊，選擇跟她住，而沒選他，他已將我扔進垃圾箱，好像關上水龍頭一樣，斷掉過去給我的親情。

那一年四月十一日我生日當天，是個星期二。前一天晚上，媽媽在六點左右打電話來說，要晚一點才能回家——布雷克利先生攔下她，叫她見一位只有在正常下班時間後才有辦法來的客戶（**伊麗莎白，妳心腸也太軟了吧！**）。

我提早寫完作業，當時已在飯廳桌上畫畫了一陣子，但是我並沒有回頭繼續畫，而是決定讓自己有點用，燒晚餐。經歷過學校那件事後，我還是很討厭點瓦斯爐，不過只要把火力開到最小，有時候我拿火柴湊近爐頭時，可以控制住不驚叫出聲。我煮了義大利肉醬麵，味道還很不錯，媽媽開鎖進門時，也差不多可以開飯了。

「這是怎麼回事？」她笑吟吟的走進廚房，「我以為明天是妳的生日，可不是我的。」她親了我一下，鼻子碰到我暖烘烘的臉頰，好冰涼。

「妳冷壞了，」我說，一面用手摀住臉上覺得涼涼的那一部位。

「沒錯，外頭變冷了，開始下雨嘍。」

媽媽去更衣，我放《波希米亞人》來聽，在廚房餐桌上擺好兩人的餐具，點了幾根香氛蠟燭。我開了一瓶紅酒，倒了兩杯，然後把軟木塞塞回瓶口，把酒擺回食櫥裡面。從第一次喝酒以後，我可學到教訓了，一杯就夠了。

我剛把菜裝盤，媽媽就穿著運動褲和她最舒服的一件套頭衫下樓來了。我們為我「差不多快到的生日」舉杯敬酒，開始享用晚餐。我們按慣例，聊起今天得意和失意的事情。媽媽贏了一宗控告本地公車公司的案子，她原本沒想到會打贏的；布雷克利當著布蘭妲和莎莉的面對她大吼大叫，只因她當天早上帶錯卷宗到地方法院給他（媽媽說，她拿去的正是他吩咐要她帶的卷宗）。我努力計算哈利斯太太那天下午出的方程式，十道只算對了三道；我取下我們的戈雅畫冊，臨摹了他一幅名為〈理性沈睡、怪物當道〉的畫作，雖然我把在案頭睡著的男人的腿畫得太短了一點，但是我實在滿意我畫的貓頭鷹、蝙蝠和貓，也就是那些正對那男人虎視眈眈的「怪物」。

我吃著晚餐，逐漸察覺到媽媽一直盯著我的臉看。

「怎麼了？」我問，自從我的臉燒傷以來，對旁人對著我瞧的眼神特別敏感。

「沒什麼，」她以做夢般的語氣說，「我簡直不敢相信我的小女兒明天就要滿十六歲了，十六歲欸！妳在我懷中吸母奶的事，好像還只是昨天罷了。」

「拜託，媽，我在吃東西欸！」

「時間一下子就過去了，」她慢慢地搖了搖頭，嘆道，「妳的胃口一直好好，看到奶就要吸。」

「媽，妳該不會又要婆婆媽媽，細數陳年往事了吧？」

「不會，不會，要是這樣會讓妳難為情的話，我保證不會媽媽寶寶，細數陳年往事……」

我正要嚥下一口酒，差點笑到嗆到，好不容易恢復過來，媽媽還是那副夢幻的眼神。

「雪麗，我們明天要好好慶祝，去外頭好好吃一頓。」

「媽，沒這個需要。」

「有這個需要，」她沈吟著，食指在桌上一小攤紅酒中劃圈圈。當她又開口說話時，眼睛濕了。

「雪麗，我想跟妳說對不起。」

「幹嘛要說？」

「我讓妳失望了，沒有保護妳不受那些壞透的女生欺負。」

我壓著嗓門回答，聲音低到她簡直聽不見，「妳又不知道。」

「可是正是這一點，照理講，妳應該會來找我才對。」

我用叉尖在我的麵醬上畫圖案。

「雪麗，為什麼妳會以為不能告訴我？」

「我也不曉得，」我聳聳肩，「我覺得——我有點——被嚇得無法動彈，並且感到難為情。」

「知道嗎，最讓我傷心的就是這一點，妳覺得自己沒有辦法告訴我。這是我的錯，離婚後，我仍舊自怨自艾，又太專注於工作。我把妳擋在門外。」

我知道這不是媽媽的錯，是我自己決定不向她透露被霸凌的事，不過話雖如此，聽到她責怪自己，我還是深深感到安慰。

「雪麗，有時候，我真巴不得妳不要那麼像我就好了。」

「媽，別這樣講。」

「我的意思是，我但願妳會變得比較——我但願自己能夠比較——」她找不出恰當的字眼。不論她想要講什麼，都太複雜，太敏感了。她索性不再嘗試，以祈求的眼神看進我的眼底，「雪麗，活在世間真的很辛苦！」

她抹去大概是臉頰上的一滴淚水，想擠出笑容，但這時她神色一變，好像忽然想到什麼沈重的心事，整個人不由得垮坐在椅子上，垂頭喪氣。「搬來這裡，我說不定是做錯了。我說不定不應該讓妳離開學校，說不定我們應該嘗試去面對——」

「不！」我驚惶失措，「我不想回學校！」

媽媽的雙手隔著桌面伸過來，握住我的一隻手，「妳不需要回去，」她哄著我說，「不需要。」

她把我的手握得好緊，害我有點痛。「雪麗，我不會再讓妳失望，我保證不會。」

她的表情凌厲炙熱得叫我發窘，我不由得移開眼神。當我再度抬頭看著她時，發現她臉上露出柔和內斂的微笑，鬆了一口氣。

「我想要妳明白我有多麼以妳為榮，」她說，「妳面對那些恐怖遭遇的表現，有多麼令我感到自豪。」

「媽。」

「不，我是說真的，妳好了不起。冷靜、講理、不歇斯底里、不自憐。我們去外頭好好吃一頓，去一家特別拉風的餐廳，好嗎？」

不自憐，我想起我的毛巾布浴袍的腰帶、車庫裡爸爸以前用來吊練拳沙包的橫梁……不過我決定把這念頭拋到腦後。

「好的，媽，」我微笑著說，「好的。」

吃過飯，我們又合奏《俄羅斯民謠曲集》的一首歌謠，叫做〈吉普賽婚禮〉，它有種跺足式的快速節奏，快到我跟不上。往往媽媽都已經彈到一小節一半的音符時，我還在後頭苦苦追趕，弄得我咯咯笑個不停。我吹錯了成百上千次，犯的錯越多，我們越是笑得樂不可支。

那天晚上我們倆都很睏；十點新聞尚未播映，媽媽便已昏昏欲睡。當晚播出的淨是無聊的政治醜聞，讓我看不下去，我摟抱媽媽一下，給她一個吻，上樓就寢。

我躺了好一會兒，傾聽小雨打在窗戶上的聲音，享受著逐漸消逝的十五歲時光。明天早上，我就十六歲了，**甜蜜的十六歲，卻未嘗過熱吻的滋味**，人們老愛這麼說。以我而言，這是實話，我從未嘗過熱吻的滋味。

我有生以來頭一遭感到，想要嘗嘗那滋味。我想要有男朋友，想要有人親吻我。說不定在我十六歲這一年，當我的疤都癒合了，我會遇見一個人。這個人長得跟喬治．克隆尼一樣帥，卻有年輕的湯姆．漢克斯那股純真男孩氣；這個人忠實且誠懇，當妳青春容顏逐漸消逝，魚尾紋爬上妳的眼角時，他也不會離開妳……

在窗外的綿綿春雨中，忍冬小屋的庭院正欣欣向榮，冒出嫩綠的新芽，花木含苞待放，開出新的花朵，而我的心裡有什麼在翻騰，正在復活發芽。當我醒來時，我就已經十六歲了，媽媽說了，大到可以結婚了。我覺得自己彷彿站在門邊，門外是刺激有趣的新經驗、新的感情與新的關係，我就像即將破繭而出的蝴蝶渴望展開嬌弱的翅膀，遠走高飛，渴望著這些新的事物。

我想著想著，慢慢墜入甜美的夢鄉。

12

我突然睜開眼睛，當場清醒過來。雖然我本來睡得很熟很沈，可是顯然是樓梯第四級那咿咿呀呀的聲響，傳到腦子裡面從來不睡的那個部位。我很清楚自己聽到什麼，很清楚這代表什麼意思：有人進到屋裡來了。

床頭几上鬧鐘的螢光顯示，時間是三點三十三分。

我感覺得到心臟不受控制，在胸腔裡頭噗通噗通直跳，好像掉入羅網中的兔子，軀體不住地蠕動扭曲，越是掙扎，網就收得越緊。我竭力想聽到別的聲音，但我的太陽穴跳動得好大聲。我有如隱形的警犬，豎耳傾聽臥室門外的動靜——樓梯平台、樓梯，不斷回送通報資訊：無聲無息，只有一片靜默，什麼也沒有。難道是我弄錯了？但我知道我沒弄錯，我聽到有人踩到第四級樓梯，發出聲音。

想當然爾，在等了彷彿一世紀那麼久之後，又傳來樓梯聲，是較高階的樓梯：有人進屋裡來了。

我嚇得呆若木雞，我眼睛張開以後，身體連一下也沒動過。好像有原始的本能控制了我，促使我保持絕對靜止，不要出聲，直到危險過去。就連我的呼吸也變得非常緩慢而淺，沒有聲音，幾乎沒有鼻息，被子文風不動。我想到床底下有「萬一鬧賊」時可派上用場的巡邏棒，但我全身無力，無法翻身去拿。有某種更巨大的力量制住了我，讓我無法動彈。這力量命令我，*不要動，不要出聲，直到危險過去*。

腳步繼續上樓來，這會兒更大聲了，彷彿竊賊已懶得盡量保持安靜了。我聽見有身體重重撞到樓梯平台上櫥櫃的聲音（*醉了？*），還有咒罵的聲音（*是個男的*）。

我聽見他打開媽媽的房門，知道他打開她的電燈開關，因為我一片漆黑的房裡微微地變亮了。我聽見媽媽瞌睡兮兮的聲音，聽來困惑又害怕，跟著是那男的聲音，從喉嚨裡傳出一連串含混不清的話語，兇巴巴的，不像人的聲音，倒像是禽獸。「等等，」我清楚聽見媽媽說，「我的睡袍。」接著聽見他們朝著我房間走來。

我的房門被打開，摩擦到厚厚的絨毛地毯，發出噓的一聲，電燈猛地打開，白花花的亮得刺眼。

儘管兩人都進了我的房間，我還是一動也不動（*不要動，不要出聲，直到危險過去*）。我像頸子斷掉似的，無助地躺著，一動也不動。

媽媽叫我的名字，喊我起床，但我無法開口回答。她更靠近床邊，又更大聲地叫了我，最後總算出現在我的視線中。她蒼白的臉仍帶著睡意，頭髮亂七八糟，換作是其他時候，看來會很滑稽，她匆忙間披上睡袍，腰帶都還來不及繫上。她看到我其實一直是清醒的，也明白到底發生了什麼事。

「雪麗，乖女兒，」她說，「不要怕，他只是想要錢而已。只要我們按照他的吩咐去做，他就走，不會對我們怎麼樣。」

我不相信她的話，從她的手抖個不停，喉嚨又哽得快說不出聲音，我便分辨得出來，她也不相信自己講的話。貓一旦進了老鼠洞，不傷害老鼠一下，是不會走的。我知道事情會有什麼樣的結果，他會強暴我，會強暴媽媽，然後把我們倆都殺死。

我費了好大的勁，總算可以將我的左腳移至冷颼颼的床邊。就在這時，千年魔咒瞬間破解了，我有能力坐起來，伸手去拿我的睡袍。

小偷本人比他的聲音年輕，看來瘦弱，年紀不超過二十，臉孔瘦削，獐頭鼠目，長又黑的頭髮蓋住了眼睛，油膩的髮絲結成一條條鼠尾巴，盤繞在頸間。他穿著污穢的橄欖綠飛行員夾克和骯髒到都已經結殼的牛仔褲，褲腰低垂直抵臀部，看來行將掉落。

我從五呎外就聞到他渾身酒臭味，活像有一層隱形的臭氣煙霧籠罩著他。他顯然醉了，酩酊大醉，腳步站不穩，沒有血色的臉淌著汗。他只能勉強保持清醒狀態，眼皮往下耷拉，一上一下不斷顫動，拚命想撐住不閉上。他眼睛呆滯無神，眼球朝上翻，一副快昏倒的樣子，可是這時他雙肩猛地一抖，突然又甦醒過來，四下張望，彷佛正努力回想這裡是哪裡。

他右手拿著一把大刀，是獵人用來給兔子開腸剖腹的那種刀子。他站在樓梯頂，活像站在暴風雨中飄搖的船隻甲板似的，瘋狂地左右揮舞著刀子（**他會不會跌下去？拜託，上帝，讓他從樓梯頂滾落到樓梯底，跌斷頸子！**），可是他沒有跌下去，他揮著刀子，作勢要我跟媽媽下樓。

我們嚇得發抖，乖乖聽命。

我走前面，光腳踩在冰冷刺骨的地板。我分辨得出樓梯底的前門，就在我下方，門外黑暗而安全，有一百個可以躲藏的地方。如果我快速衝到門口，能不能及時奔出門外？門鍊是拴上的，如果我去拔門鍊……而他就在媽媽的後面，手裡有把不講道理的利刃。

我走下最後一階，就這樣錯過了機會——**會是我們最後的機會嗎？**

他把我們趕到客廳，開燈，我剛從熱呼呼的被窩起來，凍得要命，這時不由得打起哆嗦。媽媽本能地伸出雙臂，將我擁入懷中，用力揉搓我的身子，想讓我暖和起來，可是我就是止不住一直在發抖。我了解到自己渾身顫抖並不是因為冷，而是恐懼。

「留在原地，」他口齒不清地說，「不准動，不然小心挨這個！」他衝著媽媽的方向用力戳刺一下，鋸齒刀口離她的左眼僅僅幾吋。

他好不容易走了六步進飯廳，腳步蹣跚，就好像腳底下的地板呈四十五度傾斜一般，當他走到桌邊，可以靠著桌子站穩時，明顯地鬆了一口氣。媽媽和我互擁站在客廳正中央，媽媽一再附耳小聲對我說：「沒事，雪麗，沒事的。」我把臉埋在她頸間，緊閉雙眼。**拜託，我只是在做噩夢，我祈禱，拜託告訴我這不是真的。**

我聽得見他一面翻遍餐具櫃和骨董寫字桌的抽屜，一面沒有條理地自言自語。他越翻越急，我聽見裝著乾燥香料香花的碗被摔到地上，生日卡片如雪片般在空中飛舞，插著乾燥花的花瓶在拼花地板上碎裂。他一直口齒不清不知在講什麼，三不五時幼稚地咯咯笑，或突然爆粗口。

「媽，他在找什麼？」我低聲說。

「乖女兒，我不知道。我想他八成也搞不清楚。別擔心，他馬上就會走。」

我聽著飯廳傳來的那些胡言亂語，有了一個令人不安的領悟，那就是，這竊賊並不在忍冬小屋裡，他不知嗑了什麼藥加上酒精，這會兒藥性正在發作。我和媽媽穿著睡袍，哆嗦地站在這裡，他隨便拉開寫字桌抽屜，把裡頭的東西統統倒在地上，這一切種種對他來講，都不過是一場夢而已，根本就不真實。他大可以用他的獵刀捅我們，而覺得無關痛癢，因為我們並非真正存在，只是夢中的魅影，他的腦袋和理智不在這裡——被藥搞茫了，在沈睡。而我非常明白理性一旦沈睡會導致什麼後果。

我隔著媽媽的肩頭打量出去，見到他拖著飯廳的兩把椅子，走向我們。他把椅子背靠背擺好，叫我們坐下。

「我們來玩大風吹，」他說，隨即爆笑出聲，活像自己剛講了最好笑的笑話。

「對——沒錯，」他說，「我們來玩大風吹，好像在學校裡老師叫我們玩遊戲那樣。大風吹，吹什麼？噠噠噠，停！大風吹，吹什麼，噠噠噠！」

他又拿著刀東揮西揮，作勢要我們坐下。我們勉強離開彼此的懷抱，聽命坐下。我一坐下就後悔了，因為這下子我看不到媽媽了，眼前只有壁爐和鋼琴，我感覺內心恐懼加深，越來越恐慌。我闔上眼，深呼吸，設法壓下歇斯底里的反應。

那年輕人站在我的左側幾呎處，好像忽然忘詞的演員般，一聲不吭，眼皮又開始啪嗒啪嗒顫動，眼珠子往上翻，最後只看得到髒髒的眼白。他的頭向前垂，宛如站著就睡著了。手裡鬆鬆地握著刀，只有手指部位還接住刀子。

我瞪著他，心想他會突然醒來，但他沒有。他儼如發條鬆了的玩具，依舊一動也不動。我忖度著，如果我現在就衝向他，就是現在，刀子會掉在地上，不會傷到人，媽可以把它撿起來。他沒有了刀，就根本不像闖入老鼠洞的貓了，而是一隻小貓咪，一隻生病又不知所措的小貓咪。如果我現在就向他衝去，趁他正茫的時候，我可以撞飛他手中的刀，我辦得到，我應該這麼做，我必須……

然而他慢慢又撐開眼皮，眼珠子回到原位，直瞪著我。他茫然地笑了笑，好像大夢初醒之人覺得嘴巴裡頭有怪味，拍了拍臉頰。他握緊刀子，舉到自己臉的前方，伸出手背，抹去下巴上的口水星子。

我遲了一步，又遲了一步。

「對，」他慢吞吞地說，逐漸想起這裡是哪裡，「對，我們要來玩大風吹。」

他在口袋裡掏呀掏的，掏出亂七八糟的一綑繩子。

13

「你用不著綑綁我們，」媽媽盡量以冷靜的語氣對他講道理，但是我聽得出她聲音中的懼意。我們要是被綑綁住了，就只能任其宰割；他倘若動刀，我們連逃都沒辦法逃。我們會像耶誕節期間我在市場看到的火雞一樣無助，那些火雞被五花大綁，塞在骯髒的角落，可憐兮兮地等著磨刀霍霍的屠夫。

「真的用不著，」媽媽繼續說，「我們不會亂來，你想拿什麼，儘管拿，我臥室的紅色盒子裡有首飾，床墊底下有現款，拿走就是了。我們不會報警，我保證。」

那年輕人僵立在原地，臉上神情異樣地恍惚茫然。說不定他正在考慮她剛剛說的話，說不定藥性發作，他正以快到令人反胃作嘔的速度神遊太虛。

然後，他放聲大笑，又一次用手背抹抹嘴，開始綑綁媽媽的手腕。「我非得把妳綑起來不可，」他說，「我會買這綑繩子，原因就在這裡。」

他半蹲半跪在地上，綁住她的腳，然後雙手著地，朝我爬過來。他一再綑綁我的腳，集中精神將繩索一圈圈繞住我的腳踝。我看著他油膩膩的頭在我四周上下快速擺動，盡量屏住呼吸，以免聞到他身上那股惡臭。他綁好我的腳以後，發覺繩子快用完了，一把抓住我的手腕，朝他身前用力拉，就用所剩不多的零星繩子緊緊綁住我的手，最後的線頭就剛好夠打一個小小的結。

「好了，」他說，「這樣，妳們哪兒都別想逃！」他慢慢站起來，呼吸很沈重，手捧著肚子，臉上露出怪相，一副快要嘔吐的模樣。他打了一個響亮又酸臭的飽嗝。

「兩位女士，抱歉了，」他說，「對不起呀，太太，對不起呀，夫人。我不該吃雞蛋的，雞蛋壞了。」

他閉口，沈默許久，久得令人受不了。我看不見他，但感覺得到他站在媽媽跟前。我想回頭去看，可是他的位置就在我正後方，在我視線的死角，一點影子也瞧不見。他要用刀捅她了，我心想，這兇手現在要動手了。他就要殺死她，然後殺我。他無意偷東西，來這裡是為了宰掉我們。他就要在我們自家的客廳裡，割斷我們的喉嚨，這個豬狗不如的東西要割斷我們的喉嚨了。

我使勁想掙脫綁在手上的繩子，但綑得太緊了，一點鬆動的跡象也沒有。我無計可施，頹然往椅背一靠，等著送死。

「我需要袋子，」他說，「我沒帶袋子來。」

「有，樓梯下面有一些袋子，」媽媽帶著猶疑的語氣說。又聽到她的聲音了，讓我鬆了一口氣。

「我帶了繩子，忘了帶袋子，」他說，好像小男孩為了沒有做好充分準備就上學，而在對老師道歉。

「在樓梯底下，」媽媽柔聲地再說一次，「那裡有一個運動用品袋，你可以拿那個運動用品袋。」

「我現在要上樓了，我要去拿錢和所有的首飾。我不在這裡時，妳要是敢輕舉妄動，我就把妳殺掉，把妳們倆都殺掉，懂了沒有？」

「懂了，」媽媽說。

「懂了嗎？」他粗聲粗氣說。

「懂了，我們完全明白，」媽媽竭盡所能以柔順的語氣重申一遍。

又是好一會兒沒有聲響，安靜得叫人害怕。

「你想要樓梯底下的運動用品袋，」媽媽提示說，「是紅色的。」

「太太，我知道我要什麼！我知道我要什麼！」他兇巴巴地嚷道，「妳少告訴我我要什麼！妳少告訴我我要什麼！」

他似乎遲疑了半晌，彷彿想努力把怒火從零星的火花搧成熊熊大火，可是當他又開口時，火氣卻緩和了，「太太，我知道我要什麼，我知道我在做什麼，用不著妳操心……」

接著他就走了，我聽到他在樓梯底下翻箱倒櫃，拉出運動用品袋，然後踏著夢遊者的沈重腳步，咚咚有聲地上樓梯。

「媽？」我輕聲說，「我們該怎麼辦？」

「雪麗，只要保持冷靜就行，我們要是慌張，他也會跟著慌張起來，我們一定要保持冷靜。」

「可是他會殺了我們！」

「他不會，他只想要錢，當他認為已經拿光所有的錢，就會走——他只對那個感興趣。」

她錯了，我確定她錯了，可是這時爭辯也沒有意義，我們倆都遭到綑綁，除了等待以外，別的什麼都不能做。我們頭頂上的房間地板傳來重重的腳步聲，過了一會兒，我們聽見他在浴室裡沖馬桶的聲音。

我盯著鋼琴看，琴蓋仍是打開的，《俄羅斯民謠曲集》跟前一晚一樣，仍翻開在〈吉普賽婚禮〉那一頁。我的長笛依舊好端端地擺在絲絨面琴椅上，是我擱在那裡的。我簡直不敢相信，不過幾個小時以前，我和媽媽就在同一個地方合奏音樂，當想要跟上音樂快到不行的節奏時，我們倆不時咯咯笑個不停。這會兒，我們手腳都被綑綁，膽戰心驚，等著瞧那嗑藥嗑到秀逗的小偷是要殺了我們，還是放我們一條生路。

我記起來現在可真是我的生日了，不由得苦笑起來。祝我生日快樂！我心想，生日和忌日是同一天的人，不知道有多少？我正想對媽媽說，跟妳講件諷刺的事，但三思之後決定不講，我這病態的觀察於事無補。

我仔細審察著壁爐腔凹凸不平的脊柱兩側的書架。都在那裡——《莎士比亞全集》、《戰爭與和平》、《包法利夫人》、《罪與罰》、《傲慢與偏見》、《唐吉訶德》、《孤雛淚》和《悲慘世界》等西方經典文學瑰寶，都緊挨著立在胡桃木書架上。在這些書上方，是屬於我的畫冊和有關藝術家的書籍——一本本圖文並茂的大部頭著作，講到文藝復興、印象派、現代主義、竇加、維米爾、米開朗基羅、透納和波蒂切利。再上去，是我們的「音樂類部分」，有三十冊《偉大音樂家的生平》，是我們向愛樂者圖書俱樂部訂購的，我們按字母順序，從巴哈排到華格納，一一擺放整齊。

沒錯，統統都在那兒，所有藝術、文學和音樂之神統統都在，所有中產「文化」的神明。然而我有生以來破天荒頭一遭，在上上下下打量著眾神時，卻並未感到敬畏有加，只覺得反感，說實話，不僅僅是反感而已，而是厭憎，讓我看了就想吐。

全都是騙人的，全都是天大的謊言。這些書假裝與人生——現實的人生——有關，卻與現實人生八竿子打不著關係。現實人生與小說詩歌無關，與風景油畫或紅黃色塊的抽象畫無關，與如何將聲音組合成合乎規範的和聲無關。

現實人生與秩序和美感完全相反，根本是一片混亂與苦難，殘酷又恐怖。現實人生是，你明明沒有傷害任何人，卻有人放火燒你的頭髮；是你走路送孩子上學或在你最喜歡的餐廳坐下時，被恐怖分子的炸彈炸得粉碎；是在後巷裡被踢死，只因為有人覬覦你剛領到的微薄年金；是被一夥醉醺醺的陌生人輪暴；是被闖進你家偷錢的吸毒鬼割了脖子。現實人生是，每一天都有無辜的人被屠殺。現實人生是屠宰場、肉店吊掛著數不清的老鼠般的受害者屍骸……

所有的這些「文化」，所有的這些「藝術」，不過就只是騙術而已。它讓我們得以假裝人類早就不再是禽獸了，而是高尚的、有智慧的動物，進化成較精緻、較純淨的物種，只因為跟天使一樣，會畫畫、會寫作，所以就變成天使，但是這個「藝術」只是掩蓋醜陋真相的簾幕。真相是，我們根本就沒變，我們仍是同樣的一種生物，跟古早時代一樣，用銳利的石塊殺死野獸，割開牠們溫熱的肚腸，並且用不銳利的棍棒發了瘋似的猛擊弱者洩忿。美麗的畫作和練達優美的詩句，一點也不能改變我們真正的本性。

錯了，藝術、音樂和詩歌根本就沒在反映現實人生，而是懦夫的避風港，給那些軟弱到無法面對真相的人虛幻的泡影。我設法吸收這個「文化」，結果卻只是令自己變得軟弱，軟弱又無助，無法捍衛自己，對抗棲居在二十一世紀叢林中的人皮禽獸。

「媽，他會殺了我們，我知道他一定會。」

「雪麗，不要慌，按照他的吩咐去做就對了。」

「妳不明白我們有多危險！他嗑了很多藥！他會殺了我們！」

這算哪門子公平正義？哪一門子的上帝會聽任這種事情發生？媽媽和我吃的苦還不夠多嗎？爸爸拋下我們，跟他那二十四歲的賤人在西班牙的陽光下享福，獨留我們孤軍奮戰。我遭到嚴重的霸凌，不得不離開校園，跟家教老師上課，我的臉上淨是別人惡意製造的傷疤。眼下，這個會走路的定時炸彈有那麼多的房子不闖，偏偏闖入我們家，就在我們正同心協力，開始建立新生活的時候，就在情況再度逐漸好轉的時候。

我們還得承受什麼痛苦？強暴？虐待？我們除了過於軟弱這個罪惡以外，除了身為老鼠這個罪惡以外，還犯了什麼罪？我們究竟造了什麼孽，為什麼會遭受如此無情的責罰？為什麼這種事不是發生在泰瑞莎．華生和愛瑪．唐利身上？為什麼不是發生在那些殘虐地霸凌我、害我想要自殺的女孩身上？為什麼不是發生在我爸和佐依身上？為什麼找上我們？再一次找上我們？我們吃的苦頭還不夠多嗎？

「媽？」

「怎麼了，乖女兒？」

「媽，繩子逐漸鬆了，我想我的手可以掙脫繩子了。」

這時，我聞到一股化學酒精味，明白他已經回到客廳了。

14

他拿著紅色的運動用品袋走過我們身邊，袋子側邊繃得鼓鼓的，裡頭滿是他塞進去的東西。看來他是來者不拒，能拿什麼就拿什麼，我甚至看見浴室裡的那罐家庭號容量的洗髮精從拉鍊側袋中探出頭來。

他走進飯廳，開始把餐具櫃頂上的小擺設掃進袋中僅存少得可憐的空間中。他一邊掃，一邊目光呆滯地瞪視著面前的牆壁，好像盲人一般，簡直是完全不在意自己的行徑。他似乎沒留意到有些袖珍玻璃動物和陶瓷玩偶沒被掃進袋裡，掉在地上，就只是像機器人似的，一直掃呀掃的。

不過，讓我看得目不轉睛、讓我不敢置信而盯著瞧的，是那把刀。他把尖利的獵刀留在飯廳桌上，**他手上沒有武器**。

我的手這會兒已鬆脫束縛，我把手擱在大腿上，繩子雖仍繞著手腕，但已經鬆了。繩子想必很舊了，我用力分開兩隻腳踝時，感覺得到又乾又刺的麻線正一股一股地斷掉了。

「媽！」我坐在椅子上，頭向右轉，嘴巴盡量靠向她的臉頰，用氣音說，「這繩子太舊了，結果……」

「嘿！」

我嚇得跳起來，活像有根鞭炮剛剛在我椅子底下炸開了似的，他直瞪著我，齜牙咧嘴，一副醜惡的兇樣。

「不准講話！」他高聲喝道，額頭青筋畢露，口沫橫飛，聲音之大，即使隔了好久以後，我依舊感到回音在屋內縈迴不去。

當他再也不能往袋子裡塞東西時，便走向我們，刀子還是被他留在桌上不管。他站在我們前面，身子前後擺動，那副德性真令人噁心。在客廳明亮的燈光下，他的皮膚灰白，帶著汗氣，泛出油光；臉上表情痛苦，好像一個孩子在派對上吃了太多東西，這會兒肚子正脹得要命，知道自己快生病了。我看得見他上唇部位和下巴上的毛，不是成年男子短硬的鬍鬚，而是毛頭小夥子難看又稀疏的幾根小鬍子。

「我要閃了，」他說。

可是他沒行動，照樣在我們跟前搖搖晃晃地打擺子，好像癲癇快要發作那樣，眼皮又開始顫動，眼球往上翻，他這副模樣這會兒已不再令我陌生。他的腦袋垂至胸前，身體慢慢地、慢慢地往前倒下。袋子砰然一聲掉在地上，那聲響喚醒了他，但來不及阻斷朝下的勢頭，他重重倒在我身上，油臉擦著我的面頰，我聞到他令人作嘔的口臭。他湊在我臉前不出聲地笑著，很得意自己激起我的恐懼和反感。我兩手仍然靠在一起，暗自祈禱他不會發覺我已解開了繩子。

「想不想親熱一下啊？」他說。

我緊閉雙眼，咬緊牙關，等著他展開可惡的攻勢，可是他沒有，反倒猛地站直了身子。

「我才不想跟妳親熱咧，」他說，「妳這賤人長得真醜，還一副神氣活現的樣子。」

我把眼睛稍微睜開了一條縫，看見他那橄欖綠的身影在我的一側晃來晃去。

「那什麼啊？」他扮出鬼臉說，「那是什麼醜玩意兒，爬得妳滿臉都是？」

我說不出話來。我處在驚嚇狀態中太久了，這會兒再也受不了了，覺得自己的心噗通噗通跳得厲害，隨時都可能跳到爆，我聽說過，有些被打中的獵物，在獵犬還沒找來將牠們叼走以前，就會因驚嚇而死亡。

「欸，是怎樣？」

沒人答腔，一片叫人不安的靜默。

「是怎樣？」

「她在學校發生意外，」媽媽匆匆回答。

說時遲哪時快，他以我料想不到的快速度一個大轉身，衝著她的臉揮了一拳。我感覺到她整個身子被震得在我身後的椅子上猛然向旁邊一歪。

「我又沒問妳！」他喊道。

「對不起，」媽媽說，雖然突如其來的一拳嚇了她一跳，但她頭腦依舊清楚，設法安撫他，讓他不致火冒三丈，失去控制。

「我在學校遭到意外！」我喊道，想把他的注意力從媽媽那裡引回到我這裡，因為他作勢又要揍她，「我被火燒到！這些是燒傷的疤痕！我滿臉是疤！」

他鬆開拳頭，放下胳臂。

「嗯，妳臉上亂七八糟。」

「對，我知道，」我說，想讓他一直說下去，爭取他對我的注意力。

「妳老媽比妳好看多了，」他邊說邊打了個嗝，又一陣酸臭味撲鼻而來。

他拿起紅袋子，醉步蹣跚地走開，逕自走過獵刀的旁邊，也沒朝那方向看上一眼，就進了廚房，不見人影。

有好一陣子，無聲無息。

「我想他已經走了，」媽悄聲說。

就在這時，他彷彿得到提示似的，走回客廳，雙手捧著一只包裝成禮物模樣的大盒子，盒上紮著鮮紅的蝴蝶結，頂上有個粉紅色信封，媽媽以秀氣的字跡在信封上寫了我的名字。

「這是什麼？」他質問。

「是我女兒的生日禮物，」媽媽冷靜地說。

「是什麼玩意兒？」

「是電腦，手提電腦。」

「這個好！」他開心喊道，儼如這禮物是特地為他買來的，「我要走了，妳們最好別報警，不然我會回來找妳們。」

他闔上眼，唇邊浮現若有似無的微笑，好像聽到什麼內行人才懂的笑話似的。他又睜開眼睛，一副好不辛苦的樣子，眼皮似有千斤重。他環顧四周，似乎想記起來自己人在何方，先前又說了什麼。「對，沒錯，」他拖長了聲調說，「我會回來，找妳們算帳。懂了嗎？」

「是，我們懂，」媽媽說，「我們不會報警，保證不會。」

他杵在原地良久，毒品藥性讓他整個腦袋茫了，他嘟嘟囔囔說了什麼，想打嗝，但打不出來。他閉上眼睛，我才剛想說他又迷茫恍神了，他卻忽然像洋娃娃睜眼似的，撐開了眼皮，死瞪著我看，眼神之冷酷、無情、兇殘又殺氣十足，讓我轉開眼睛，不敢直視。要開始血流一地了，現在要開始血流一地了，就在我們以為他要離去，給我們安寧的時候！他要大開殺戒了……

他站不穩，身子往前傾了一下，粉紅色信封從盒頂滑下，喀的一聲落到地上。這一聲讓他又站直身體，大聲咂咂嘴，舐舐嘴唇。

「我會回來，找妳們算帳，」他又說了一遍，聲音轟轟然，聽不清楚。

他笨手笨腳地重新整理禮盒，把它側過來豎直了，挾在左臂下拿好，隨著他這一番折騰，美麗的紅蝴蝶結滑脫，宛如秋天的枯葉似的，飄落在地上。他隨即轉身，慢吞吞地走回飯廳，在餐桌旁停下腳步，這一回肯定是要拾回刀子了。然而他對那把刀子似乎視而不見，彷彿它是隱形的，要不就是存在於太虛幻境的匕首幻象而已，然後，他繞進廚房，我們就看不見他了。

我聽著他掙扎著想要走出廚房，他一手挾著我的電腦，另一手提著紅色運動用品袋，怎樣也騰不出一隻手來打開後門。

「結束了，」媽媽說，「他這下子真的走了，我說過他不會傷害我們的。」

是的，這一回他真的走了，真的要離開，帶走我十六歲的生日禮物，它被他緊緊挾住，挨著他那發臭的夾克。媽媽把禮物包裝得漂漂亮亮的，還加了好看的紅蝴蝶結做點綴，臨上床之前，才把它擺在廚房桌上，這樣一來，我一早起床下樓做早餐時，便能看到禮物，在我生日當天，給我一個美好的驚喜。媽媽以她為人母的本能，知道我想要筆記型電腦，雖然她買不起，卻情願苛刻自己，也要咬著牙替我買。

他逐漸離開了——用他龐大的圖章式戒指，在媽媽的臉頰上留下凹凸不平的鑿痕，還在她的右眼留下灰青的瘀血。他逐漸離開了——留下兩個毫無招架之力的女性，他有條不紊地羞辱、折磨、凌虐這兩個女的，好像這本就是順理成章的事，好像他有權如此。

時至今日，我仍然說不上來，到底是什麼促使我做了接下來所做的事。也許是因為看了那蒼白、惡毒的壞蛋帶著我的生日禮物揚長而去，而那禮物象徵著我對未來所有的抱負；也許是因為他對媽媽下的毒手讓我感到憤怒；也許是因為他罵我醜八怪；也說不定真相就是，人的忍耐總有個限度，就算是膽小如鼠的人亦然，一旦超出了限度，事情便突然發生了。或許也不過就是由於，媽媽那美麗的紅蝴蝶結是那麼緩然又可悲地飄落在地上……

我掙斷綁腳繩僅餘的幾股麻線，從餐桌上一把抄起刀子，跑進院子裡追他。

15

他走了沒多遠，才剛走到露台和草坪交接處，身影還在廚房昏黃的燈光照得到的亮處。他聽見我跑來，回頭看了一眼，無所謂地照樣往前走，彷彿只是看見一隻鬼鬼祟祟的貓，而不是一個拿著刀邊叫邊向他跑來的女孩。

我使出渾身力氣，把刀往他兩片肩胛骨之間一插。

我不敢相信他的背有多硬，就像把刀砍進樹幹似的，刀刃戳進去到離刀柄兩吋處就刺不下去了，我花了好大力氣才能把刀拔出來。他挨了這一刀，長嘆了一聲，電腦和紅袋子自他手中落下，他好似肚子挨了一拳般，身子向前一倒，半轉過來瞪著我，臉上有種生氣又無辜的神情。

「妳幹嘛這樣？」他呻吟說，好像我剛剛很沒品地惡整了他一番。

我半閉著眼，一下又一下地揮刀捅他，不想看見刀子製造的傷口，不想看見血。

他像躲避狙擊砲火的士兵，依然屈著身子，朝著廚房走，一邊抬高左臂，想擋住我不斷刺下的刀。我心想，好得很，**我就要你回屋裡！我才不想讓你逃走！**

他進了廚房，想關上後門，把我擋在屋外，可是他動作不夠快，我肩膀一頂，衝進門內。他腳步蹣跚地走向食品櫥，想把松木桌搬移至我們倆之間，不過他又慢了一步，我奔至他身側，一陣亂刺，一面還念念有詞地奚落他，就像鬥牛士那樣，一面用長矛戳刺鬥牛淌著血的脅腹，一面還對這畜生罵罵咧咧。他繞著桌子跑，我追趕其後，朝他刺了一刀又一刀。

「我們在玩大風吹！」我尖聲喊道，「我們在玩大風吹啦！」

我那時已刺了不知多少刀，數都數不清了。他似乎越來越沒力氣，倒在水槽邊，撞到堆滿著前一晚碗盤的塑膠瀝水器，把碗盤撞落在地。他正努力想站穩時，我有一刀劃到他的頸側，頓時鮮血如注，像有水從裂開的水管噴射出來。他一手摀住傷口，在角落的麵包盒邊上背對著我，弓身彎腰。

我只想要他倒下，別再走動，別再對我們構成任何威脅。我打量著他被劃破又沾滿血漬的夾克，想弄清楚他的心臟在什麼部位，然後朝著那兒盡量用力地刺下去。就在這時，他身子一扭，刀子刺到堅硬的肩胛骨，那後座力之大，使得刀子震出我的手，滑到地上另一側。

我看到他領悟到情勢轉變得對他有利，臉上的表情從逆來順受一變而為嘲弄惡意，一副幸災樂禍的嘴臉，我還來不及四下打量刀子在哪兒，他便已一頭朝我撞過來。

我雙膝一軟，這竊賊的重量整個壓在我身上，使得我往後重重倒地，落在一個又利又硬的東西上頭，直抵著我的尾骨，嚇得我哇哇大叫。我即刻明白那是什麼——我正躺在我的刀子上！

他在我胸前扭動，好不容易才撐起身子，想用他的前臂扳開我的下巴，露出我的喉嚨。他頸部鮮血直淌，就像不斷從打翻的酒瓶中流出來的酒。他的血如滔滔江水連綿不絕，不斷湧到我臉上，淌至我身上，流進我嘴裡，我只好像溺水的人那樣，把血從口中吐出來，大口大口地喘氣。我的眼睛彷彿進了肥皂水，覺得很刺痛，完全看不見。

這會兒，他的臉壓著我的臉，兩人的嘴唇差不多快靠在一起了，簡直像在以令人作噁的動作模仿戀人親吻。他設法用雙手扣住我的脖子，但我慌亂地拍打他的手，拚命抓他的臉。他屢次想把我的兩隻手按在地上，我都掙脫開來，用指甲戳他的眼睛。我雙手亂揮亂打，死命尖叫，努力想把那壓得我快要無法呼吸的軀體推開，好伸手去拿卡在我背部底下的刀子，只要我能將他往旁邊推開一秒鐘，取來刀子，便可重占優勢。只要我能伸手拿到刀子……

但是他太強壯了，儘管受了傷，儘管頸部血流不止，對我來說都還是太強壯了。他終於勉力用雙手扣住我的喉嚨，我覺得呼吸道像是被老虎鉗掐住了，霎時中斷，眼前瞬間一黑，又直冒金光，我百分之百肯定，要是我再過幾秒鐘依然無法呼吸，就必死無疑。我勉強把灼熱的眼睛睜開一條縫，看見他扭曲的臉像特寫鏡頭被放大在眼前，好不醜惡。他拚命想掐死我，瞳孔因狂怒而擴張變形，咬牙切齒時，露出一口黃板牙，下唇垂著一條粉紅色的細細唾沫。我心想，我這輩子所看見的最後一幕景象就會是這個了。

我頸部中間有什麼開始撐不住了，有什麼就快要斷裂了。我的指尖已碰到刀子，但是這時我整個人逐漸失去力氣，兩隻胳臂沒用地垂在身體兩側，有好一會兒沒能吸到一口氣，眼前的金光越來越大團，末了就只剩下白花花的一片。我心想，原來垂死就像這樣，這就是垂死了，這就是人家說的白光了。我不再掙扎，連抵抗的念頭也沒了，我闔上眼，束手待斃，等待真正死亡的一刻來臨。就在這時，一聲砰然巨響，宛如魔術似的，我身上沒有了他的重量，喉間那可怕的壓力霎時消失。

我又睜開眼睛時，看見媽媽雙手捧著砧板，白色大理石的表面濺著深色血跡。她往他砸下去的力道之大，把他的人都震飛了，軀體向旁邊一轉一倒，只有腳還碰到我，躺在那裡，和我的身子形成傾斜的角度。

怪的是，他居然還有意識，一張臉滿布鮮血，像戴了猩紅的面具，兩隻眼睛睜得大大的。他用前臂支撐著，想從廚房桌子底下爬起來，以免又遭到迎面一擊。但是媽媽可不會就此善罷干休，我看著她做好攻擊準備，審慎地選擇陣地，握緊砧板的短把手，這樣才不會失手，不會犯錯。接著，她將砧板高舉過頭。

砧板落下時，我闔上眼，不敢看它砸下去時恐怖的畫面，但是我聽見那含混不清又令人作嘔的聲響，感覺到小偷一塊硬硬的頭蓋骨擦過我的臉頰。

16

廚房爐具上的時鐘顯示，時間是四點五十七分。

我靠著洗衣機坐起來，飢渴地把空氣吸進灼熱的喉嚨裡。媽媽坐在桌旁，雙手抱頭，無聲地哭泣。

小偷死了，這一點毫無疑問。他的屍體仰躺在地上，腦袋和軀幹在桌子底下，夾克被往上推擠成一團，圍住兩隻耳朵，右臂伸在身體前方，好像死時正想伸手去拿什麼。

謝天謝地，我從我坐的地方看不見他的臉，只能瞧見他的後腦勺，經媽媽奮力一砸已經變形了。他周遭淌著一大攤血，名副其實的血海，在明亮的燈光下閃閃發亮。濃濃的血河慢慢流淌在瓷磚地板上，流到櫥櫃、爐具、後門的椰子殼纖維腳墊，還有早餐凳下方蒙塵的暖氣散熱管的底下。我想起《馬克白》中有一句我覺得好怪異的台詞，就是馬克白夫人想起鄧肯國王遇害景象時說的那句：「有誰想得到老人竟有如此多的血？」這下子我完全明瞭了。我茫然地想著，不知道莎士比亞是否殺過人，不然的話，他怎麼會這麼清楚殺人後竟是這副景象？**有誰想得到瘦巴巴的小偷竟有如此多的血？**

紅色的血河流到我跟前，就快流到我的腳了，我把腳收回來幾吋，不想碰到那黏稠的東西。不過，我沒有移開身子——我已經累得不想動。況且，我身上早已沾了他的血，沾到血的兩隻手滑溜溜，頭髮也結成一團，我的睡衣濺滿血漬，髒兮兮的，毛巾料浴袍如海綿般吸足了血，變得很沈重，我的口中滿是血液鮮腥的金屬味。

當我又看時鐘時，時間變成五點十三分。

我想開口說話，可是喉嚨灼熱，只發出嘶啞的聲音。過了一會兒，我再試著啟齒，這一回容易一點。

「媽？」

她坐在桌旁，發著呆，雙手支著頭，好像她的腦袋有千斤重一般。我開口時，她抬起頭，但是過了一會兒才回過神來。

「媽，是不是該報警了？」

她露出一抹苦笑，搖搖頭，「乖女兒，我坐在這兒這麼久，就是想把事情弄清楚。」

我不懂她的意思，以為她是餘悸猶存。「媽，我們必須報警，」我輕輕地說，「我得告訴他們發生了什麼事，他們會叫救護車來，我需要去醫院——我的脖子——痛死了。」

但是她並沒有站起來去打電話，而是依舊坐在廚房桌旁，沒穿鞋的兩隻腳搭在椅子的支桿上，以免碰觸到逐漸凝結的那一攤血。她的右臉紅腫，右眼浮腫，半開半閉，眼圈青紫，看起來不像她自己，簡直就是變了個人。

「媽？」我又催她，「報警吧，我需要去醫院。」

然而她依舊沒走向電話。

「雪麗……」

「嗯？」

「妳跑到院子裡時，發生了什麼事？我看不到——當時還拚命想解開腳上的繩子。我看到妳拾起了刀子，接下來發生了什麼事？」

「我捅了他，」我回答。

「哪邊？」

「背部。」

「他有沒有武器？」

「沒有。」

「我在廚房裡找到妳以前，妳刺了他幾刀？」

「不知道……很多……很多。媽，」我呻吟著說，「妳什麼時候才要打電話報警啊？」

她的回答讓我十足意外。

「雪麗，我不想坐牢。」

「妳在講什麼？」我乾著嗓子說，「這話是什麼意思，坐牢？」

「我不想坐牢，」她冷靜又斷然地說，「也不想讓妳去坐牢。」

「媽，妳在講什麼？妳不會去坐牢的，他闖進我們家，他手上有刀。看在老天爺的份上，我們是在自衛，他想掐死我——要是妳沒有那麼做，他就已經殺死我了！」

我認為她真是可悲到底，我希望快點有人來援助我們，想要去醫院止住喉部的疼痛。我想要把一身又黏又酸的血沖洗得一乾二淨，讓我恢復一身清潔，身上帶著香皂和痱子粉味，躺在冷而清爽的醫院病床上，任由護士大驚小怪地照顧我。我尤其想好好睡上一覺，睡個好久好久，忘卻我方才歷經的恐怖事件……

讓我驚異的是，當我又看向媽媽時，她居然在大笑，不是開懷歡笑，而是叫人毛骨悚然的苦笑。

「事情要是有那麼簡單就好了，雪麗……偏偏就不是，」她很有耐心地整理了思緒，才又開口說，「妳追上去時，他已經走出房子，他手上沒有武器……」

「沒有武器！」我驚呼出聲，不敢置信，「他是男人，我只是個小女生。」

「這沒有差別！他正要離開我們家，妳有刀，他沒有。」

「媽，妳太荒謬了。那是自衛，他把我們綁起來，他揍了妳的臉，我不知道他是否真的離開了，不知道他還會不會回來殺了我們倆。他回來過一次——我不能冒險。警方絕不會站在他那一邊對抗我們……」

「雪麗，我是律師，很清楚自己講的話。如果我們報警，警方的辨識人員便會搜查這屋子的每一吋，很快就能研判出妳是在屋外攻擊他，到時候我們就不得不承認，妳手上有刀，而他沒有武器，他們別無選擇，只能起訴我們——」

「起訴我們？憑什麼起訴我們？」

「謀殺。」

「謀殺？」我不敢相信她會這麼講，她肯定是驚嚇過度，才會滿嘴胡言……

「接著會有審判，在那之前必須出庭三、四次，說不定得等上一年才會開審判庭。事件會登上報章雜誌，很多的報章雜誌，新聞界會大張旗鼓——他們就愛這種八卦。我會失業，布雷克利不會想讓事務所跟這麼亂七八糟的事情扯上關係。運氣好的話，陪審團會同情我們，站在我們這一邊，他們會了解我們是害怕性命不保，而人在嚇壞的時候，就沒法理性思考。」

「要是運氣不好呢？」

「運氣不好的話，會碰上差勁的陪審團，或者特別出色的檢察官——」

「那會怎麼樣？」

「我們會被以謀殺罪名定罪。」

「怎麼會？太沒道理了！」

「依法，面對攻擊，妳可以使用武力自衛，但是只能用合理的武力。陪審團只要認定妳造成的那些刀傷，有一個——只需要一個——是不合理的武力，而且可能會奪命——」

「這是什麼意思？」

「不論我有沒有打了他，如果他後來因那刀傷而致命，如果醫學證據下了這個結論，妳就可能被判定犯了謀殺罪。」

我驚愕地說不出話來。經她這麼一剖析，整個狀況突然就完全兩樣了。

我是在自我防衛，我是在保護媽媽，我的確以為他可能回來……可是說真的，我的確也不想讓他逃走，當他跑回廚房時，我很高興。我記得當我繞著桌子追他時，是怎麼奚落他、揮刀攻擊；記得他在角落的麵包盒旁邊縮成一團時，我怎麼對準了應該是他心臟的部位，朝著他背部刺了一刀，好讓他從此再也無法動彈。如果要我捫心自問的說實話，我難道不是有意殺了他嗎？如果我有意殺他，這豈不就是謀殺？

我不該去追他的，我犯了太愚蠢的錯誤。要是我該因此而受罰，那就罰吧，可是我不明白為什麼媽媽要為我的所作所為而受苦。

「可是，媽，妳的情況不同啊！妳是在他想掐死我時打他的，妳救了我的命，這怎能算是謀殺？」

「這倒是真的，雪麗，是真的，他的確是想掐死妳沒錯。可是，我打了他兩次，第二擊……我當時知道妳已脫險，知道他已無法構成威脅，我本可以打電話報警，然後天知道，他說不定這會兒便躺在醫院，說不定傷勢會復原。但是我沒打電話，我又砸了他一記。蓄意的。我——我不知道自己當時是怎麼了，然而事實是，*我想要殺死他*，我曉得我是情急之下動的手，但是如果陪審團認定這第二記是不合理的，我就犯了謀殺罪了。」

「我不敢相信，」我抽噎地說。我們擊退這獐頭鼠目的年輕人要人命的攻勢，他卻仍對我們構成威脅。儘管我們已殺了他，他卻仍可毀掉我們的人生。「媽，我們該怎麼辦？」

「我覺得我們挺不過去，」她說，「審判、記者、上報，還有監獄——坐牢，我必死無疑。」

「媽，我們該怎麼辦？」我嗚咽著說，「該怎麼辦才好？」

媽再度開口時，時間是五點五十六分。泛灰透明的天光透過廚房的窗子，逐漸滲進屋內，鳥兒在外頭的樹上歡快鳴囀，喜迎早晨的來臨，彷彿這不過是另一個嶄新的日子。

「我想我們應該把他埋在院子裡，」她說。

17

我們就那麼做了——把他埋在院子裡。

接下來那一小時的事情，只能用「超現實」三個字來形容。我和媽媽宛若踏入詭異的鏡宮世界，現實世界種種熟悉的事物都扭曲變形，變得光怪陸離。我知道林林總總的事情都真的發生過，可是在那同時，我又無法相信真的是這樣。

我和媽媽各自套上雨靴，這樣在抓住小偷的腿，將他從桌下拉出來時，就不致光腳踩進黏呼呼的血泊中。

我們倆理性且冷靜地爭論該把他埋在菜田中，還是橢圓形玫瑰花壇，彷彿兩人不過在討論我的臥室壁紙該挑什麼花色（我們後來決定埋在橢圓形玫瑰花壇，因為菜田太遠了，而那兒離道路又太近）。

我們第一次下手，拉不動這小偷的身體，他好像那逐漸凝結的稠汁黏住了。

我和媽媽拉著屍首（屍首！死人！）穿過被露濕的草地，鳥兒在我們周遭歇斯底里、吱吱喳喳地叫著。天已破曉，是一個晴朗美好的春日。

那竊賊的腦袋撞到通往前院和橢圓形玫瑰花壇的水泥台階，一路磕磕碰碰（每撞到一下，我就皺一次眉頭，然後對自己說：他什麼都感覺不到了——他死了——並且領悟到死亡對我仍是龐大到無法掌握的事物，我依然無法將「他一定有所感覺」這念頭，從腦海中驅除）。

他的一只球鞋從媽媽的手中脫落，這時媽媽身子忽然向後一倒，整個人一屁股坐在地上，活像電視節目中播映的素人出糗畫面。

我們兩人在院子裡東歪西倒，笑到不能自持，屍首面朝下躺在草地上，右臂向外伸，那姿態像是個不屈不撓的游泳選手。

我和媽媽走到工具棚拿鐵鍬，這一回不是要種菜，是要種屍體，要在我們家前院的白堊土裡，種一個瘦巴巴、無血色的二十歲男人。

我們拿好工具回來，看見一隻體型不小的薑黃色貓咪，正在舔舐屍首指尖的血，我們之前沒見過這隻貓，之後也未再看到（我們接近時，牠心不甘情不願地溜走，穿過籬笆上一個小到不行的洞，消失無蹤）。

我們挖著挖著，抬頭看到一位農夫高踞在一架造型滑稽、活像漫畫裡玩意兒的農具上，轟隆隆地駛在經過我們家外面的小路上，距離我們站的地方不超過一百五十公尺。我們看著他朝我們這裡很快地瞥了一眼，伸直了一隻胳臂，向我們致意，直到通過我們視線所及的地方，才把手放下。我們茫然地向他揮手回禮，兩個穿著沾染血漬的睡衣的女性，一大早六點半，在自家前院埋葬一具屍體。

玫瑰花壇的空間剛好夠容下屍首，不必拔除任何玫瑰叢。經過一夜的雨水浸潤，泥土的表層是濕的，鐵鍬輕易便可穿透，土很黏，巴著鐵鍬，我們不時得用雨靴去把土刮下來。可是，越往下就越難挖，兩呎深的地方，泥土似乎沒浸潤到雨水，硬得像石頭。

我汗如雨下，頭暈目眩，不得不脫掉笨重的睡袍，才能繼續幹活。我們倆因為睡眠不足，都太虛弱、太疲累了，這頑石般的地層叫我們難以招架，我們對著土亂劈亂砍，卻是白費力氣，而天一分一秒地亮了。雖然四下無人，沒有人在看著我，我卻開始覺得自己暴露在光天化日之下，無所遁形，恐慌極了。農夫早已走遠，小路杳無人跡，周遭的田野如照片風景般靜默。我發覺自己想到宗教課老師很愛說的一句話：**一切都逃不過神之眼**。

媽挖三呎深的地方，停了下來，因為賣力幹活，滿臉通紅，呼吸沈重。

「媽，這還不夠深，」我說，「可能會有小動物把他挖出來。」

「雪麗，就這樣，可以了，我們只是要把他藏起來，我們還得清理屋子裡面。」

我們把屍體拖到窄溝的口上，不想伸手碰觸這叫人反胃的東西，就用腳加上鐵鍬幫忙，把他推入溝裡。叫我毛骨悚然的是，他竟然仰天躺著，我發覺自己又瞪著那獐頭鼠目的臉。雖是同一張臉，卻又不大一樣，因死亡而產生微妙的變化。

眼睛半開半闔，卻呆滯無神，沒有焦點。他的眉頭如今完全舒展，眉毛低垂，形成深色的尼安德塔人眉脊。他的下巴一定是被媽媽打脫臼了，因為他下半張臉往下掉，扭曲變形了。傷勢使得他的嘴大開，下排牙齒這會兒略比上排向外突出，讓他看來有兇惡的獸相，像拳師狗。他的左臂直貼身側，手落在大腿上，好像在彈吉他，他的右臂保持他死亡時的姿勢，僵硬了，好像一個用功的學生知道某個難題的答案，高舉過頭。

說不定他真的知道難題的答案，我心想，最最困難的問題——人死後會怎樣？

我們挖掘的淺坑不夠長，無法容納竊賊伸直的右手，前臂和手掌突出在土坑之外，有如院子中新長了形狀醜怪的花卉。媽媽沒再往下挖，而是小心翼翼地下至坑裡，抓住屍首的右臂，把它折起來，放在他的頭上。死後屍僵的現象已顯現，那隻手臂不斷自她手中鬆脫，伸直向上，就像那賊人即便死了，也要故意跟她作對似的。

媽媽的跨出坑外時，臉色蒼白得嚇人。

我們把土鏟回他身上，我掩埋了他的腳（一隻腳穿著跑鞋，另一隻僅著破爛的綠襪子）、他的腿、他的左手和他的腰，可是我鼓不起勇氣用土掩埋他的頭。當我看到媽媽鏟了土倒在他臉上時，我畏縮了（**他眼睛進了土了——他嘴巴也進了土了！**），接著就罵自己真是幼稚膽小。

他什麼也感覺不到了——他死了！

我們完事時，這年輕人完全消失於地球表面。忍冬小屋聳立依舊，前院工整依舊，橢圓形玫瑰花壇依舊，玫瑰花叢已星星落落早綻了粉紅的花苞，那屍首卻已失去蹤影，不留一絲痕跡。

我們倚著鐵鍬站在那裡，筋疲力盡，歇上一會兒，再展開下一樁可怕的任務——清除廚房中的血跡。

就在這時我聽見一個聲音，輕輕的，悶悶的，是一連串的音符，像是鳥囀或蟲鳴。那聲音停了，過了幾秒鐘又響，同樣的一串音符。我和媽媽面面相覷，摸不著頭腦。聲音停了，又響。我四下打量，看看樹叢和花壇，想看出到底是什麼在響，這時我恍然大悟——我曉得這串音符，以前聽過多次，在街上，在咖啡店，在餐廳，在火車上……

那是手機鈴聲，傳自玫瑰花壇底下。

18

這小偷的手機想必響了有二十多次才罷休，我發覺自己在那段時間，緊握拳頭，咬緊牙根，彷彿身上正承受著莫大的痛楚。

媽媽很少爆粗口，但她這會兒脫口罵出了一串髒話。

「我的天哪！」我咳聲嘆氣，「我的老天爺啊！」

我們倆都驚恐地瞪著玫瑰花壇，活像看到泥土變成嘴形，開口說話。

「媽，我們該怎麼辦？該怎麼做？」

媽沈默許久才回答，「我們得把他挖出來，必須拿到手機，不能冒風險，以免手機響了，被人聽見……而且，警方可以藉此追蹤，查出手機確切的位置。我們必須把手機拿出來。」

她用手梳了梳頭髮，焦急地緊蹙眉頭。「該死！我早該搜他的口袋才對！我到底在想什麼啊！」

光是想到要把屍體挖出來，搜他的口袋，我就受不了。我一屁股跌坐在草地上。

媽媽偏過頭瞄了我一眼，我努力不讓眼淚掉下來，覺得自己渾身燥熱，不自然地發燙。

我喘不過氣來，即便大口深呼吸也無濟於事。我不想再看到那張臉，不想再看到那張眼睛和嘴巴進了泥土的臉。我覺得我無法承受……

「雪麗，讓我來，」她好像讀出我的心事，說，「可是我們時間不多了，回屋裡去，到廚房櫃子裡拿拖把，開始清地板。別的地方都不要去，就留在廚房，我們不可以走來走去，把血跡帶到全屋子。」

「好的，媽，」我以近乎耳語般的聲音說。可是我沒有移動，我們正在做的這件事是如此徒勞無功、如此愚蠢又如此頑強，其重量拖累得我無法動彈。

「媽，已經有人在找他了，已經有人想找到他了。我們逃不過的，一定會被逮到！」

她轉過頭來看我，青紫的瘀傷讓她的臉看來怪異又陰沈。

「現在擔心這個已經來不及了，」她說，聲調異常空洞，聽來魂不守舍，說不定心思已飄向她即將著手的那樁惡活。

這時，小偷的手機又響了，我好像遭到電擊似的跳了起來，立刻站穩腳，匆匆跑過草坪，奔回屋裡。我受不了那鈴聲！**我必須離那聲音遠遠的！**

那一再重複的八個快活的音符聽在我耳中，儼如那小偷的笑聲，從黑暗的、淺淺的墓穴中傳來，在奚落我們，嘲笑我們。

三十五分鐘後，媽媽走進廚房，愁眉苦臉，形容之憔悴是我以前從未見過的。

她把睡袍一邊口袋裡的東西統統掏出來放在早餐凳上，有一包壓扁的香煙、一只Zippo打火機、一個破舊的皮夾、一串連著足球鑰匙環的車鑰匙，還有手機。

「我關機了，」她說。

她把手探進另一邊口袋裡，向我揮一揮皺成一團的鈔票。「妳瞧，」她說，「他後褲袋裡有我在床墊底下的每一塊錢，幾近有兩百英鎊，我不敢相信我竟然沒有檢查他的口袋，就把他……」她的聲音逐漸減弱。

「媽，我們幾乎沒睡到覺，才會腦筋不清楚。」

「嗯，從現在開始，我們的腦筋必須清楚，不然就會被逮到，」她雙手支著臂，咬著下唇，當她激動時，總會做出這樣的舉動。「我們必須用腦子想，必須思考。」

她想按捺住恐慌、懼怕和嫌惡的情緒；就像在對付上班時丟給她收拾的爛攤子那樣，正設法處理這一片血污，當作它是用腦力抽絲剝繭，是知性的挑戰。她只需要徹底發揮她的聰明才智，用她的常識，還有她有條不紊對細節的關注，便會像解決其他所有問題那樣，渡過這個難關。

這時，媽媽才四下打量廚房，留意到我做好的事。我已拾起陶瓷碎片，統統收進紙箱中，放在後門邊。我已著手用拖把清理最大塊的血跡，把一桶又一桶污水倒進水槽再換新水，看著倒掉的水逐漸從深紅色轉變為隱約帶點粉紅色。我用手邊的抹布把地板盡量擦乾，媽媽回屋裡時，我正要開始處理牆上和凳上的血跡。

「做得好，雪麗，」她露出微笑，「妳把最糟糕的部分處理乾淨了。」她看看爐具上的時鐘，「七點二十三分，很好，我們時間拿捏得不錯。」

這時，她臉上又出現聚精會神的表情。問題，她得處理問題。

她從水槽下面的抽屜拿出一卷淡紫色的垃圾袋，撕下一個。

「雪麗，仔細聽我說，」她說，「只要是沾到血的東西，還有能證明那小偷來過我們家的東西，統統都得丟掉。我們把它們都放進垃圾袋中，藏在樓上的空房間裡，直到我們可以把它們安全地處置掉。」

她將小偷一小堆個人物品掃進袋中，跟著舉起那箱沾血的碎陶瓷，想把它塞進袋裡。我撐開袋口，方便她塞箱子，然後取來我用來抹乾地板的抹布，也扔進去。

「刀子在哪？」她問。

我原本把刀子放在瀝水架上，這時便拿過來交給她，試著不去看刀刃上如糖蜜般已乾掉的深色血塊。她把刀子深深插進紙箱中。

她環顧周遭，查看有無其他沾血的物品，注意到腳墊。她屈膝跪下，把它摺起來也放進垃圾袋中。我用拖把抹去它留下來的粉紅色長方形痕跡。

媽媽又撕下一個垃圾袋，她脫下血跡斑斑的睡袍，塞進袋中。

「雪麗，妳的睡袍呢？」

我得尋思一下才記得起來，我把它留在玫瑰花壇上了。

「乖女兒，拜託，能不能跑去拿回來，這樣就可以跟我的裝在一起。這袍子恐怕非得滅跡不可，我們不能冒風險洗洗就好。」

我不想走近小偷的墳墓，但是我不能拒絕，在媽媽剛才強迫自己做了那事後，我不能。

我急速跑過草坪，設法不去看玫瑰花壇，設法不去想像泥土底下傳來的聲音（妳想不想親熱一下？），或有隻冷冰冰的手抓住我的腳踝。我抓住那隆起的一團，竭盡所能火速回到屋內。

媽媽把我的睡袍裝進放了她的睡袍的垃圾袋中。

「現在，把妳的靴靴給我，」她說。靴靴這兩字帶著天真的孩子氣，此時此刻在這間廚房中聽來，完全不合時宜的怪。

我坐在椅子上脫下雨靴，媽媽也脫掉她的，兩雙扔進另一個垃圾袋裡。

「好了，」她說，一邊用手背抹抹額頭，「我來好好地把這裡的每樣東西擦洗一遍，櫥櫃，牆壁，一樣都不能少。」

她全身埋進我們儲放家居清潔用具的百葉門櫃子裡，過了一會兒才又出現，手上拿著塑膠盆、刷子、一疊乾淨的抹布和一大瓶消毒劑。我注視著穿著睡衣、戴著黃色橡膠手套、頭髮蓬亂如鳥窩的她，覺得又有股想大笑的衝動，當她拔出小偷的球鞋，不由得向後一栽時，我就曾爆笑出聲。

「有時候演到《馬克白》劇中最恐怖的場面時，觀眾席上會有人放聲大笑，」羅傑有一回對我說。

「怎麼會這樣？」

「因為恐怖的事情很滑稽。」

我好不容易克制想笑的衝動，這大概是適當的作法，因為媽媽臉上有著孤注一擲的堅決表情。

「媽，妳要我怎麼做？」

她並未回答。她正往塑膠盆裡加熱水，全副心思都放在問題的細節上——如何讓時間倒流，如何讓屋內看來和小偷闖入前一模一樣，如何清理廚房，不讓警方發現一點點血跡。我不得不再問一次。

「我想妳最好上樓去沖個澡，把身上的血沖乾淨，」她說，一邊又撕下一個垃圾袋，「脫下睡衣後，把它和用過的毛巾都放進袋子裡。就算看起來沒有沾到血，還是會……我們不能冒任何風險。」

19

我有生以來第二回在照鏡子時，無法認出鏡中人是自己。有張野蠻人的臉從浴室鏡中瞪著我，那不是一個十六歲的中產英國女孩，而是遠古時代的野蠻人，臉被殺人的血弄髒，戰鬥的刺激使得此人雙眼圓睜，沾了血又變乾的僵硬頭髮，一撮撮向上豎起，高低不平。這副景象令我膽戰心驚，我過了好一會兒才能接受那鏡中的野蠻人就是我。

我伸出食指，刮了刮臉頰，乾掉的血像鏽般紛紛飄落，在白瓷的洗臉台上留下鏽紅的粉屑。我檢視喉頭灰色的污點，氣管兩側各有一半圓形深色痕跡，是小偷意圖掐死我時造成的。我依然感到喉嚨刺痛，每一次嚥口水時，都覺得怪怪的，像是有什麼梗住了。我雙眼通紅，零星殘留了幾小星點眼白，漂來漂去。我聽說，警方可以從人的眼睛血管爆裂的狀況來判斷這個人是否曾被掐住喉嚨。這跟血液缺氧有關，**我距離鬼門關有多遠呢？**我頭疼得厲害，累得可以蜷縮在浴室地板上，當場就此沈沈睡去。

一股濃重的沮喪感迎面而來，籠罩住我。簡直是一團混亂！簡直是一場災難！**而且全都是我的錯**。我把一件令人不快但司空見慣的竊盜案，變成了一場巨大的災難，是如此令人震撼，如此聳人聽聞，肯定會以斗大字體的標題攻佔報紙頭條。

十之八九，我會將自己和媽媽的人生毀於一旦。我們絕對無法逃避責罰，全身而退，沒有人可以逃脫謀殺罪過，總是會留下蛛絲馬跡，有些無心遺漏的線索，會讓警方抓到兇手，我們到頭來還是會入獄，兩個人都得坐牢，一切只因為我失去控制，只因為我不肯聽媽媽的話，她叫我要保持冷靜，她叫我不要慌張，她跟我說他不會傷害我們，我是哪根筋不對了？我為什麼沒有聽她的話？我毀掉了一切。我想消失不見，想讓自己被大地吞沒。

可是，在內疚和自責底下，還有別的，另一種情緒，頑強又叛逆，拒絕屈服於佔了優勢的情緒。就好像在古典樂作品中，在緩慢如悲歌的小提琴和大提琴聲底下，隱約可聞尖細的小號樂聲，吹奏著完全不同的調子——目空一切又無禮，宛如大鬧婚禮現場的醉漢。

我看著自己通紅的雙眼、頸部的瘀傷。他真的想殺死我，當我無助地倒在地上時，他真的想掐死我。我記得他臉上堅決的神情和恨意，記得我突然就無法呼吸，吸不到半點空氣，就好像活門被關掉了。他原可宰了我，原可取走我性命，然後走到客廳，對媽媽下同樣的毒手……但是我們扭轉乾坤，貓進了老鼠洞，可是這一回老鼠宰了貓。

我再次看著鏡子時，訝然見到自己竟露出一口白牙，我正咧嘴而笑，這時我明白自己有著怎樣不合時宜的情緒：**我好開心**。

睡衣染到血的地方乾掉後，黏住了我的身體，得像撕ＯＫ繃那樣地剝開。站在蓮蓬頭下，熱水如大雨般傾注而下，讓強勁的水花打在我頭上，感覺好舒服，好棒。我看著血混合著水形成粉紅色漩渦，流下出水口不見了，心中浮起詭異的滿足感。

我閒閒地想著，女性和血之間是否有著神祕的連結？我從十二歲起，不就一直在把血從我的手、從我的衣服上沖走？那是男生一點也不了解的事情。血是否多少算是女性特有的領域呢？有那麼多女性成為護士，原因是否出自於此？我記得醫院裡那些護士，那些女性看了血絕不會昏倒，不會把眼光調開，不會瑟縮，因為她們不怕血，血是老朋友了。

我用肥皂在身上搓出厚厚一層泡沫，覺得用力搓肥皂時發出的嘎吱聲響真好聽。我想把全身上下每一吋都搓乾淨，讓身體潔淨無垢，沖完澡後肌膚煥然一新。我把肥皂沖掉時，朝身後鏡子瞥了一眼，看一看我因為倒在刀子上而在後背造成的傷痕。就在我的臀部上方，有個部位浮腫變黑，像拳頭那麼大，周圍紅紅的，已發炎得很厲害。

我伸手去拿洗髮精想洗頭，但它不在平日放洗髮精的地方，我悚然想起它被小偷拿走了。我改用肥皂洗頭，還加了點裝在綠色小瓶中的潤髮乳來中和肥皂，那瓶子被擱置在浴室架上已久，蓋頂已積了灰塵。我先把肥皂水都沖掉，然後從頭來過，再洗一次。

我將身體充分抹乾，把浴巾也放進垃圾袋中，那裡頭已裝了我的睡衣。我用另一條浴巾裹住身體，在腋窩下塞實，以免滑落。我用我最喜歡的保濕乳液塗臉，指尖不斷劃圈圈，讓皮膚吸收涼涼的乳液，接著用媽媽有著強烈香草香味的護手霜抹手。我刷牙，好祛除嘴巴裡頭殘存的那股令人不快的血腥味，我一刷再刷，直到牙膏中的薄荷味涼到刺痛，讓我再也受不了，這才罷手。

完事後，我拭去鏡上的霧氣，再次看著鏡中的自己。野蠻人不見了，被洪流般的清淨熱水沖走，我又是我自己了，頭髮柔軟服帖，面龐經過用力搓揉，兩頰發光。馬克白夫人在鄧肯國王遇害後講的話，浮上心頭。

一點點水便沖洗掉我們做的這樁事。

然而事實證明她大錯特錯；水沖走她身上的血跡，卻洗不掉留在她心上的記憶。因殺害國王而產生的罪惡感終究逼瘋了她……

我和媽媽的下場會如何呢？我們能否用一點點水沖洗掉我們做的事？還是說，我們的心智也會受到影響？在小偷屍首埋藏在前院不過三呎深的地下漸漸腐爛時，我們能否回歸正常的生活？當警方來敲門時，我們有沒有辦法對他們說謊？老鼠能否像那樣地撒謊？老鼠在隱瞞了那麼多陰暗祕密的情況下，能否昧著良心，安穩睡大覺？

這時，我忽然想到，在我們做了這件事——殺了小偷，把他的屍體埋在院中後，說不定我們已不再是老鼠了。

可是這麼一來，我們成了什麼？

20

我步出浴室時，看到媽媽提著兩個淡紫色垃圾袋走進空房間。她再出來時，我把裝著我的睡衣和浴巾的袋子交給她。「妳要不要這一個？」

「好，」她以低得幾乎聽不見的聲音說，「我會把我的也裝進去。」她的臉蒼白沒有血色，因為疼痛突然瑟縮了一下，可是我還來不及問她好不好，她便匆匆走過我身旁，進了浴室，鎖上門。

我在臥房裡吹頭髮時，好像聽見她在嘔吐，可是當我按掉吹風機想聽清楚時，嘔吐聲已停止了。

我穿上褪色的藍色牛仔褲和白上衣，頸間繫條紅圍脖好遮蓋瘀傷。雖然今天天氣很暖和，我卻穿上厚襪子和鞋底厚重的步行靴。我想要在又踏進廚房時，有超過半吋厚的橡膠隔在我和那些沾過血的地板瓷磚之間。

我經過浴室時，媽媽還在裡面，但我沒聽見淋浴聲。我走到樓梯頂，正要下樓時，瞥見空房間另一頭角落中的淡紫色垃圾袋，媽媽把它們堆疊得高高的，圍住拖把和水桶，好像用來保護高射砲的沙包。

我停下腳步，這副景象異樣地觸動了我，我不必多想就明白箇中緣故。有一個垃圾袋裝了小偷的皮夾，而我敢肯定，皮夾中會有什麼東西說明此人的一切個人資料，他的姓名、地址、出生年月日……

我忽然有股抑制不了的衝動，想知道小偷的姓名，想知道我殺死的那人究竟姓什麼叫什麼。

我傾聽透過浴室門傳來的聲音，想聽清媽媽的動態。我曉得她要是發現我剛沖完澡，換上乾淨衣服，又去翻那些血跡斑斑的東西，一定會氣瘋了。我聽到她拉上裙子拉鍊，她還在更衣。我想，她還要一會兒才會打點完畢，於是躡手躡腳溜進空房間。

我找的是裝了腳踏墊和陶瓷碎片的那個袋子，媽媽把他的手機和皮夾也扔進那裡頭。我跪在地上，用手摸索一個個袋子，覺得好像回到兒時的耶誕節，坐在耶誕樹底下，拿著我的禮物又捏又搖，想猜出裡面包的到底是什麼，只是這一回是那情景的恐怖山寨版。塞著我們的睡袍的袋子不難找，裝著雨靴的也夠容易。我以為我找到對的那個，可是打開袋口一看，裡頭只有（如今已掏空的）紅色運動用品袋、大理石砧板和筆電的包裝紙與孤零零的紅蝴蝶結。

就在這時，我聽見媽媽咳嗽和摸浴室門把的聲音，於是趕緊跳起身，衝出空房間。我不想讓她察覺我的打算，我在樓梯中段平台喊她，以防萬一。

「媽，妳上班前要不要吃點東西？」

光是想到食物都讓我感到反胃，我覺得自己這輩子都不會再有胃口了，似乎無法想像自己日後還會有食欲。我相信媽媽一定也有同樣的感覺。

「乖女兒，不用了，」她弱聲答道，「麻煩妳，只要咖啡就好，很濃的咖啡。」

我在沖澡時，媽媽賣力幹活。櫥櫃、松木桌、麵包盒、洗衣機和水槽周遭的瓷磚上的污痕、血跡統統沒了，她拆下濺到血的廚房窗簾（顯然已收進放在樓上的淡紫色垃圾袋中），廚房裡春光燦爛，金陽朗朗，早餐凳表面、水槽裡面和瀝水台被照得微光閃爍，地板經她再次擦洗抹乾，也是一片亮鋥鋥。

媽媽沒把後門關上，好讓地板快點乾，我看出她已沖洗了戶外的露台，把雨靴留下的血腳印還有我們在鋪面石子地上拖著屍體留下的長長紅色印子，都沖得乾乾淨淨。敞開的後門突然令我感到很不自在，*萬一我們並未殺死小偷，而只是傷了他，怎麼辦？萬一他就在這一刻拖著腳步穿過草地，朝房子走來，怎麼辦？*我跑過去用力甩上門，上門閂，一方面覺得自己好丟臉，竟如此幼稚、疑神疑鬼，另一方面卻又無力克制自己。

媽媽在飯廳和客廳也締造了類似的奇蹟，原本七零八落散落在地上的繩子不見了，兩張椅子歸回原位，我的長笛裝回盒子裡，《俄羅斯民謠曲集》放進琴凳裡面，鋼琴蓋已闔上。餐具櫃和骨董寫字桌裡的物品被小心拾起，收進抽屜中。乾燥香花先被掃作一堆，這會兒已收拾乾淨，裝回木碗中，擺在餐具櫃頂上。破掉的那只花瓶碎片，一粒也看不見，原本跟它成對擺在樓梯平台櫃上的另一只一模一樣的花瓶，插上了紫色的乾燥小花。所有的小擺設都被放回原位，就在我昨晚十點上床前它們所在的位置。說來神奇，它們竟然逃脫闖入者的毒手摧殘，未受損傷。經我仔細檢查，只有那幢袖珍茅屋的煙囪斷落了。

媽媽把我的生日賀卡都擺回到餐具櫃上，我注意到她還多擺了她的那張卡片，上面印著「在這特別的日子」，還有一朵粉紅玫瑰花的特寫照片，花瓣上的露珠晶瑩剔透。我看著卡片裡面寫著：給我美麗的寶貝女兒雪麗，甜蜜的十六歲！希望妳今後一生永遠記得這一年！

太諷刺了，我苦笑起來。我的生日才開始不過數小時，我就已經知道我將永生（為什麼要那樣？）難忘。

我煮了一大壺咖啡，平時加四匙咖啡粉，今天加了六匙，我想我們若想整天保持清醒，就需要多一點咖啡來幫忙。我把咖啡和杯子都端進飯廳，我不想在廚房喝，不僅僅是因為少了窗簾，陽光太亮太刺眼，也是由於昨晚在那兒時發生的點點滴滴不知怎的好像陰魂不散，刀光血影、扭打鬥毆、尖叫驚呼，都好像電影在空蕩蕩的電影院裡兀自上演著，始終不落幕……

剛過八點，媽媽便下樓來，身上穿著她深藍色的套裝，提著公事包，準備出門上班。我訝然見到她如此靈巧地掩蓋住臉上的傷痕，她敷了眼睛，周圍的紅腫大半消退，然後塗上灰色和紫色的眼影，巧妙地遮飾灰紫色的瘀傷。她用厚厚的粉底蓋住臉頰上的鬱痕，把頭髮向前撥（她平時是向後攏至耳後），好進一步掩飾紅腫。別人得靠得很近地打量她，才能猜出她臉上曾吃了重重一拳。

「媽，妳看起來很棒——妳是怎麼弄的？」

「我不是一向都討厭化妝的，要知道，我也曾經十六歲過。」她想對我眨眨眼，兩眼卻痛得盈淚。

她坐下，唏哩呼嚕地灌了幾口咖啡。

「乖女兒，妳的脖子好了點沒有？」她問。

「還在痛，我吞東西時會痛，我想可能有什麼部位受傷——移位了。」

媽媽焦急地看著我，「我今天會在城裡替妳買點藥什麼的。」

「我想喉糖是不會有用的，」我說，想要控制突如其來的痛楚，「我必須去看醫生。」

「如果一直沒有好，我們就去看醫生，可是這樣會有風險，雪麗。」

「媽，我不知道該如何撐過今天，」我咳聲嘆氣，「我好疲倦！我可不可以打電話給羅傑和哈利斯太太，就說我生病了？」

「絕對不行！」她厲聲喝道，這使得我的臉一下子脹紅了。「我們今天絕對不可以改變平日的作息，必須表現得一切如常，假如警方來問話，妳取消上課或我今天請假不上班，像這樣的事正好會令他們起疑。」

然後她給我一個溫暖的微笑，捏了捏我的手，我明白她是為了方才的疾言厲色表示歉意。「雪麗，我曉得這不容易，但是妳辦得到的，我知道妳可以的。」

我悶悶不樂，一聲不吭，認命了。我不想要她上班去，不想一個人留在家裡，前院裡可是埋了那個啊。

「媽？」我說，提起困擾我一早上的心事，「妳覺得那農夫是否看見了我們？」

「他是看見了我們——絕對看見了，」她答稱，「但是我認為他並沒有真的看到，如果妳明白我的意思。他距離太遠，行進速度又太快，只看見兩個女的穿著睡袍在做園藝，就這樣而已——不是多稀奇的事，總之，在鄉間不是奇事。」

我微笑，她對此事不以為意，讓我放下心中的大心頭。這抹微笑自動化為一個大呵欠，

「天哪，我簡直睜不開眼睛了！」

媽媽伸出拇指和食指，扶住我的下巴，仔細端詳我。「妳的眼睛充血得厲害，如果羅傑或哈利斯太太問起來，就說昨晚因為慶祝生日，喝多了，今天早上宿醉頭疼。」

「好主意，」我說，「我感覺就像那樣。」

媽媽喝光剩餘的咖啡，一邊焦躁地看著手錶，接著又露出她每一回有重要事情要警告我時的樣子，苦口婆心，循循善誘（雪麗，乖女兒，妳爸要跟我離婚……）。她捏捏我的手，看進我眼底。「聽好，雪麗，我不知道今天會出現什麼情況。我把握短短的時間，盡量清理了這間小屋，應該是沒問題了才對，可是請妳無論如何都別讓人進廚房，怎麼樣都別讓人上樓去，萬一——」她把我的手捏得更緊，接著才往下說：「萬一警察來了，立刻打電話給我。跟他們講妳媽媽正在路上，馬上回來。別讓他們進屋裡來，就算他們手上有搜索狀也不行。請他們稍候，我相信他們一定會等的。不過，萬一有所不測，妳被捕了，什麼也別對人說，妳聽到了沒有？拒絕回答他們提出的任何問題，真是不得已的話，就跟他們說，妳是按我的吩咐行事。」

說完她站起來，「我得去上班了，可不能遲到。」

我留在原地，她的話餘音繚繞：萬一有所不測，妳被捕了……妳被捕了……妳被捕了……

「勇敢一點，」媽媽說，「妳等著看就知道了，不會有事的。我們今晚再談。」

她駕車離去時，我虛應故事揮手告別，她卻未回頭再看一眼，也未擺手示意。她伏在方向盤上，全副心神都集中在前一晚發生的問題上。我們平日小巧而別致的習慣蕩然無存，我們並未在廚房共進早餐，也未在玄關吻別，我沒有像平時那樣要她路上開車小心。一切都不一樣了，一切都正在改變：*萬一有所不測，妳被捕了……*

我正準備關上前門時，忽然有了那個感覺。一種令人毛骨悚然、冷颼颼的感覺爬上我左側的臉頰，我突然覺得不自在，對自己的樣子、表情格外敏感，手足無措，*感覺有人在看著我*。

我上下左右打量碎石車道中央分隔島上的樹叢、敞開的車庫和裡面的摺梯與方形油罐，右側與鄰居農田為界的樹籬，但我什麼人都沒看到。左側遠處有花叢和灌木叢，分隔碎石車道與前院，透過那糾結的樹葉，看得見修剪過的草坪。

還有那看來隆起而邪惡的橢圓形玫瑰花壇。

看在老天爺的分上，他死了！他已經死了！

我用力甩上門，拴上門鍊。

21

我仍然不知道自己是怎麼撐完那一天的。

媽媽出門以後，我有如線被割斷的傀儡般，頹然坐在飯廳桌旁，就這樣坐了將近兩個小時，腦海中一再重溫前晚的情景，從我醒來那一刻想起，一直想到媽媽用砧板敲破小偷腦袋的時候。

我的腦子好像無法承受這些事件發生時造成的巨大震盪，因此必須攀著它們不放，反覆回想，這會兒拚命想弄明白到底是怎麼回事。我就像活死人一樣，坐在那裡，無力抵抗，眼神呆滯，發著呆，一幕幕恐怖的景象歷歷在目，每一幕都以令人不快的特寫鏡頭慢動作播出，劇終小偷死掉後，整個經過又從頭再來一遍。

有人重重敲前門，把我震回當下時刻。

警察！是警察！怎麼會這麼快就找上門來？

我夢遊似地慢吞吞穿過客廳，槁木死灰般的心又在胸腔中噗通亂跳。

我不可以讓他們進屋來，就算有搜索狀也不行，絕對不可以讓他們進來！

我伸出抖個不停的手揭開窗簾看出去，沒有警車，沒有閃爍的藍色警示燈，沒有穿著黑制服、口袋中無線電對講機噼啪價響的警察。只有羅傑，手裡拎著他那只扁書包的羅傑，自得其樂吹著口哨的羅傑，在萬里無雲的晴空下瞇起眼睛的羅傑。

羅傑那天早上心情極佳，我沒見過他那樣快活又多話，簡直就像過生日的人是他，而不是我。他帶了本精美的精裝書給我，是戴芙妮·杜·莫里哀寫的《蝴蝶夢》，還附了張生日賀卡，上面有隻戴著貝雷帽、穿著罩衫的卡通狗，說著：我要為你的生日畫點特別的東西——卡片內側印著，所以讓我們把城裡塗成紅色的吧！

我費了好一番努力，才裝出羅傑指望我該有的孩子氣興奮模樣，一顆心卻已碎成千萬片。單是「生日」兩字便已有了新的意味，令我產生可怕的聯想（這是什麼？是我女兒的生日禮物。是什麼玩意？），我不由得滿臉通紅發燙，雙眼泛淚，必須快速眨動眼睛，以免落下淚水。

我努力回答羅傑興致勃勃的一連串發問（妳媽送了妳什麼？今晚要不要去哪裡慶祝？），活像麻藥未退或是不習慣開口說話似的，答得結結巴巴，硬擠出微笑，臉真的都笑僵笑痛了。為了防範他發現我興奮得有點勉強，便盡快地跟他講，我和媽媽昨晚喝太多酒了，兩人今早都因此不太舒服。

「對呀，小姐，我早就注意到妳的眼睛很紅，」他開玩笑說。

我們進了飯廳，坐在平日習慣坐的地方，羅傑開始打開他的書包。我緊張地看著他，生怕他那雙觀察敏銳的眼睛四下掃射時，會留心到有什麼不對。他的眼珠子被厚厚的鏡片放大了，骨碌碌地轉來轉去，好像聰明的綠金魚。這一雙眼睛會不會注意到我們沒留意到的事情？好比，沙發底下露出一截他用來綑綁我們的繩子？袖珍茅屋原為煙囪部位的白色缺口？椅腳旁邊有一小塊三角形的花瓶碎片？會是什麼蛛絲馬跡讓一切真相大白？我心慌意亂地在筆記本頁邊空白部位亂塗亂畫，不敢抬頭，以免臉上的表情洩漏內心的焦慮。

在我看來，飯廳裡每樣事物都被前一晚的風波所玷污、連累，遭到滲透——不過數小時以前，餐具櫃和骨董寫字桌才遭到小偷搜索；不過數小時以前，那一木碗的乾燥香料香花才在小偷瘋狂洗劫時被掀落在地；餐具櫃的小擺設被一股腦扔進他手上的紅色運動用品袋，而我當時拿刀捅了他；他的刀曾躺在飯廳桌上（就是羅傑這會兒擱筆盒的地方），我跑向院子時，一把抄起這把刀；羅傑此刻正端坐的椅子，椅背有點缺口的那把，媽媽昨夜就坐在這椅子上，手腳遭到綑綁，逆來順受地等待命運到來。

我深信羅傑看得見昨夜點點滴滴所遺留的痕跡，就像噴射機劃過湛藍晴空留下一條白煙那般清晰。我期待他隨時會爆出一句：雪麗，這裡發生了什麼事？這屋裡發生了可怕的事！

我簡直無法相信他居然不覺得飯廳有什麼兩樣，看不出寫字桌、餐具櫃上的小擺設和他坐的椅子有任何異動，而我只不過是心裡有鬼才會以為每樣東西都產生邪惡的變化。我深信他會注意到我和媽媽沒留心的地方，一些我們因為太疲憊未及處理從而露出馬腳的小地方。如果他注意到了……會如何呢？媽媽沒跟我講萬一羅傑發現我們的祕密，我該怎麼辦。

羅傑彷彿花了一輩子那麼久才整理好他的筆記，開始講述第一次世界大戰的起源，他很快就會變成這個主題的專家。我點頭稱是，偶爾在我的筆記本上寫點什麼，不怕被人刺探出祕密的腦子，則無法自拔地一直在重演昨夜的種種。

「妳不能忘了德國當時受到希里芬計畫的拖累，按照計畫，德國必須對法國發動閃電攻擊並打敗敵軍，如此才能將所有戰力調往俄羅斯——這是雙方的絕對信條。」

不准動，不然小心挨這個！

「如果俄國完成動員，就能武裝起六百萬大軍，雖然他們先前被日本打敗，德國卻仍十分畏懼『俄羅斯蒸汽壓路機』。」

我非得把妳綑起來不可……我會買這綑繩子，原因就在這裡。

「奧匈帝國對塞爾維亞下的最後通牒條件，嚴苛到幾乎不可能遵照辦理，雖然塞爾維亞方面盡了力，足以令德皇威廉感到滿意，覺得作戰的理由已經消失……」

我不該吃雞蛋的，雞蛋壞了。

「有證據顯示，貝施圖爾德用偽造的報告，謊稱塞爾維亞入侵多瑙河，迫使德皇簽字宣戰……」

太太，我知道我要什麼！我知道我要什麼！

「英國之所以參戰，是因為德國侵犯比利時的中立狀態，但是英國自己本也盤算著，在確有必要時派軍進入比利時。真正中立的比利時，會破壞英國打算透過海上封鎖來餓死德國的計畫……」

媽，他會殺了我們，我知道他一定會。

「如果法國宣布中立，德國就會索討凡當和杜爾兩個要塞……」

想不想親熱一下啊？

「不管法國高不高興，都勢必被迫參戰……」

媽，繩子逐漸鬆了，我想我的手可以掙脫繩子了。

當我們總算上完第一次世界大戰的起源時，羅傑列出大綱，要我寫一篇復習報告（聯盟制度造成大戰之不可避免，試探討之），我們繼續做英文閱讀測驗練習：摘自《白鯨記》的一大段，篇名為〈斯塔布殺了一頭鯨〉，去年會考考過這一段。

按慣例，我有半小時可以自行斟酌，回答十道問題，然後再與羅傑一起檢討答案。我從未讀過《白鯨記》，覺得那一段簡直沒法讀懂，充斥著我不知道的航海用語，還有怪異的人名——魁魁格、皮廓德、達古、塔施特勾。有關本文的問題（斯塔布的煙斗在這一段中扮演什麼文學性角色？）好像比一般的測驗難多了。在我看來，好些句子一整句都不知所云。一波波倦意襲來，我掙扎著不讓眼皮往下掉。我熱得受不了，口乾舌燥，頸間的圍巾快令我窒息了。我無法集中精神看眼前的白紙黑字，它們像密密麻麻的黑螞蟻，歪歪斜斜地向前走。

根據我模模糊糊的了解，有一批水手在一個名叫斯塔布的人率領下，划著船獵鯨，斯塔布後來持魚叉殺死鯨魚，可是每隔幾分鐘，我便受到文句的刺激，腦海中又復現栩栩如生的影像，讓我完全不能理解文中微妙的細節。當斯塔布「一再」用他「彎曲的長矛」刺鯨時，我看到自己繞著廚房桌子追著小偷跑，對他刺了一刀又一刀（我們在玩大風吹！我們在玩大風吹啦！）。當「紅色的潮水」從垂死的鯨魚周身各處湧來時，我看見自己累得頹然倚靠洗衣機而坐，看見一大攤血從赤陶地磚上向我汩汩而流。當鯨魚身上被刺穿的洞口噴出「一股又一股濃血」時，我看見我用刀尖劃破小偷頸項，其頸間噴出了血柱。當斯塔布「站在那裡仔細端詳死於其手的龐大屍骸」時，我記得在媽媽那致命的一擊後，廚房中一片沈靜，鴉雀無聲，那時，我們竟殺了人這樁不可思議的事實，逐漸沈澱落實了。

我漸漸聽見遠處傳來羅傑的聲音，非常遙遠，幾乎聽不到。他正第二或第三遍重述某件事情。

「對不起，你是不是說了什麼？」我問。

「妳是昏了頭不成？」他笑著說，「我剛才在講，時間到了，完了。」

完了，如果警方今天上門來，他們說出口的會不會就是這兩個字？**妳的時間到了……**我把正在寫的那個字寫完，放下筆，只答完了一半的問題。

「在我們開始檢討答案以前，」羅傑說，「妳想我們是不是應該休息一下喝個茶？在平時，這會兒我們已經喝了兩三杯茶了……」

我並未泡茶給他喝，因為他總是跟著我到廚房，趁著我燒開水的空檔和我閒聊，加上我又謹記著媽媽的警告：**無論如何，別讓任何人進廚房**。

「我猜，八成是因為妳今天生日，所以妳想要我泡茶，對不對？」羅傑開玩笑說，「嗯，既然今天是妳特別的一天——僅此一次——」隨即便站起身。

「不要！」我一個箭步跳起來，喊道，「羅傑，我來泡，我不過就是忘了泡茶而已。我說了，昨天喝多了酒，說真的，我還沒清醒呢。」

羅傑又坐下，但當我經過他身邊要走到廚房時，他往椅背一靠，擋住我的去路。

「雪麗，妳進去以後，可不可以看看有沒有可能來一片妳媽做的檸檬蛋糕？我餓死了。」

「當然可以，」我含笑著說，接著又嘻皮笑臉地露齒而笑，他放我過去。我覺得他鐵定會跟著我，於是拚命在想有什麼辦法可以把他留在飯廳。

「你要不要現在就檢查我的答案？」我說，「我恐怕沒寫多少題。」

「好啊，」羅傑說，伸手去拿我的筆記本，「沒問題。」

我獨自一人一進廚房，立刻收起笑容。我動作得快一點，我知道要是我不夠快的話，他會跟進來。我從蛋糕盒中取出檸檬蛋糕，扔在桌上，立刻裝滿水壺，丟了兩只茶包進茶壺，從櫥櫃中一把抄下一只盤子。我自刀叉抽屜中取出一把叉子，然後找刀子，好去切那討厭的檸檬蛋糕。我發現一把塑膠柄的長刃利刀，我一把刀拿在手上，腦海中便又重演起舊事。刀刺進他肩胛骨之間的凹陷處；他彎腰駝背跑向屋子時，我對著他殺了一刀又一刀；我繞著桌子追逐他時，劃破他的頸項；「我們在玩大風吹！我們在玩大風吹啦！」

「妳覺得很難，是不是？雪麗。」我身後有個聲音在問。

我一個轉身，手上拿著刀子。

羅傑在廚房裡，滿不在乎地走向後門。

他講這話是什麼意思？我覺得什麼很難？他指的是不是假裝這裡昨夜平靜無事？或者是指掩飾謀殺小偷一事？

「的確是不容易，」他說，「尤其是有那麼多血。」

他知道！他知道！不知怎的，羅傑知道了！

我握緊手中的刀，說不上來自己緊接著該如何。我該不該捅他一刀？媽媽會不會想叫我這麼做？

「整件事很野蠻，對不對？」

「你在說什麼？」我用低沈沙啞的聲音說，語氣沈重到不能再沈重了。

羅傑面露訝色。「這一段呀——從《白鯨記》摘出的這一段。不只技術艱深，情緒上也艱難。想當年，捕鯨那行當野蠻又血腥，他們去年竟然考了這一段，很令我驚訝。很多學生讀了以後覺得不舒服，很多人抱怨。怎麼了？妳以為我在說什麼？」

我揭開包著蛋糕的防油紙，抖著手想切開蛋糕。我神經敏感又煩躁，腦袋中有異樣的感覺，頭暈目眩，漩渦似地轉個不停，顛狂又令人不適，好像我再也控制不了自己的行動。我完全不曉得自己接下來該如何是好，**我得把他弄出廚房！**這裡是震央，是兇殺地點，是血流成河之處。我的刀子抖個不停，我必須用兩隻手才能把刀握穩。

「這裡看來不一樣，」羅傑說。

我假裝沒聽見，但他的話讓我的心跳得更厲害。

「窗簾去哪了？」

「唔，媽媽洗了窗簾，」我說，盡量保持快活又滿不在乎的語調。

「腳踏墊也不見了。」

「對，嗯，媽媽討厭那腳踏墊，扔了。」

羅傑雙手交叉抱胸，靠在後門上。一雙銅鈴般的綠眼像保全攝影機似地，四下掃瞄廚房各角落。

「還有什麼……」他像是大聲地在自言自語，「還有什麼不一樣……」

我大可以跟他講：原本吊掛在爐台旁邊的笨重義大利大理石砧板不見了，在樓上的垃圾袋中，上頭黏著小偷的血和腦漿。

「是什麼呢？」他沈吟道，「是什麼？」

我到底還是替他切好一塊蛋糕，擱在盤上。我舉起盤子，堆出燦爛的笑容，但是羅傑仍然一邊拉扯著他的金色八字鬍，一邊左看右瞧，四下打量。

這時我看到了，媽媽沒有注意到那裡，我也忽略了。跟羅傑右肘齊平處，就在海藍色門框的把手上方，有一塊腰子形的痕跡，上方浮著四根垂直的條形印子，這會兒不很紅了，而是偏褐色，然而錯不了。

是手印。

（他想關上後門，把我擋在屋外，可是我肩膀一頂，衝進門內。）

是一個血手印。

羅傑只要把頭稍微偏個一吋，就算他不想看也一定看得到。

讓我驚異的是，我居然沒有慌張起來，反倒盯著羅傑的眼睛看，抓牢他的視線，不讓那兩隻綠金魚滴溜溜地轉，並且開始想到什麼就說什麼，連珠砲似地講個不停。

「我覺得那一段根本就沒法作答，是我做過最難的閱讀測驗。第五題我就看不懂，羅傑，完全看不懂——『斯塔布的煙斗扮演什麼文學性角色？』幫幫忙，『文學性角色』是什麼意思？我是指，不過就是煙斗罷了，對不對？也許那是他的標誌，也許是標示這個人物的記號，但是我看不出有什麼文學性角色……」

我一邊講話，一邊端著蛋糕，穿過廚房走向飯廳。羅傑的視線跟著我，腦袋因此慢慢地、慢慢地偏離後門上的血印子……

「沒錯，雪麗，這倒是真的——那問題出得不好，措詞不佳，不過我想他們是想強調，那根煙斗不只是煙斗而已，而是一個象徵——」

「來吧，」我站在飯廳門口，打斷他的話，「我們坐在這裡，你可以吃你的蛋糕了。」

羅傑好像看見主人取下狗鍊準備蹓狗的狗兒一般，乖乖地頂開門，雙手始終交叉抱胸，微笑著隨著我走出了廚房。

22

羅傑總算走了以後，我背抵住前門，身子緩緩往下滑，直到整個人坐在地毯上，兩條腿伸直。這三個小時令我筋疲力盡，這輩子沒這麼疲憊過。

我覺得眼睛浮腫，視力怪怪的，看見的影像不平衡，好像右眼看的東西比左眼多。義大利肉醬麵開始作怪，只要一有那味道湧上來，我就覺得反胃。彷彿昨夜種種恐怖經歷都經過提煉，進到那番茄肉醬的味道當中。我的胃在翻攪，發出警告，腦袋瓜在打轉。我雙手抱頭，坐在玄關良久，眼睛死瞪著走廊的地毯，奢望著只要靜靜坐著，也許就不會再覺得反胃，我就仍可忍住不致嘔吐。

這時，我想起血手印，我得趕在哈利斯太太來以前，清除那手印。

我好不容易站起來，踉踉蹌蹌走進廚房，用濕抹布擦拭血手印。不是很容易——血污已滲進油漆裂縫中，我必須用力搓刮。我手腕使不上力，費了好一番力氣後更覺得反胃了。我開始冒冷汗，口腔內有苦味，我太明白了，這表示我只差一步就快吐了。當我看到抹布上的血塊時，終於受不了了。

我及時跑進浴室。

我躺在客廳沙發上，渾身燥熱，無法熟睡，陷入一種極度亢奮的狀態中，在沙發上翻來覆去，腦袋裡頭在高速運轉，各式各樣迷亂、偏執、充滿罪惡感的念頭，以一種令人頭暈目眩的速度，擠在同一條窄小的軌道上，一遍又一遍轉個不停。

我們沒有把小偷埋葬妥當；我們讓他的右手豎直，突出於土壤之外，還是說，露出來的不是他的手，而是腳，是那隻沒穿鞋、只套著綠色破襪子的腳。我得出去把他埋個妥當，我得出去把他埋個妥當，要不然哈里斯太太開車到來時，就會看到他了……還是說，我們並沒有真的把小偷殺死，不知怎的，他恢復了意識，爬出了權充其墓塚的那一堆鬆軟的泥土。就好像B級電影中滿身是土、血肉模糊的怪物，他一面一拐一拐地走向小屋，一面打手機給我，好折磨我、奚落我、恐嚇我……

電話鈴響時，我尖叫出聲，驚恐地瞪著電話，任由鈴響，害怕得不敢接電話。不過，我逐漸清醒過來，也就把那是小偷來電這荒謬的念頭驅除於腦外，緊接著的想法是，警方打電話來了。天知道我讓鈴聲響了多久才敢拿起話筒。

是媽媽。

她語氣戒慎，好像在提防說不定哪裡有人在監聽電話，我也就依樣畫起葫蘆。

「生日過得好不好呀？」她以輕快的聲調問。

「好極了，媽，」我回答，語氣中不帶一絲諷刺意味，「羅傑送我一本裝訂得好漂亮的《蝴蝶夢》。」

「太好了！課上得如何？」

「很好，謝謝妳——我們討論了第一次世界大戰的起源，這一課是羅傑專長的內容——妳真該聽他講講課，他無所不知，他真的應該寫一本書才對。」

我們言不及意地談了五分鐘左右，快聊完時，媽媽算是放心了，因為我沒事，警察沒有上門來，還沒有……

她說她會設法早點回家。

過了一會兒，我又想吐，但是胃裡面幾乎沒有東西了。我上樓用冷水洗臉，刷了牙，用漱口水漱口，好去除嘴裡殘留的酸味。我站在臉盆旁邊，渴睡得不得了；睡神如塞壬女妖、如吹笛人的笛子般，聲聲呼喚著我，就在那一刻，我要不是聽見哈利斯太太的車子開進車道的聲音，肯定爬上床睡覺了（管它會有什麼後果，活該啦）。

哈利斯太太比羅傑好應付，她對我過生日這件事毫無興趣，她看到羅傑送我的卡片和禮物時，只是冷淡地表示，如果她每個學生過生日都送禮物的話，眼下她早就破產了。哈利斯太太不同於羅傑，對周遭的一切沒有什麼好奇心，就算飯廳的餐具櫃整個被搬走，她八成也不會留意到。她也不會要求喝杯茶，而較喜歡喝她自己帶來的黑咖啡，裝在她自己隨身攜帶的小保溫壺中。

這一堂枯燥的課僅僅被一起事件短短地打斷了一次，但那起事件帶有的狂暴意味，令我倆都嚇了一跳。

哈利斯太太替自己倒了杯咖啡，小心地拆開她帶來的消化餅乾外頭的保鮮膜。

「我剛收了一位新學生，那女孩住得離這兒很近，」她評論說，「跟妳年紀差不多。她父親務農，他的田想必就連在妳們這塊地的後面。她名叫小玉，小玉欸，真叫人不敢相信！」

我不發一語，看了一下錶，看看還剩多少時間就可以下課。

「她是又一個所謂霸凌的受害者，」哈利斯太太繼續說，一邊撣了撣指尖上的餅乾屑，「換句話說，她比較喜歡留在家裡，而不願讓上學這等煩人的事造成她的不便。」

這種言論我以往有好幾次都是聽聽就算了，我太明白哈利斯太太對鼠人的看法了。可是這一回，我還弄不清楚自己在幹嘛，居然就說了出來。

「妳怎麼敢？」我不滿地說，一邊無意識地揉亂正在寫的那張紙。

哈利斯太太就好像突然被溫順的小狗咬斷了手指一般，驚訝得整個人呆住了，瞪著我瞧。我感覺得出自己因為怒不可遏，臉部肌肉都扭曲了。

「妳怎麼敢？」我衝著她的臉喝道，「我被欺負了八個月，成天活在地獄中！日復一日遭到攻擊，還被人放火燒！差一點就被燒死了！又一個所謂霸凌的受害者，妳是什麼意思？」

我火冒三丈，氣得連話都說不清楚了。我積怨已久，這會兒水閘門一開，竟無法將這把怒火統統化為言語，結結巴巴地宣泄怒氣。

哈里斯太太的反應大出我的意料，我原以為她會惱羞成怒，氣急敗壞，惡狠狠地斥責我，叫我難堪，罵得我不一會兒就淚眼汪汪。然而，她並未自以為是地燃起怒火，而是用手摀住嘴，一副不敢相信自己剛才竟說了那一番話的樣子。

「對不起，雪麗。我——我很抱歉！」她那隻斑點密布的手在桌上向我伸過來，笨拙地想示好，但伸到一半又縮了回去，回到膝上。「我無意於貶低妳所遭遇的一切，我講那話太愚蠢、太唐突了，我只是一時忘了自己是在跟誰講話，真的。」

我怒氣漸消，我們繼續上課，可是兩人都因這起風波而分神，終於四點半了，我們都鬆了一大口氣。哈利斯太太在門口又道歉了一次，並祝我生日快樂。

我看著她駕車離去，雖然我這一天受盡創痛，但還是有一點點感到得意，因為我總算挺身對抗哈利斯太太，好好地教訓這個老頑固。我曉得她之所以打退堂鼓，八成是因為擔心自己對她教導的這些「逃避者」、「軟腳蝦」的挖苦和不屑，會傳至地方當局耳中，如此一來，他們就不會再每個月給她優渥的酬勞。不過，無論如何，這一天，我贏了。她倉皇而逃，鎩羽而歸；不可一世的哈利斯太太說到底不過是頭紙老虎，我心裡這樣想著，露出勝利的微笑——但是當我的視線轉移到前院時，笑容又沒了。

23

等到我又獨自一人在家，才想起小偷的皮夾。

我無法抗拒想知道他名字的衝動，這會兒已不單是好奇心作祟而已。我覺得這就好像，只要我知道他的姓名，那麼當我想到他就躺在我們家前院時，便不至於如此驚恐。

說到底，姓名可以讓小偷落實回歸現實世俗，他或叫張三或喚李四，總歸是個人，個別的一個人，而且是個可悲的人。沒有姓名的話，他就好像無遠弗屆，如毒蛙般無孔不入地滲透進我的生活，把毒素散發到各處。他會變成一個嚇人的鬼怪，儲存我所有的恐懼，一輩子纏著我。我覺得，只要我能查出他的姓名，就會像恐怖片演到一半時，打開屋內所有的燈。

我知道媽媽還要好一會兒才會回家，我用不著趕時間。

我上樓，走進空房間。我曉得是哪個袋子裝著睡袍，哪個裝了雨靴，哪個裝了紅色的運動用品袋。我找的是第一個，裡頭裝了碎盤子和腳踏墊的那個。我很快就找到，它就塞在拖把和水桶後面。媽媽在袋口打了個很難解的結，我花了好長時間才解開，一邊解，空空如也的肚子一邊咕嚕嚕地叫得很大聲。九個小時以前，我以為自己這輩子再也不會有胃口了，這會兒肚子卻開始餓得慌。

我得把腳踏墊移開，才能看進袋中。皮夾在裡面，就在袋子最下面。腳踏墊上沾附著一塊東西，黏呼呼、灰灰的，一定是我們把小偷拖出廚房時，從他腦袋後頭流到腳踏墊上的。我沒法看那玩意，撇開臉盯著牆壁，像盲人似的，看也不看地伸手去掏皮夾，手指一接觸到皮夾就把它抽出來。

把曾屬於小偷所有的東西拿在手中，感覺很詭異，當我用刀捅他時，這東西就在他的口袋裡。這多少有點像是又把他掘出土了，我幾乎感覺得到他在我左右，我霎時慌張了起來，恨不得拔腿就跑出空房間。

我撥開揿扣，手指抖個不停，心跳得好快。皮夾有個凹凸不平的內袋，裝著銅板，另一個則鼓鼓的，塞滿卡片。我認出有張粉紅邊的卡片是駕駛執照。我用指甲一挑，剔出這張，發現自己再度直視著小偷冷冷的灰眼，這又引來一陣反胃，嘴裡嘗到淡淡的義大利肉醬味。照片上的頭髮雖較短，臉頰沒那麼瘦削，可是這張臉錯不了，就是昨夜我和媽媽在廚房殺死的那個男人。

我找他的姓名，找到了。

保羅．大衛．韓尼根。

我將駕照塞進我的牛仔褲後袋，按好皮夾揿扣，扔回垃圾袋，盡量按照媽媽的打法，打了個小結，再把袋口紮好。我的手和袖子上都看不出有污漬，但是為了安全起見，我還是洗了手，換了一件上衣。

我的肚子餓得咕嚕咕嚕直叫，只得進廚房熱了一小碗蔬菜湯，切了幾片棍子麵包，擱在托盤上，端到客廳，坐在電視機前，邊吃邊看卡通。我看著湯姆貓在廚房中繞著圈子追逐傑利鼠（我們在玩大風吹！我們在玩大風吹啦！），拿著煎鍋往傑利當頭一敲，把傑利敲成像煎餅一樣扁，快活的配樂還適時製造卡通音效——啵因！——一遍又一遍，感覺好奇怪。活色生香的暴力，沒有鮮血的暴力，沒有死亡的暴力，現實人生才不是這樣。我記得媽媽拿著砧板，準備好要敲下去時，她握緊把手，深呼吸一口氣，這才以即將潛入幽暗深海的潛水夫之姿，將砧板高高舉起。我記得砧板敲下去的聲音……可不是啵因一聲。

我躺在沙發上，更仔細地端詳小偷的駕照，保羅·韓尼根的駕照。我看著出生年月日，算出他二十四歲，比我以為的要老，比我大了八歲。駕照上有他的簽名——孩子般的筆跡，字體傾斜，卻又像自以為重要人物似的，刻意寫成花體，看來真荒謬。駕照上登記的住址是北部一個城市，那裡失業率高、販毒黑幫橫行。不過就在上個月，有個當運毒小弟的十四歲男孩在光天化日下被槍殺。我昏昏沈沈地想著，所以，保羅·韓尼根是從那個鼠窩出來的鼠輩嘍。至少他曾經是。這張駕照已領了四年；有可能他來忍冬小屋行竊時，已在本地住了一陣子。

我設法思考警方要如何才能追查到他的失蹤與我和媽媽有關，我設法思考有什麼看不見的線將們連結在一起，但是我眼皮沈重，瞌睡兮兮地，好不容易才把駕照塞回我的褲袋。已經有人在想念他了，已經……有人……在……找他了。

24

一隻手輕輕搖搖我的肩膀，搖醒了我。

我睜眼看到媽媽低著頭瞧著我。外頭天黑了，電視機旁邊的立燈流瀉著橘色的光芒，那是客廳中唯一的光源。

「警察來了？」我驚訝坐起，問道。

「沒有，沒有，」媽媽柔聲安慰說，「雪麗，警察沒來。我來替妳泡杯茶，已經十點半了。」

「十點半了？」我居然睡了五個多小時！

「我回來時妳睡得好熟，我想就讓妳睡好了。我把廚房上上下下又好好地刷洗了一遍，然後洗了澡，下樓來坐在安樂椅上，接下來我只知道，我很快地也睡著了，剛剛才醒來。」

我接過她遞來的馬克杯，覺得口乾舌燥，嘴巴臭臭的。我大口灌下微溫易入口的茶。

「妳的脖子還好嗎？」媽媽問。

我吞吞口水，仍有刺痛感。

「還是覺得怪怪的。」

「我替妳買了些喉糖和止咳藥水。臨睡前服用，明早看看效果如何。運氣好的話，情況會改善，希望我們用不著讓妳去看醫生，賴醫生年紀雖大，卻不是傻子，肯定會提出好些不好答覆的問題。」

「媽，上班情況還好嗎？」

「很可怕。我當著布蘭妲和莎莉的面，和布雷克利大吵了一架。」

「吵架？」

「他想叫我加班，我不肯，他就很不高興。」

我看她八成在誇大其辭，我從來就沒聽說過媽媽會跟任何人吵架。

「有沒有人注意到妳的眼睛？」

「莎莉問我為什麼化妝？」

「妳怎麼說？」

「我說，我判定時候到了，我該找個新男人了。」

「她怎麼說？」

「她說，她聽說有位名叫布雷克利的帥哥刑事律師單身未婚。」

我們倆都咯咯笑了起來，可是當我們想起這會兒肩上的重擔，就逐漸失去了笑容。

我們悶不吭聲好一會兒，喝茶，兩眼發直，眼神空洞，人在剛起床時，往往就會像這樣發著呆。只有屋外的蟋蟀在唧唧叫，還有車道旁的樹梢偶爾傳來貓頭鷹鬼魅般的啼聲。

「媽？」

「怎麼了，雪麗？」

「媽，接下來會有什麼情況？」

她雙手掩面，上上下下地搓著臉，好像在洗臉，只是沒有用水。當她轉過頭來看我時，神情之疲憊，完全無法用言語形容。

「不知道，雪麗，我不知道。我一整天都在反覆思考這件事，可是我就是不知道。」屋外的貓頭鷹又啼叫起來，悠長而哀戚，我想起躺在橢圓形玫瑰花壇底下的屍首。

我握住媽媽的手，捏得緊緊的。

「媽？」

「怎樣，乖女兒？」

「我今晚跟妳一起睡，好不好？」

「當然好，小乖，當然好。」

當晚我夢到我在飯廳桌上跟羅傑上課時，警察來了。屋外很黑，我打開前門，警燈藍光閃爍，照得我眼花。「把燈關掉！」我喊道，「你們沒看到我眼睛充血嗎？」戴著防毒面具、荷著槍的警察，押著我和媽媽走出忍冬小屋，羅傑來到前門，有氣無力地說：「你們不可以把她帶走——你們難道不知道，她再過兩個半月有非常重要的考試嗎？」我和媽媽穿著橘色的連身衣，就是電視上美國囚犯穿的那種囚衣；我們的腳踝上了鍊條，雙手被反銬在背後。「為什麼你們要戴防毒面具？」媽媽問一位警察，他對她吼道，「臭氣！死亡的臭氣！聞不到就證明妳們有罪！」

我聽見有人在笑，循聲看過去，看到小偷站在玫瑰花壇中，全身毫髮未傷，就像我第一眼看見他站在樓梯頂時那樣，只不過他那件橄欖綠飛行夾克這會兒綴滿了鮮紅色的蝴蝶結，結的兩端飄著長長的緞帶，堆在他腳邊的地上。他看到我時，表情變得嚴厲又兇殘。「都是蛋在搞鬼，」他說，「妳這賤人醜八怪，蛋壞掉了。」他的手機響了，他伸手掏後褲袋，「抱歉，我得接個電話，」他說，一隻手指按住耳朵，以便聽清楚一點，他信步朝著屋子走去。

警察把我們推進裝甲車中，車子開上車道。隔著車窗我只能看到有輛車子停在窄路上，有個模糊的人影坐在駕駛座上等候。車子的頭燈冷不防亮了，引擎忽然作響，開始尾隨我們。

「那是什麼人？」媽媽問。

「是把風的，」我回答。

25

第二天早上我在媽媽的房間醒來時，整個人迷迷糊糊。媽媽已經起床，床的另一側還殘留著她的氣味，枕頭上有幾根她蜷曲的髮絲。我可以聽見廚房的水龍頭開著，櫥櫃門砰砰作響，電台主持人滔滔不絕講個不停，聽來有點滑稽。

我想起床，身體卻僵硬到令我不敢相信的地步。全身肌肉無一處不痛，活像連夜跑了馬拉松，這讓我明白自己和小偷搏鬥得有多激烈。我像個老太太似的，一跛一跛地爬下樓梯到浴室，每走一步都痛得讓我整個人縮起來。我坐在馬桶上時，先前跌倒落地時壓到刀子的尾骨部位，刺痛難忍。我的喉嚨還在痛，不過吞嚥時已沒有那怪異的摩擦感，當我照著浴室的鏡子時，看到眼睛沒那麼紅了，鬆了一口氣。我把臉湊近鏡面，鼻子都快貼到鏡子了。

我問鏡中的自己，「警察今天會不會來呢？」

我進我的臥房拿拖鞋和舊睡袍時，窗外有樣東西引起我的注意，屋外景色中有一抹陌生的色彩。我走到窗邊，拂去窗上水汽，好看清楚一點。我簡直希望自己沒看清楚。

屋外，在忍冬小屋一側的窄路上，有一輛車子，一輛破舊的藍綠色車子。它差一點就要撞上濃密的樹籬，右前輪在長草的土堤上方騰空，車尾突出，使得其他車輛難以通行。樹籬的另一側便是我們的後院，最邊上以絲柏為界，院子裡有菜田、詹金斯先生的堆肥、成排的果樹。

我心頭一涼，是保羅．韓尼根的車子，肯定是。保羅．韓尼根的車子停在我們家外面，像個巨大的箭頭，指向忍冬小屋，向警方高喊：想要解決駕駛失蹤之謎嗎？內洽。

我害怕的，正是這樣的線索，這樣未妥當了結的小事！我和媽媽要是有停下來好好思考，就會想到小偷一定是開車到忍冬小屋，半夜三更沒有公車，他不大可能是徒步前來，不然他打算怎麼把贓物運走？如果他是開車來的，那麼車子一定仍停在某處，因為我們都曉得，小偷進了忍冬小屋後，便再也沒有離開了。然而，在那恐怖又混亂的一夜之後，我們倆居然沒想到如此這般顯而易見到簡直愚蠢的事情。

媽媽聽見我的驚呼聲，咚咚咚跑上樓。

「怎麼了？」她喊道，踉踉蹌蹌地跑進我的房間，面色如土，上氣不接下氣。

我什麼也沒說，只是指著窗外。

她看到汽車，倒抽了一口氣，低聲咒罵了一聲。我們一起立在窗邊，她站在我身後，手搭在我肩上，下巴擱在我的頭頂上，我感覺得到她渾身打著哆嗦。

我們在驚愕的狀態下，一起默默地下樓，照章行事地在飯廳吃完早餐——母女倆都還沒有準備好重返廚房用餐。我設法吞下烤吐司，但媽媽什麼都不想吃，只喝了一杯又一杯的咖啡，很濃的黑咖啡。她臉色蒼白得可怕，瘀青的眼圈呈現暗黃色。

「雪麗，我們不能慌，必須保持冷靜，理性地思考這整件事，」她說。但是我看得出來，她自己也覺得很難保持冷靜——她心煩意亂地咬著下唇，一手不斷地摸頭髮。

「我們必須好好想想這整件事，」她說，自言自語的成分多過向我講話，「我們必須好好想想這整件事。」

「有什麼好想的？」我氣惱地嚷道，「小偷的車子就在我們家外面，一定會像蜜糖罐招來蜜蜂那樣，引來警察！」我恐慌得快喘不過氣來，「一定會招引他們直衝著我們來！我就知道會有這種事！我就知道！我就知道！」

「雪麗，冷靜一點。讓我想想，那並不見得就是他的車子，也可能是昨天晚上有別人的車子在那路上拋錨了，說不定有人開車兜風，就把車扔在那裡。我們並不能肯定那車子絕對是他的。」

「喔，拜託，媽。這也未免太巧了吧，對不對？車子就停在我們家外面耶！我——我追上他時，他就正往院子那個角落走去。」

「可是我們昨天沒看到這輛車，說不定昨天不在那裡。」

「媽，我們昨天太慌了，什麼都注意不到。無論如何，只有從我臥室的窗戶才看得到，而我昨天幾乎一整天都沒進房去。」

媽媽不發一語，悶坐著，像是拚命想要說服自己，那不是小偷的車子。

「媽，我們得把車移開！必須把它解決掉！」

她看著我，一副我已經發瘋的樣子。「移開？怎麼移？」

「妳難道不記得？他口袋裡有一串鑰匙，這會兒就在樓上的垃圾袋中。我們必須把車開走，隨便扔在哪裡。這件事必須馬上辦！」

「雪麗，眼下我們什麼事也不能做，沒有時間了，我得準備上班去，況且，光天化日的太危險了，說不定會被別人看見。」

我想衝著她大叫大嚷，想震醒她，不要這麼自信。「媽，不能再把它擱在那裡一整天——它擋了路，會有人去報警，警察會來，並且開始東問西問！」

「雪麗，現在還不能辦這事，風險太高。我們必須等天黑。」

我開始抗議，但是媽媽打斷我。「我知道再放一天有風險，但是我們不能不冒這個風險。現在我不能再談這事了，得趕緊準備去上班。」

她好像擔負起全世界的重量般，站起來，走到門邊時停下腳步，以聽天由命般的語氣說：「去翻出垃圾袋裡的鑰匙吧，如果說真是他的車，等我一下班回來，我們就去移車，那時天應該已經黑了。」

「好的，媽。」

「還有，雪麗，」她轉過頭來又說，「我沒回家以前，別走近那車子。」

這一天，我痛苦不堪地等待媽媽下班回家，整個人魂不守舍，跟羅傑上課時，就像機器人一般照章行事，每隔幾分鐘就看一次錶，心想怎麼時間過得特別慢，慢到叫人難受得不得了，簡直像是凍結了。我們坐在飯廳桌邊復習冰河漂流和法文動詞不規則變化時，我滿腦子想的都只有小偷的車子。

就在那個時刻，說不定有哪個好管閒事的鄰居打電話給警察說，有人亂停車，擋了路，警方會派人來找車子，沿路探查，循線來到通往忍冬小屋的車道，一定會的。車子就停在我們家後院旁邊，而附近一帶又沒有別的房子！他們會敲門，板著臉，問我那是不是我們家哪個人的車子，或者會問我知不知道那車子的事。屆時，我該說什麼才好？我有沒有辦法說些什麼卻不會令他們起疑？

當天稍後，他們會把車子拖走，我們就再也沒有機會了。當有人報案說保羅．韓尼根失蹤時，警方便會從紀錄中查出他的車是在我們家外面尋獲的。一加一等於二，他們當然會推敲出真相，對吧？搞不好車子裡還有線索有助於追查案情，好比記有我們家地址的字條、標示出我們家位置的地圖。如果保羅．韓尼根有竊盜前科，不必是天才也猜得出他來忍冬小屋行竊，隨即杳無音訊。

我越往下想就越焦急，也就越發無法集中精神。我感覺得到羅傑對我既不專心聽講又老是答錯，越來越生氣，可是他什麼都沒說。他終於走了以後，我衝上樓到我房間，去看車子還在不在原處，瞥見路邊綠蔭中露出的藍綠色車頂時，不由得舒了一大口氣。我整個午休時間就跪坐在臥室窗台椅子上，瞪著那輛醜車子，想著心事……

我想到媽那天早上的反應，想到她千方百計想說服自己，那不是小偷的車子。我好想直接走到車旁，試試車鑰匙，這樣在媽媽一進家門時，就可以跟她講，那的確是小偷的車子，如此她便不會可憐兮兮地緣木求魚，無濟於事地妄想解圍。不過，我並未這麼做，我不願違抗她如此直截了當的命令，那樣等於公然宣戰。

我在那兒坐了約莫一個小時，這當中並沒有一輛汽車或拖拉機駛進那條路，只有一個穿著緊身車衣的單車客。他騎著鐵馬經過車旁時看了一眼，不過當時他更急著想一手扶車把，一手從後褲袋掏東西。

哈利斯太太帶了生日禮物來，是一盒昂貴的比利時巧克力，可是我並沒有多說什麼表示感謝。她絮絮叨叨講解稜鏡和光線的折射時，我腦海中就只有一個念頭：我們必須移車，我們必須移車！我確信只要警方發現車子，我們在今天結束以前就會被捕。可是，假如我們運氣好，假如接下來幾個小時依然無人報警，假如我們母女倆可以安全移開汽車又沒被人看到，那麼我們就說不定有機會，說不定有機會。

哈利斯太太離開時，藍綠色車子還在原地。我在臥室倚窗而望，手指頭不耐煩地敲著窗台。雖然那會兒才不過五點一刻，我欣然見到天色已逐漸變暗。西天的太陽隔著層層雲彩從空隙中穿透而出，如劇場探照燈般射出長條光芒，可是在東邊，黑色的雨雲正快速飄來，烏雲底下的田野頓時提早入夜。七點就會天黑了。

冷不防有雨滴打在窗上，我不由得打了個哆嗦。黑色的雨雲在空中快速蔓延，漸漸抹去了陽光；這整個畫面——遼闊的天空幾乎被平分為黑、白兩色，令我聯想起十九世紀的寓意畫，畫名往往就叫做《善惡衝突》。

我看著又一抹微光被迴旋的烏雲所吞噬，看來邪惡的一方贏定了。

26

媽媽七點半回家時，天已漆黑。烏雲壓制住天空殘存的微光，天看似要落雨，雨卻一直沒下，反而颳起大風，風勢犀利，在壁爐腔中狂吼，窗框也被吹得嘎啦作響。

媽媽一走進前門，劈頭就問：「還在那兒嗎？」

「在，」我猛點頭，「還在！」

我們坐在廚房桌旁，匆忙擬定計畫。

「我仍舊不能肯定那就是小偷的車子，」她開口說，胸口在外套底下高低起伏。我翻了翻白眼，雙手交叉在胸前，不大高興。她看到我這個樣子，很快往下說：「不過，如果真的是，我認為我們不可以只把車子移到附近別條道路上，而該移到離這裡越遠越好的地方——移到城裡。」

「哪裡？」

她努了努嘴才回答：「我在考慮『農穫』，那裡的停車場很大，人潮川流不息，我們可以在沒人注意的情況下，把車停在那裡，然後走人。」

這個主意很妙，把車停在大庭廣眾，而不是什麼偏街後巷，反而不會有好管閒事的鄰居從網眼窗紗後面看到。

「好，」我說，「聽來挺好的。」

媽媽看了看錶，站起來。我依樣畫葫蘆，一剎那間覺得有點頭重腳輕，好像人在電梯中，而電梯突然開始往下降。

她舉步走開，隨即又猛地轉過身來對我說：「我們離開車子之前，絕不能忘記從車裡拿走會讓警察找上門來的任何東西。」

我重重地點點頭。

「現在去穿上妳顏色最暗的衣服，戴上手套。我也會這麼做。」

我在衣櫃中找尋黑色高領運動衫、黑色燈芯絨褲子和我從十二歲起就有的那件黑色舊外套，發現自己竟緊張又期待地咯咯咯笑個不停，就好像小時候玩捉迷藏時那樣，我躲起來，聽見不過數吋外傳來當鬼的人的呼吸聲，不由得咯咯咯笑了起來。有多少次，我就因為激動得咯咯笑，而害自己被捉到？我很難相信自己居然一身黑衣，打扮成夜賊的模樣，好在黑暗中隱藏身影，甚且真的戴上手套，以免警方查到我的指紋。凡此種種，都太像在演電影了，跟我的現實生活毫不相干。

我們走出廚房進到後院時，夜色之幽暗讓我們倆都感到意外。有好幾秒鐘，我們彷彿被蒙住眼睛，兩人都遲疑不決，分不清東西南北，不敢踏入這一片混沌迷茫當中。天空的月芽小得像指甲印子，不時被烏雲遮蔽，大風呼呼地吹，吹得天上的雲疾飛，宛如一列艦隊的鬼船。夜色黑得看不見一顆星子。

我朝著車子的方向，小心翼翼地跨出一步，沒走多遠便聽見媽媽焦急的聲音。

「雪麗！雪麗！我什麼也看不到！等等我！」

我停下來，等媽媽抓住我。我在前領路，可是我自己也簡直什麼都看不見，躊躇地拖著腳步往前走。我心想，盲人領盲人。我摸錯方向，太偏了，竟朝著果樹走，撞上枝椏。樹枝刺到太陽穴，差一點戳進眼睛，我痛得驚呼一聲，向後一跳，踩到媽媽的腳。

「不行！太危險了！」她說，不得不提高嗓門好壓過風聲，「回屋裡去拿手電筒！在流理台底下第二個抽屜！」

我一會兒就回到院子，媽媽還留在原地，一步也沒移動。她舉手遮住手電筒刺眼的強光。

「聽見車聲時就關掉手電筒，」她說。她緊靠著我，我又開始領路了。

這支手電筒很好，原本是買來預備停電時使用，可是在戶外這無邊無際的黑暗中，就不大濟事了，光束能照亮的範圍不比大餐盤大多少，我們照樣慢吞吞地走著。在手電筒照射下，青草看來好詭異，不是綠色的，而呈銀光，鬼氣森然，掉落地面的樹枝則有如骨瘦如柴的手，從地裡探出來往上伸。我想到躺在我們身後橢圓形玫瑰花壇底下的小偷，發覺自己居然在想，萬一死人復活怎麼辦？萬一死人其實並沒有死怎麼辦？

我想像他穿過陰沈幽暗的夜色朝我們走來，看見他沒有生命氣息的臉、如尼安德塔人般的眉毛、呆滯無神的眼睛、斷裂的下巴和頸上被割開的傷口。我等著黑暗中隨時會伸出一隻灰白無血色的手，抓住我。我想加快腳步，但是媽媽巴得太緊了，我走不快。我想驅除腦海中令人不安的念頭，告訴自己世上沒有鬼，小偷名叫保羅．大衛．韓尼根，是一個不中用的二十四歲壞蛋，而且已經死了，死掉了！然而他的名字不是護身符，無法如我所願地趕走我的恐懼。

我們好不容易走到樹籬邊，我越過樹叢仔細瞧。這條路似乎完全荒廢了，可是風聲減弱時，聽得見一個奇怪的聲響，不知從附近哪個地方斷斷續續傳來畢畢剝剝、嘶嘶作響的聲音，我退縮了。過了一會兒，我才想通那是什麼：道路對面田裡的澆水器。我心想，暴風雨來時，就不需要那個了。

我從樹籬中硬擠過去，來到長草的土堤，媽媽也跟了過來。她繞到駕駛座那一側，試用鑰匙。我隨即聽見鑰匙插入車門，打開了鎖。我有股孩子氣的衝動，想要說：「我早就告訴妳了！我早就告訴妳了！」不過到底還是按捺住衝動。當媽媽使勁把門拉開時，車內燈亮了，我們倆都嚇了一跳。我們活像在躲避強力探照燈的照射似的，趕緊爬進車裡，立刻用力關上車門。

我們在黑暗中坐了一會兒，沒有開口講話。我聽著媽媽拚命想控制住急促的呼吸，惡臭的陳年煙味讓我忍不住皺皺鼻子。

「好的，」她低聲說，「我們來看看這裡有什麼。」她開始東摸西摸，想找到車內燈的開關，「在哪呀，那該死的——」

「沒關係，媽，」我說，「手電筒還在，用這就可以了。」

我打開手電筒，兩人趕緊搜索車內。我緊張得快發瘋了，一直在幻想著馬上會有別的車子開上這條路。我從手套箱裡取出一本拍紙簿，上面寫滿看似算式的數字，不過我沒去動糖果紙、香煙、停車票和一包我想是大麻的東西，那玩意是煙草色，半小塊磚頭的形狀，香味辛辣強烈。媽媽在駕駛座車門上發現公路地圖，收好，以免上頭塗寫了什麼對我們不利的文字。後座有一件卡其色大風衣，我將它捲成一團，拿到前座來，也收好。我用手電筒照車內地板，除了巧克力糖紙和一個伏特加空酒瓶外，其他什麼也沒有。

「要不要把這些先帶回家裡？」

「不要，」媽媽說，在手電筒的燈光照射下，她神色焦慮，臉孔蠟黃，很不好看，交叉著黑色的陰影。「太花時間了，放在院子裡樹籬後面就好了，回家時再把它們帶回去。」

我下了車，扭動身子，好不容易又穿過樹籬，把拍紙簿和公路地圖丟在草叢中，把笨重的風衣放在上面，好把它們往下壓實一點，我可不想冒著風把東西吹走的危險。

我一回車裡，媽媽就設法啟動引擎，但是她的手抖得太厲害了，沒法把鑰匙插進點火系統。她拚命扭動鑰匙，想對準孔插進去，同串其他鑰匙叮鈴噹鎯作響，好吵鬧。這時我想起一件事，輕輕碰了碰她的肩膀，她跳起來，狠狠瞪了我一眼。

「媽，媽，等一下，我們還沒有檢查車尾的行李廂！」

她不發一語下了車，走到車後。鑰匙又哐鎯響了好久，我聽見後行李廂打開，過一會兒又被關上。我從後照鏡中找尋她的身影，卻找不到，彷彿她憑空消失，被夜色吞沒了。**她在哪裡？**我心裡直納悶，越來越著急。**她到哪兒去了？**我聽到樹籬的另一邊我們家後院裡，有什麼重物砸到地上，我緊張地四下張望，越來越害怕，**到底是怎麼回事？**

媽媽那一側的車門冷不防打開，她溜回駕駛座。

「那是什麼聲音？」我倒抽一口冷氣，說。

「是一袋工具，」她有點上氣不接下氣地說。

「工具？」

「行李廂裡有一袋工具，我隔著樹籬把它扔到我們家後院了，它們由我們保管，就不會給警察派上用場。所以，何必賭運氣呢？」

「聽起來好像有人——」不過引擎轟然作響，掩蓋了我的話聲。我們猛地向前一倒，向上一彈，駛離了土堤。媽媽努力想打二檔，汽車排檔嘎吱怪響，引擎加速過度，發出震耳欲聾的噪音。

「媽，換檔！我的天哪，快換檔！」

「雪麗，我正在想辦法！」

「車燈！妳沒開車燈！」

我們駛入幽深如外太空般的黑暗中，根本無法看出我們正朝著什麼方向。媽媽敲打儀表板，找尋車燈開關，雨刷卻開始瘋狂地刮起擋風玻璃，媽媽罵罵咧咧，關掉雨刷，再試。這一回，左轉指示燈亮了，好像神經抽搐般，在儀表板上很不耐煩地一閃一閃。我一直在祈禱：**拜託現在不要有別的車子來，拜託現在不要有別的車子來！他們會迎頭撞上我們！**

然後她找到了，一長條黃色的光芒照亮我們方才的險境。我們已駛離路面，正要開進路邊的溝渠裡。我放聲尖叫，媽媽猛地使勁扭轉方向盤，我等著車子前半部底下一空，然而不知怎的，四個車輪都停在地上。媽媽拉住她先前那個大轉彎，我們鉗緊了另一側的土堤，隨即回到瀝青路面。她總算找到二檔，彷彿有人終於扔了食物餵食飢餓的禽獸，引擎哀鳴聲漸漸轉弱。

我們慢速行駛在蜿蜒的小路上，媽媽還在跟陌生的手排檔搏鬥。約莫十五分鐘以後，我們開上次級公路，這條路最後會連上進城的幹道。幽暗的鄉間小路被我們拋在身後，在刺目的街燈下加入車流，我覺得無所遁形，感到無法招架。我在位子上往下坐低一點，一隻手遮住臉。萬一有個保羅．韓尼根的友人就坐在我們後面的哪輛車子裡，認出這輛車，怎麼辦？他要是看到兩個陌生人開著他朋友的車，怎麼辦？我盡量不這麼想……

「媽，能不能開快一點？」我埋怨。

「雪麗，這裡限速六十，要是警察把我攔下來，那可就糟了。」

我把身子放得更低。

過了叫人痛苦難當的十五分鐘，「農穫」俗麗的燈光在左側隱約逼近。「農穫」是家連鎖餐廳，主打古色古香風味，女侍打扮成哈代小說中的人物模樣，牆上掛著黃銅馬飾與古老的農具，端上桌的雞肉一塊塊都是工整的長方形，番茄醬汁統統是小包裝，需額外付錢。然而，「農穫」可怕歸可怕，卻始終門庭若市。我們每回經過那裡時，媽媽總愛說，它「活生生證明」某位智者的名言：「大眾品味？大眾品味糟透了！」

媽媽減速，開左轉燈，拿出參加路考的新手駕駛那種神經質的一絲不苟作風，轉進「農穫」的停車場，小心翼翼，唯恐引起別人的注意。她駛過一排排停放好的車子，開往停車場後方，那裡有灌木叢和樹木，燈光較暗。我們一直駛到最末端，可是沒有空位。

「不會吧，」媽媽低聲說，「不會吧！」

我們把停車場整個兜了一圈，一個車位也沒有，不久又繞回到燈火輝煌的餐廳門前。

「媽，再繞一圈，再繞一圈吧！說不定我們漏看了一個！」

我們不得不暫停一會兒，讓一群人經過車前。他們看似參加婚禮的來賓，女士穿著緊身的魚尾連身裙裝和高跟鞋，男士西裝筆挺，有些還在領口別了康乃馨。他們儘管一身光鮮看來卻有點兇悍，帶著殺氣。我留意到這些男的指節上刺了青，綁著馬尾巴，一個個還戴著不可少的耳環。他們好像已經醉了，齜牙咧嘴地對著車裡的我們傻笑。

我想他們就是保羅．韓尼根會認得的那一類人，他那一頭油膩的長髮和獐頭鼠目的嘴臉，跟他們搭配得天衣無縫。我用一手遮眼，祈禱當中沒有人認得這輛車。有個年輕的光頭男，長了對招風耳，嘴裡叼著煙，握拳用力敲了我們的引擎蓋一下，一邊吼叫著什麼，我聽不清楚。我坐立不安，巴不得自己能消失，隨便到哪兒去都好。最後，我總算感覺到車子又慢慢往前開了，抬頭一看，婚禮來賓並列在餐廳門前，比手畫腳，叫著嚷著，招風耳男子仰天大笑，沙啞刺耳，笑聲中充滿惡意，沒有一絲溫暖的人情。

我們又朝著停車場後方駛去，經過其他也在兜圈子找車位的汽車。這時，我看到一個車位，就在倒數第二排的中間，我趕快叫媽媽倒車。

「雪麗，我沒把握哦，」她說，「我沒把握停不停得進去。」

媽媽停車技術很差，倒車入庫這樣的事情，她是能避則避。

「好，又不必停得很漂亮，只要停進去，讓我們快點離開這裡就行了。」

媽媽打了倒檔，緩緩倒車進車位。可是她方向盤轉的弧度不夠，必須開出車位再來一遍。車位兩側各停有一輛車，我這一側是一輛看來非常新的四輪驅動車，媽媽角度又沒抓好，得二度再來一遍。她全神貫注，咬著牙，整張臉都扭曲了，這會兒又出現一輛車，想開過去，因此阻礙了我們停車。媽媽嘎吱一聲打檔，想再試一次。這一回角度抓對了，我們至少開進空位，得以讓另一輛車通行。她再一次往前開了一點，這時我們便可以慢慢停進去了。

她關掉引擎，重重地舒了一口氣。

「媽，漂亮，」我說，她看著我，搖搖頭，儼然在表示，*真是場噩夢！*

我這一側停得太緊，幾乎沒有空間可以讓我開門下車，媽媽那一側貼得更緊，我看見她擠出去時，車門卡著她的腰。我勉強將身子左側移出車外，正要旋身抽出右腿時，周遭的世界忽然爆炸開來。

噪音嘈雜刺耳，橘光閃個不停，我環顧四周，以為會看到警車從四面八方湧來，結果沒有。我暈頭轉向，站在那裡，被噪音嚇呆，眨巴著眼睛，一副傻相。我慢慢才明白過來，四輪驅動車的警報器響了。

媽媽一個箭步來到我身旁，挽著我的手，帶我離開。在震耳欲聾的警報聲中，我只聽得見她說的話。

「雪麗，不要慌，一直往前走就對了。」

我遵命行事，確信警報聲會引得全餐廳的客人都跑出來查看出了什麼事，接著，警報聲突然停了。

我們裝出事不關己的模樣，快步走開，這時，有個男人從後方叫住我們。

「喂！妳們想往哪兒去？」

我們停下腳步，四下張望。

四輪驅動車的車主站在那兒，他解除了警報，手上還拿著鑰匙。其人體格魁梧，留著光頭，蓄著山羊鬍。

「損壞了別人的車子，可不能一走了之。」他吼道。

我準備好要跑，我們原本盤算著要神不知鬼不覺地離開，要在不引人注目的情況下消失，如果我們留下，這個男的便可以向警方描述我們的長相。但是媽媽並沒有動，依然緊緊拉住我的臂膀。

「你這話什麼意思？」她說，「我們又沒有弄壞你的車。」

「妳們就是有，」他咕噥著說，「我有在注意妳們，她開門時撞到車。」他那骨骼突出的腦袋惡狠狠地朝我這兒一甩，然後彎下腰去檢查他的車子，好像獸醫在撫摸一匹受傷良種馬的腹脅那樣，撫著車子。

「我才沒有，」我說，「我的車門根本沒有碰到你的車子，一定是我的臀部撞到車子。」

「我看不到任何損傷，」他說，簡直就有點失望的樣子，「可是這裡太暗了，妳們把聯絡資料留給我吧。」

我們絕不能這麼做，這樣太沒道理了。我們必須在無人注意的情況下把車留在這裡，我忽然想起口袋中有手電筒。

「用這個，」我說，「我沒有碰到你的門。」

他接過手電筒，死命地盯著我的臉，我看到臉上閃過一絲嫌惡的表情。我第一個念頭是，他看到我的疤了，因此當他指著我的左眼，說「妳在流血」時，我竟摸不著頭腦。

我摸摸太陽穴，羊毛手套的指尖赫然出現小小的深色印子。是樹枝！是我在黑暗中穿過後院撞上的樹枝！

他回到車旁，開始用手電筒照駕駛座車門，仔細檢查烤漆。這人一點也不急，我和媽媽站在停車場，飽受寒風摧殘，完全弄不清楚接下來該怎麼辦。

他看著車門，頭也不抬地說：「妳總是帶著手電筒到處跑嗎？」

我赫然發現自己犯了天大的錯誤，臉脹得通紅。我想也沒想就把手電筒交給他！哪有女孩子會口袋裡揣著手電筒跑來跑去？何況，她這時應該是要上館子用餐！我驚恐地看著媽媽，她只是捏了捏我的胳臂，彷彿在說，沒事，雪麗，沒事。

他舉步走向他的車尾時，媽媽突然放開了我，昂首闊步地衝著他走過去，我大吃一驚。

「這也太荒唐了吧！」她嚷道，「車門在這裡，不在那裡！把手電筒還我！我們沒空跟你在這兒瞎混！」

他把手電筒還給她，斜睨著她，一副瞧不起人的樣子，唇邊要笑不笑，狂妄無禮。

「你的寶貝汽車沒有任何損傷！搞不好是你的警報器太敏感了。」她又拉住我的手，母女倆舉步走向餐廳。

「嘿！」他喊道，「妳們要去哪？我還是要妳們的聯絡資料。」

媽轉過身，「我們又沒傷到你的爛車！這事到此為止！」

我們刻意邁開大步走到離餐廳門口只差一步之處，我看得到裡頭大排長龍在等著就座，有個看來面熟、像是學校同學的女孩正把一籃麵包拿給一批戴著紙帽的日本商人。我們不想進餐廳，那只會讓更多人注意到我們，增加記住我們的機率。我回頭瞄了一眼，那男的背朝著我們，兩隻手支著腰臀，似乎又在檢查他的車門。

「他在看我們嗎？」媽媽問。

「沒有。」

媽媽不放心，自己也查看了一下，然後把我拉進餐廳旁邊的暗巷。我們只需要沿著巷子走到底，就可以接上另一條幹道，那條路上再過去半哩便是火車站，我們可以從那兒搭計程車回家。

27

媽媽和我回到忍冬小屋，滿懷興奮，為我們總算擺脫了小偷的車子而心滿意足，它再也不會像報噩訊的鳥兒那樣，蹲踞在屋外，叫人看了膽戰心驚。

我們坐在客廳，一再重溫這趟冒險的過程——找不到車的大燈開關、差一點開進溝裡、在停車場觸動汽車警報器，還有和「四輪驅動男」爭執，我們是如此稱呼那個男的。

「媽，妳讓我刮目相看，」我說，「妳挺身對抗他！我從未見過妳如此——如此一無所懼，好像完全變了個人！」

媽媽什麼也沒說，但我看得出她感到自豪，說不定也有點驚訝，她居然能夠用那種方式讓我們脫離如此棘手的情況。

「我的意思是，」我繼續說，「那傢伙真的很可怕！看樣子是道上兄弟之類的。我本來已經準備好拔腿就跑！」

「嗯，值得慶祝一下，」媽媽說，一邊走向廚房，帶了一瓶葡萄酒回來。我還在喝第一杯時，她已經喝了三杯，我還來不及反對，她又開了一瓶。

我們如同剛打贏比賽的球隊或剛演完戲的演員，在體會到極度亢奮的滋味後，無法「沈澱」。我讓媽媽斷斷續續地重演她和「四輪驅動男」相抗衡的場面，她為了達到效果，搞笑而誇張地強調她優雅的口音——「我們沒空跟你在這兒瞎混！我們又沒傷到你的爛車，你這愚蠢的卒仔！」

「不過，最精彩的是妳講的那一句，」媽媽說。

「妳指的是什麼？」

「當妳對他說——一定是我的臀部撞到車子！」

我都忘了我說過那句話，這讓我笑到歇斯底里，我越是咯咯咯笑到不行，媽媽也笑得越厲害。我們笑呀笑的，笑到眼淚都流了出來。此時此刻，一定是我的臀部撞到車子，簡直是我畢生聽過最好笑的笑話。

我們聊了好久，直到快十一點了，才著手檢查我們從後院拿進屋的東西。帆布袋中的工具看來就是普通工具，不過我們猜想小偷應該時常拿來用在其他用途上。媽媽還從後車廂取出一件厚夾克，衣服口袋中有一把美工刀、一條髒兮兮的手帕、一根碎爛不成形的香煙和一張電影票。我們翻閱公路地圖本，不過每一頁地圖上都沒有做記或寫字，只有封皮內頁記了幾個電話號碼。如我所料，拍紙簿裡滿是計算數字。媽媽靠在椅背上，一頁頁翻著。

「是在計算毒品買賣，」她說，「四分之一、八分之一、十六分之一，他不單是吸毒而已，看來也販毒。依我看，他死了，人類也沒有什麼損失。」

她露出若有所思的神情，掙扎著想站起來，我看得出來她已經很醉了。

「雪麗，妳知道，這對我們可能很有利。」

「什麼意思？」

「嗯，妳想想，『農穫』店方會向警方通報棄車的事，警察會設法聯絡駕駛，卻找不到，到頭來只好查扣這輛車，終究會搜車並發現毒品。」

我不很明白這何以對我們有利，臉上想必露出困惑的表情。

「嗯，警方在追查失蹤毒販的去向時，能夠有多努力？可不會像追查失蹤兒童下落時那樣的盡心盡力吧？依我看，一天到晚都有毒販失蹤，他們要是覺得警察快逮捕他們了，就會突然一走了之，不見人影。」

「萬一他們認為他已經被——」接下來的三個字梗在喉嚨一會兒，說不出口，「——謀殺了？」

「他們八成會懷疑是其他毒販幹的，不是嗎？幹嘛懷疑我們？車上又沒有東西能指點他們找到我們，而車子是他們僅有的線索。」

「可是四輪驅動男會怎麼說呢？他看到我們離開那輛車，經過警報器響和吵架之後，他不會忘記我們的。他可仔細地看了我的臉，一定會記得我。」（一定會記得我的疤。）

「雪麗，妳沒有聽懂我的話——我認為警方不會認真尋找毒販的下落。他們會沒收他的毒品，而他會用盡各種辦法，絕對不讓警察找到他。」

「可是，有人在找他，媽。他們會向警方報案。」

（我腦海中又出現那八個快活的音符，死人仍可演奏的恐怖音樂。）

「好吧，」媽媽顯然說到興頭上，「我們暫且先說，警方判定他不是因為風聲太緊而溜之大吉，而是真的失蹤了。接著再來說，在至不濟的情況下，四輪驅動男看到有關『農穫』

棄車案的報導，想起來那就是他看到我們離開的那輛車子。妳真的以為他是會挺身而出協助警方辦案的那種人嗎？」

我聳聳肩。

「我的意思是，妳看到他了，」她繼續往下講，「妳自己也說他看來像道上兄弟，而妳八成沒看走眼。雪麗，我曉得這類型的人，這兩年來，我的當事人中就有他們這種人，他們什麼也不會跟警方講，就是這樣。」

在我看來，如此信心滿滿，根據的理由卻太過牽強，不知道是不是酒後胡言亂語。

媽媽把拍紙簿扔到地上那堆東西上頭，身子向前傾，摸摸我的手。

「雪麗，我想我們不會有事的，」她微笑著說，「我想我們會逃脫制裁。」

我不由得微微瑟縮了一下，一部分是因為迷信，一部分則是我習慣往壞處想，不過這種話總是讓我不大自在，感覺上太像直接對天神挑戰。

「我說不上來，」我說，「媽，話別說得太早，有很多都只是妳的假定，有太多我們不曉得的事情……」

媽媽大笑，「雪麗，妳的問題在於，妳看了太多電影。妳預期自己會被逮到，預期事情會有差錯。電影當中總是法網恢恢、疏而不漏，因為他們不能讓觀眾以為犯罪用不著付出代價。可是，我們並沒有在演電影，而是在過現實生活。在現實生活中，人總是逃脫得了制裁。」

我希望她是對的，可是我不想試探命運，就什麼也沒講。我認為我們得等到好幾個月甚或好幾年以後，才能確定自己安全無虞，這會兒還言之尚早，有太多的變數，我還是忍不住覺得，一切都會在一閃一閃的藍色警燈和那叫人心驚的敲門聲中結束，我寧可轉換話題。

「風衣，」我說，「我們還沒檢查後座的風衣。」

那件卡其色的風衣躺在電視機旁邊的地板上，我走過去拾起來。「有千斤重！」我驚呼，一邊走到媽媽身邊。

由於我是用手顫巍巍地抓著風衣的下襬，而非衣領，風衣裡面有個東西這時便在我臂膀間滑動起來，有個重物掉出風衣口袋，從側面砸到我只穿著襪子的腳，害我痛得要命，這東西哐鎯哐鎯滾過木頭地板。

平常這個時候，我早就痛到雞貓子鬼叫，卻因為太過吃驚，好像被麻醉了，只是一屁股坐在沙發上，捧著受傷的腳，上牙咬著下唇，呆呆瞪著躺在客廳地上的那把槍。

半夜暴風雨來襲，我清醒地躺在床上許久，傾聽風雨聲。我從沒聽過這麼大的雨，每當我心想這雨已經大得不可能再大了，雨勢就變得更強，雨聲更吵。感覺起來，臥房窗外的整個世界都已經化成液體，所有的事物都在流動，所有的事物都在滴落、流淌、飛濺、出血。

風颳得厲害，好像有無數隻手在瘋狂地拍打窗戶，有時候我真的以為玻璃就要破了，咆哮尖叫的風將隨之灌進屋內，製造混亂。彷彿有危險又可憎的怪物掙脫牢籠，四處為非作歹。牠既已獲得自由，想要再度制伏此物，就必得進行激烈痛苦的殊死戰。

我躺在床上，聽著暴雨敲打屋頂，震耳欲聾，想像院子和周遭的田野統統淹水了，水越淹越高，保羅．韓尼根的屍體在泥濘的土裡慢慢鬆動，順水漂流，讓全世界都看到。我見到大地變成一大片湖泊，警察從救生艇上探身而出，想撈取被樹林纏住的腫脹屍首……

我心想，四十個晝夜不斷地下著這樣的大雨，便可以淹沒這世界。而我對未來充滿不祥的預感，有一部分的我覺得，果真那樣，八成也不是壞事。

28

每一天，我醒來以後的第一個念頭都一模一樣：**今天，警察就要來了。**那副景象清晰如在眼前：穿著白色連身衣的鑑識人員擠在廚房和露台；基層警員跪在地上，手腳並用，一絲不苟地搜索院子各處；他們發現屍體後，在橢圓形玫瑰花壇搭起帳篷；記者群集在碎石車道上，我和媽媽從他們中間擠出一條路來往前走；走向不可信賴的庇護所——正等著我們的警車……

在那段期間，我把警察想像成簡直擁有超自然的力量，我不斷分析情勢，想明白他們手中握有那幾塊拼圖（**一名失蹤人口，一輛棄車**），我就是覺得他們知道我們做了什麼，他們彷彿有能夠穿透城牆、一切事物盡收眼底的千里眼，見到那一夜發生在忍冬小屋內的點點滴滴。

然而，始終令我驚訝的是，**平靜無事**。還是沒有一閃一閃的藍色警燈與令人心驚的敲門聲。接下來幾天平靜地過去——至少表面上一如往常，羅傑上午來教課，哈利斯太太下午來，我在飯廳桌上做功課等媽媽回家，練長笛，和媽媽一起做晚飯，看小說，聽普契尼；媽媽去上班，如園丁般辛勤不懈地處理她的每件案子，並且竭盡所能提防布雷克利不安分的手和暴躁的脾氣。

新的一週開始了……依舊無事。

在廚房裡與保羅．韓尼根那一番搏鬥，使得我有好幾天完全沒有體力。起初，我像貓咪一般，一逮到機會就睡，睡得很沈，醒過來時口乾舌燥，兩眼全是眼屎。不過，等我補足睡眠、恢復體力以後，開始嚴重失眠。我以前也失眠過，尤其是霸凌最嚴重時，可是那些斷斷續續失眠的經驗，比起如今徹夜不能睡的情形，算是小巫見大巫。

我一上床閉上眼睛，就會看到保羅．韓尼根的臉，清楚得嚇人，就好像他又站在我跟前。死白的皮膚；活像有油會滴下來的一頭扁平長髮，蓋住耳朵和肩膀；嘴巴四周冒著幾根幾乎看不見的小鬍鬚；眼睛硬撐著不要閉上，眼皮啪嗒啪嗒顫動，眼珠往上翻，活像剛剛才與靈界接觸完的靈媒。我聽得見他的聲音，難聽的口音，扭曲的母音，含糊不清卻狂妄自大的口吻（**太太，我知道我要什麼！我知道我要什麼！**）。有時候，我腦海中的聲音是如此分明，讓我逐漸相信他真的就在這房間裡——我甚至覺得聞得到他的氣味，就是他渾身散發出的那股惡臭，混合著酒精、煙味和汗臭。我會從床上坐起來，驚恐地盯著臥室最幽暗的角落瞧，以為會看到他的身形走出陰影處，衝著我來。

我在床上翻個身，但是那獐頭鼠目般兇惡的臉不讓我睡。如此過了三夜後，我跟媽媽講這件事，問我可不可以跟她一起睡，直到我不再失眠。她欣然同意，給我一個想叫我放心、「一切都不會有事」的微笑。那天晚上，我躺在媽媽的懷裡，安臥在她溫暖的氣息中，小偷那張臉的陰影整個從我腦海中消失，母親的懷抱彷彿擁有神奇的力量，什麼都不能傷害到我。

然而，媽媽並未告訴我，她也飽受失眠之苦，雖然我在她床上很快就睡著了，她自己卻翻來覆去，想睡而睡不著，沒多久又吵醒了我。過了幾夜，我回自己的房間睡，希望自己能打破之前的循環，卻發覺失眠症還在那兒等著我，我又回到原點。

我心不甘情不願地決定試試看吃安眠藥，媽媽以往強烈反對安眠藥，害怕吃了會上癮。可是，賴醫生開給她的淡紫色小藥丸對我管用得很，我在臨睡前半小時服用一片，幾乎一上床就沈沈睡去，一夜無夢。我把藥切成一半服用，後來又再切成四分之一，過了一星期左右，我不必服藥，頭一沾枕，不到十分鐘就可以睡著。

這時，我開始做噩夢。

最早的噩夢雜亂不清，片片段段，宛如無頭蒼蠅從一間鬼屋飛到另一間，在哪裡都待不久。我醒來以後，都記不大清楚，只有大概的印象，就是一整夜在逃跑，想逃開某種看不見的恐怖（我不必看就知道，是什麼——或者該說是誰——在追我）。

那段期間的噩夢，我清楚記得的只有兩個。在其中一個夢裡，我在客廳吹長笛時，抬頭看見保羅．韓尼根在窗外瞪著我，嚴重移位的下巴往下掉，好像在鬼洞列車上裝神弄鬼的傢伙。在另一個夢中，我們母女倆抓住小偷的腳，將他拖出廚房桌子底下，卻發現我們拖的人不是保羅．韓尼根，而是我爸爸。

這個夢折磨了我好幾天，不僅是因為爸爸臉朝下躺在血泊中的畫面是那麼栩栩如生，還有別的理由。這個夢好像在齧咬著我，指責我：殺死保羅．韓尼根這件事背後的含義，不就

趣。我說，她要是覺得水庫不妥，我們大可以開車到海邊，把行李箱扔進海裡。「問題不在水庫，」她說，「我只是不信任水，水到頭來總是藏不住祕密。」

她的口氣十分堅定，這讓我以為她說不定有親身的體會，不過接著我想起來了，有天晚上她睡不著時，向我借了《蝴蝶夢》。媽媽這個人有一大部分是用她讀過的東西堆砌而成，這不正是我們中產階級文化所形成的現象嗎？構成一個人的面貌的主要成分，是這人讀過的書，而非其人經歷過的生活？不過，對於媽媽而言，在保羅・韓尼根闖進她的房門後，一切說不定已經改觀了。在砧板往下一砸之後，說不定我們都已開始過著真實的生活。

媽媽考慮索性用強酸算了，可是這辦法就跟生營火一樣，只能解決一半的問題，因為即使是酸性最強的酸液，也無法溶解金屬工具或大理石砧板。而且，強酸很危險，光是去採買強酸和護手套與護身圍裙，便足以讓人起疑。

末了，她決定把一切都埋在後院的菜田裡，也就是我們在之前無憂無慮的時光中多挖的那塊地。她對這辦法並非全然滿意，不過這好歹能把垃圾袋弄出家裡，而且比起別的主意，引起別人注意的風險也較低。工作會很辛苦——我們得挖掘一個大坑，好把八個垃圾袋中的東西都埋進去——不過我們肯定辦得到。

媽媽想，她可以先把形狀較不工整的物品鋸成小塊，以便埋入坑裡。因此有天晚上，她一下班回家，我們就把拖把、水桶和塑膠盆都拿到兩間工具棚裡較大的那一間，詹金斯先生在裡頭裝了閃閃發亮的螢光燈管，媽媽在那裡儲藏她為數不多的工具。我們把拖把的把手鋸成如香腸長短的幾截，兩人手忙腳亂，活像勞萊與哈台那樣笨手笨腳地忙活了一小時，總算把塑膠一體成形的堅硬水桶鋸成兩半，母女倆十根手指居然都還在，真是奇蹟。接下來，我們倆都無法面對還得再鋸塑膠盆的考驗。

當媽媽從口袋中掏出保羅・韓尼根的手機時，我開始心跳得厲害；我知道它和他的皮夾原來都擺在同一個垃圾袋中。不過，我立刻就理智地驅除我的罪惡感：她從未查看過皮夾裡面的內容，不會曉得駕照不見了。

她把手機放在工作凳上，開始在工具箱裡找東西，翻出一把榔頭，當然沒有朝我瞥上一眼。她說，她擔心就算手機已關機，警察還是能循線找到手機，堅持一定要把它砸爛再埋起來「以防萬一」。她將手機放在水泥地上，蹲在旁邊，滿頭冒汗，做了一個奇怪的鬼臉，表情介乎幸災樂禍和痛苦厭惡之間，然後把手機砸個粉碎。我還記得她之前把東西敲爛的樣子，於是很不自在地移開視線，看著工具棚角落的蜘蛛網。

不過，我們始終沒有把垃圾袋埋在菜田中，就在我們原本預定動手的那天晚上，媽媽下班回家，準備進行截然不同的行動。

30

媽媽那一天見了一位當事人，那人的十二歲兒子在拍全班大合照時受了傷。那孩子站的那一排條板斷裂，雖然他摔下來的高度只有四呎左右，可是由於落地時姿勢怪異，造成左腳踝嚴重骨折。

媽媽當天午餐時翻閱了醫療報告，想起她當年加入艾氏事務所不久後經手的一個案子。也是一個十二歲男孩跌傷了腳，左腳踝嚴重骨折，可是她怎麼都想不起那孩子的姓名，也記不得那是場什麼樣的意外。她很想參考舊檔案，比對一下醫師對傷勢的預斷，並且看看當初她談到多少和解金，不過她明白，艾氏早就銷毀那檔案了。

那天下午，她在會客室見新客戶，聽取對方交辦的事項時，冷不防就把事情經過統統想起來了。那孩子姓皮伍，名叫湯瑪斯，是個矮矮胖胖、笑口常開的孩子，額前留著淡金黃色的劉海。他和家人到摩斯里國家公園露營，有一天一大早他爸媽還在睡，他和弟弟決定去探險。他們在森林中看到幾幢木造建築，心想應該是野戰訓練場，兄弟倆便比賽看誰可以先跑到那裡，湯瑪斯卻突然在路上憑空消失。他弟弟頭一個念頭是，哥哥被外星人的死光照到死掉了，但他其實是墜落至密布山間的廢棄銅礦坑裡。木造建築正是礦場井口站僅存的遺跡。

這時，媽媽有了靈感：要處理掉空房間裡那一堆不利於我們的證據，廢棄礦坑是再恰當不過的處所。

她找個藉口溜出辦公室，到市區另一頭大廣場上宏偉堂皇的市議會大樓地下室，那裡是市檔案局。她在那兒索閱摩里斯國家公園處有關所有老銅礦的平面圖，過了半個小時，拿到五張A3大小的圖表。

當晚，我們晚餐後坐在客廳時，「絕對完美！」媽媽興奮地嚷道，「礦坑在國家公園深處，如今加蓋了圍牆不讓民眾進入。皮伍受傷案發生後，公園處不得不採取這個措施。有些礦坑非常深——我看中的那個深達三千多呎。皮伍當年跌進的那一個，是八呎深的豎井，他當初要是掉進了主礦坑，就會從此人間蒸發。」

「可是，媽，妳要怎麼樣才找得到？」我問，「國家公園很大欸。」

「我去過那裡，」她說，一邊向我靠過來，她坐在椅子邊緣，兩隻大手鬆鬆地捧著咖啡杯。「經手皮伍案時，我去過礦場做現場察訪，在那兒待了一整天，公園管理員駕著吉普車帶著我看遍山間各處。要找到礦坑雖不至於易如反掌，但是等我一回到那裡，肯定什麼都會想起來，而且，別忘了，我還有地圖呢。有地圖，主礦坑、通風井、每一個平坑、每一個採礦場，一切都清清楚楚。」

我還是想要盤問她的新計畫，還是想要找出她忽略的缺失，原因大概很單純，因為我的幾項建議統統被她一口回絕。

「萬一他們日後決定重新開放礦場，闢為旅遊景點，怎麼辦？到時候，他們便會發現一切。」

我有此一問，媽媽聽了顯然很開心。「他們不會重新開放礦場為旅遊景點，這一點我可以打包票。」

「為什麼不會？」

「雪麗，因為有毒。一八四〇年代時，他們正是基於這個緣故而廢礦，有天然的氫化硫。礦場開放的二十年間，有五十多位礦工因為接觸到這種毒氣而喪生，他們的親屬想對礦業公司提出訴訟，想當然爾，失敗了。那些礦坑是死亡陷阱！」

我得承認，這個計畫聽來比我們之前其他想法好多了，比起把所有東西都埋在後院裡，更是好太多。保羅・韓尼根的屍體已在橢圓形玫瑰花壇底下漸漸腐爛，依我看，後院已埋藏夠多的祕密。

媽媽不願意讓我跟去國家公園，她準備動身時，已經九點了，她說不知道何時可以回家。公園在車程一個半小時以外，可是她還得僅憑著五張地圖和一支手電筒，找到設定好想找的那個礦坑。

我幫她把垃圾袋搬到車上，行李廂裝不下，有三個得堆在後座上。

「要小心啊，」我握著她的手，懇求她。

三更半夜，媽媽卻前往遼闊的森林，只有微弱的手電筒可供照明，這件事讓我心裡很不舒服。我親眼看過她在黑暗中視力有多差，不斷想像她腳底下突然出現一個洞，害她墜入有毒礦坑的悲慘畫面。

到時候我該怎麼辦？到時候我該怎麼辦？

「媽，拜託，小心點，拜託。」

她緊緊地抱了我一下，叫我不要擔心，她不會有事的。

我目送她駕車慢慢離去，她面容嚴肅，有著毅然決然的神情，手電筒和捲成一綑的地圖放在隔壁的乘客席上。我匆匆回屋，眼睛始終看著眼前的地面，這樣就不至於不小心瞥見橢圓形玫瑰花壇了。

我坐在飯廳桌旁，想補足進度落後得離譜的家庭作業，我只寫完了羅傑規定的第一次世界大戰報告，可是還有一篇歷史作業沒寫，外加兩篇英文作業和一道地理申論題，更別說哈利斯太太規定的數學復習作業。

從我們殺了保羅．韓尼根那一夜開始，我的注意力就渙散到不行，每隔十分鐘左右，腦海中便又重現當夜景象，拉著我回到廚房一變而為藏屍間的情景，害我不得不又與小偷從頭跳起死亡之舞。當我回過神來，往往搞不清楚自己在哪兒，彷彿方才恍神昏睡過去，這會兒悚然驚醒。像這樣一再失神，以前寫一篇作業只要花兩小時，如今卻得花上四、五個小時。

我開始替羅傑規定的一篇英文作業擬大綱（馬克白從「擁有太多人道　厚心腸」之人，在五幕劇中，逐漸變為「屠夫」和「暴君」，何故？），但是儘管灌了差不多一整壺的咖啡，花了一小時卻只寫了一面，而且我心知肚明寫得不怎麼樣。我的心思不斷從我那本已捲了毛邊的平裝本《馬克白》飄到媽媽身上。她在哪裡？這會兒在幹嘛呢？我祈求她平安無事，祈望她能安全回家。

我終究還是把作業推到一邊（我根本是在鬼扯——「在本劇開場時，馬克白原本是個好人……」），開始在紙上亂塗亂畫。我心不在焉，腦袋空空地畫著車子沿著蜿蜒的山路往上開，馬路兩旁是參差不齊的松木林，車燈發出兩條瘦長的淚滴形光芒，四周一片漆黑。樓上不知哪裡傳來嘎吱一聲，我停筆，抬頭看，想起我的噩夢，在夢中保羅・韓尼根那張毀壞的臉冷不防出現在窗外。我迅速走進客廳，拉上窗簾，拉呀扯的好一會兒，直到我能百分百確定沒有任何縫隙，誰也無法從窗外看到裡面。

我替自己倒了一杯葡萄酒（如今家中常備此物），坐在沙發上想看點書，但是屋子有各式各樣曖昧的聲響：樓上的地板不時吱吱呀呀叫，彷彿有人鬼鬼祟祟地在空房間裡走動；客廳窗外斷斷續續傳來沙沙作響的聲音，可能是腳步聲，也或者不過是掉落碎石子地面的小樹枝被風颳著跑而已。

已經快十一點了，但是我害怕得不敢上樓睡覺，我騙自己說，我決定給媽媽等門，打開電視，好遮蓋那些叫人心神不定的聲響。我老覺得頸後涼涼的，領悟到這是我們殺死保羅・韓尼根以來，我頭一回深夜獨自一人在家，怪不得我比平時更感到恐懼。媽媽為什麼要丟下我一個人在這裡？

我蜷臥在沙發上，啜飲我的酒，設法讓自己不要胡思亂想，別自己嚇自己（他這會兒搞不好就在外面——**自淺墳中爬起，正要舉起兩隻長滿蛆的拳頭敲打前門**……或者，**更糟糕，他已經在屋子裡了**……）。

我上上下下輪流按著電視頻道，可是沒有讓我感興趣的節目——都是什麼名人流落荒島啦，找尋世上最強壯男人的競賽啦，還有以醫院為背景的情境喜劇，劇中演員每說一句話，每做一個表情或手勢，隨之而來便是一陣於事無補的罐頭笑聲。

有一個節目在講非洲的一個部落（不然就是亞馬遜河流域，我不確定究竟是哪裡），因為沒有更好的節目，我就有一搭沒一搭的隨便看看。那村落坐落在河畔，河裡流著黃赭色的泥水，可是孩子們照樣跳進河中，開心地游泳戲水，就好像他們是在加氯消毒過的英國泳池游泳一般。在這部紀錄片中，男人用土製的弓箭獵野豬，身體裝飾著一種工具，那工具似乎會一面削進他們的皮膚當中，一面將顏料注入皮膚表面劃開的口子中。當他們準備舉行獻祭山羊的宗教儀式時，換作平日，我會轉台，因為我討厭看人對動物施以酷刑（我小時候，只要在電視上看到鬥牛還是獵狐的畫面，就會歇斯底里），但是這天晚上卻覺得不像平時那樣看了難受。

當一位村民蹲在山羊胸前，無動於衷地割開山羊的喉嚨時，**說到底，不過是頭畜生罷了**，我發現自己這麼想著。不過是一頭笨山羊罷了，智力低下到察覺不了自己遭遇到什麼事，無法理解殘酷，無法理解死亡，就此而言，無法理解生命。必須要有智力，真正的智力，才能夠對受害者寄予同情。

我打了個盹，睡了幾分鐘，又睜開眼睛時，有位長者談起部落的宗教信仰。那人說了什麼，有字幕，但是背景顏色蒼白，讓白色的字幕讀來很吃力。他在說，這個部落和森林中的野獸比鄰而居，了解動物不同的習性。

他們尊重擁有好習性的若干動物，輕賤習性不好的動物。他說，他們有一項基本的宗教信仰就是，一個人殺死某種動物後，便會吸取那種動物的習性。因此，獵人如果殺了許多猴子，就會變得聰明機靈，善於裝小丑、扮滑稽，逗得大夥哈哈大笑。獵人如果殺了很多野豬，就會成為顧家愛兒女的好男人、好父親，會奮不顧身，不惜一死，只為保護心愛的家人。他提到一種我從未聽過的動物，說他們不宰殺這種動物，因為在他們看來，此獸狡詐不可靠又懦弱，他們唯恐沾染上這些壞習性。他們相信，在靈界中，動物的靈和人的靈混雜於一處，有時甚且融合在一起。他們所崇拜的神明其實有不少就是在靈界融合過的人與獸，好比說猴男神和生殖力源源不絕的雞女神。

我喝完我的酒，在沙發上伸個大懶腰。我以前聽說過這種觀念，大概是在學校聽到的——就是說，有些部落的人認為，殺獅子會讓他們如同獅子般英勇。我覺得這種觀念很有意思，我在想好久好久以前（在世上有警察、監獄和紀錄片攝製人員以前），不知道有沒有部落相信，他們不僅會吸取所宰殺的動物的習性，還會接受他們所殺死的人的習性。森林中是否布滿了古老的墳墓，埋藏著因為長得好看、頭腦聰明或幽默風趣而被謀殺的人？我昏昏欲睡地想著，如果真有這樣的事，你真的會接收你所殺害的人的習性，那怎麼辦？我和媽媽會不會變成跟保羅．韓尼根一樣？我們會不會像染了什麼讓人毀容變形的惡疾，吸取他的邪惡和殘暴？

我想必是昏昏沈沈地睡著了，因為接下來我只記得，媽媽的車輪重重滾動在屋外碎石車道上的聲響吵醒了我，電視頻道已收播，螢光幕上是藍天白雲的畫面，播放著陳腐的音樂。

DVD放映機上時鐘顯示，當時是凌晨一點五十三分。

媽媽把鑰匙插進門裡時，我站在廚房中，正好打了個大呵欠。

「妳怎麼沒在床上睡覺？」她像耳語般輕聲說，好像三更半夜的，講話一定得這麼小聲才行。

「我看電視看到睡著了，」我說，用食指的指節抹一抹淚汪汪的眼睛，「找到了嗎？」

媽媽看來清醒得不得了，戶外的新鮮空氣讓她面頰紅潤，雙眼發光。

「找到了，不過我可以告訴妳，一片漆黑，可真不容易。我沿著林道往上開車時，還以為車子要報銷了。滿車身都是泥巴，我明早第一件事就是送車子去洗。感謝老天爺，那裡有無線電塔，整夜都有燈光，實在是幫了我，讓我得以抓住方向。」

她回到溫暖的室內，開始流鼻水，她大聲吸了吸，把鼻水吸回去，掏口袋找手絹。

「我運氣也算不錯，」她用剛翻找到的面紙輕輕擤擤鼻子，一面繼續說，「礦坑附近有一部分的圍牆倒了，我幾乎可以一路開到井口站。」

我努力不讓自己掉下淚水，伸出雙臂，盡可能緊緊地抱住她。

「我真高興妳沒事！我擔心得要命！」

她緊抱著我，我聞著她外套上的戶外氣味。「雪麗，都處理掉了，」她呢喃著說，嘴唇幾乎要碰到我的耳朵，使得我頸後的頭髮快要豎直了，「都處理掉了！永遠看不見了！一輩子都找不到！」

她捧著我的臉，全心全意端詳著我。我簡直睜不開眼睛，又打了個大呵欠。

「瞌睡蟲，妳現在上床睡覺去，」她微笑著說，「我需要吃點東西，放鬆一下，再上床。」

我吻她一下，道了晚安，瞌睡兮兮地拖著腳步上樓。我聽到她從冰箱拿出一瓶葡萄酒，還有她咕嚕咕嚕給自己倒了一大杯的聲音。我經過空房間時，看到裡頭沒有垃圾袋後竟顯得那麼空，嚇了一跳。

我躺在床上等著睡神來臨，心裡明白不必等很久，期望今晚不會再做那個如今早已熟悉的噩夢。我們家屋頂底下堆積如山的證物總算消失了，讓人鬆了一大口氣。警察就算明天找上門來，也不會在屋子裡發現任何不利於我們的東西。能把我們和保羅．韓尼根串在一起的所有事物，都已經墜入地下三千呎的幽室迷宮中。

或者應該說，差不多是所有事物。

我保留了保羅．韓尼根的駕駛執照，藏在我的「祕密盒」中，收進梳妝台最底下的抽屜裡。盒中尚有媽媽不曉得我還保有的幾張爸爸的照片、我的醫院識別證手環和我畫的老鼠上吊圖。

我也說不上來為什麼如此堅決地冒險保留這張駕照，媽媽要是知道我這麼做，一定會氣得發瘋。我只曉得，我想要保有一點什麼，可以顯示那晚發生的一切是真的發生過。我想要物證，證明在我十六歲生日那一天，真的有個男的闖入我們家，而我和媽媽真的殺了他。

我想，我想要有個戰利品。

31

五月來臨，帶來一天又一天的既乾且燥的熱氣和萬里無雲的藍天。在溫和到離譜的冬季後，來了大夥記憶中炎熱程度數一數二的春季，氣溫動不動就是三十度以上。新聞報導沒完沒了地在討論全球暖化，還有全球氣候的變化簡直到了令人費解的地步，電視上淨是土耳其下大雪、澳洲吹沙塵暴和中歐洪水為患的畫面。有一位知名電視氣象主播在電腦氣象圖前跳來跳去，驚呼道：「把你的地理課丟到窗外去吧！今天什麼都說不準了！世界氣候絕對是發神經了！不論在哪裡，都有前所未見的現象！一切都在改變……」

前院彷彿接收了密碼寫成的信息，一夕之間繁花似錦，雖然我不怎麼喜歡詹金斯先生，卻不得不欣賞他對色彩有獨到的眼光。白色的滿天星襯托著加州紫丁香鮮麗的藍花，紅色的纈草間冒出金黃色的鈴鐺花，宛若精美的金黃繐帶，淡黃的仙女木有如半音般烘托著鮮黃的山金車——幾乎像是鏡中影像，卻又不盡然是。其中最搶眼的是那一花壇的羽扇豆，繽紛奪目，令我聯想起我們在幼稚園時愛玩的玻璃萬花筒。

我很欣賞詹金斯先生的高明手法，但我遠遠地欣賞就好。前院我是能不靠近就不靠近，雖然橢圓形玫瑰花壇粉紅花朵怒放，花團錦簇，如華美的袍子捲邊般探觸著草地，但是那畫面仍令我怵目驚心。那些代表情人節的花卉讓我滿腦子都是恐怖的念頭，**保羅・韓尼根埋在**

地下兩、三週後，臉變成什麼模樣了？玫瑰花如此豔麗，是不是因為屍體給了土地養分？

屋子裡面越來越熱，叫人透不過氣來，可是一打開窗戶讓新鮮空氣流通一下，又會招來成群蒼蠅。即便關著窗，有些蒼蠅好像還是有辦法飛進屋內，我熟能生巧，把抹布一扭一拍便可打死蒼蠅，每天晚上看著客廳窗下那一堞小小的黑色蟲屍，就覺得開心。

熱浪徘徊不去，打破歷來紀錄。我在屋裡都穿著短褲和不能再省布的上衣，我不喜歡穿得這麼少——不喜歡露出我的大腿和肥肚腩，我要是不用力吸氣縮肚，短褲腰帶上方就會凸出一圈肥油。可是天氣又悶又熱，穿牛仔褲和襯衫根本是想都別想的事。

我買了小型的手拿式電風扇，那一陣子我一覺得屋裡沒有氧氣，連竭盡所能地深吸一口氣都無法紓解氣悶的感覺時，就拿著電風扇對著臉猛吹。哈利斯太太恨透了風扇嚶嚶嗡嗡的聲音，可是她那會兒已不敢得罪我，就設法裝作不在意。跟她上課時，即使不需要，我也會開風扇，就為了讓她不高興。

熱浪引發了我的花粉熱，症狀之嚴重前所未有。我鼻塞無法呼吸，兩眼老是淚汪汪，每天將近午餐時刻便頭痛欲裂。就在這段時期，也就是在熱浪和我的花粉熱最劇烈時，羅傑和哈利斯太太決定舉行一週的模擬考。

我說我症狀這麼明顯，想方設法請他們不要給我考試，但是他們倆態度都很堅定：會考六月二十六日就要開始，我必須在嚴格的應試條件中接受考驗。我並未善罷干休，覺得只要我能延遲個把禮拜再模擬考，專注力一定會有所改善，但是羅傑對我的擔憂嗤之以鼻。「雪麗，妳是優等生，妳腦袋裡的東西會讓妳門門科目都得A，流點鼻水不會構成大礙。」

然而，如我所懼，我的成績令人失望。我在那一週應考時，還是無法自拔地不斷回想那一夜，種種情景如玩具積木般堆積在我腦海中，迫使我一再層層疊疊地重組。我在英文和歷史科目上，勉強拿到A，數學和物理成績為C，其他科都是B。

羅傑對我在哈利斯太太負責的科目上成績那麼差感到意外，不過，因為他教的科目我不是拿到A就是B，所以也就沒有太大驚小怪。老實講，我在文學試卷上針對馬克白角色性格這一題做的答案，令他大表激賞。

他繞著飯廳桌子踱著方步，興致勃勃地朗讀我一部分的申論。

「『……有關馬克白最高明的一點或許是，他在某種程度上並沒有人物性格。他既忠貞又欺詐不忠；他愛妻子，當她死時，卻又無動於衷；他在戰場上無所畏懼，兇殺那一夜卻怯懦無能；他殺死沒有自衛能力的婦孺，卻死得像個英雄……莎士比亞好似在說，真人並非角色，我們的行動構成了我們。勇者結果是懦夫，懦夫結果是勇者，冷酷者可能宅心仁厚，而仁者可能很冷酷……』雪麗，這是大學水準，大學水準啊！」他驚呼，一邊還啪的一聲拍了桌面一下。

我感覺他那雙被放大的綠色眼珠子在盯著我看。當他再度開口時，語氣不一樣了，變得親切熱情。

「妳這麼年輕，怎麼對人心有這麼深刻的洞察力啊？」

我看到媽媽把深色的泥土鏟到保羅．韓尼根的臉上，在座位上很不自在地挪動身體。

「我想我知道，」他說。

我覺得自己開始臉紅，胸口一緊。他想說什麼呀？當他輕輕地加上一句「噴射幫」時，我才呼出憋住的一口氣。

我不想讓他看出我鬆了口氣，點點頭，看向別處，一邊扭了一下我筆記本的一角。

除了那件得意的事，其他都沒什麼好值得慶祝的。我的壞成績讓哈利斯太太大為失望，她似乎認為我是故意給她難看，好讓她顯得無能。她吹毛求疵地擦拭保溫瓶蓋上的水滴，一臉不高興地著我說：「雪麗，我還以為我們有進步了，不管是功課還是私人關係。」

我不吭聲，不置可否。

媽媽也覺得失望，非常失望，不過她盡量不表露出來，甚至設法開起黑色幽默的玩笑，想鼓舞我。「考委會會多給有閱讀障礙的考生三十分鐘的應答時間，我在想，如果妳在殺了人以後出現創傷後壓力症候群，不知道會多給多少時間？」

我獨自在臥房時，為了成績欠佳而鬱鬱沈思了一下，甚至掉了幾滴眼淚。我很生氣，保羅．韓尼根那人渣竟然破壞了我原該擁有的光榮時刻，我本該考出好成績，圓滿結束我的中學時光，順利將我送進大學門檻。說到底，我要是連在學業上都沒有優良表現，那我還有哪方面是在行的？

然而，在這同時，另一部分的我卻在想：管他的，有什麼關係？警方隨時會找上門來，一切就都完蛋了。再也不必復習功課，再也沒有考試，有的只是鑑識人員擠在廚房裡，基層警員跪在地上，手腳並用地搜遍每一吋草皮，有分立兩旁大聲叫喊的記者，還有一隻手壓著我的頭，把我塞進警車後座。

然而，時光一週週過去，警察依舊沒有來。

我每逢週末就仔細地閱報，看看有沒有關於保羅．韓尼根的報導。我非常清楚自己在等著看到什麼；簡直已在心裡打好了稿子。標題是警方在追查失蹤男子的下落什麼的，底下則寫著：

警方對二十四歲的保羅．韓尼根離奇失蹤日感憂慮，韓尼根最後一次露面是在四月十日星期一。他的車子後來被發現棄置於農穫餐廳的停車場……

報導中引述某位親人的話（其母？還是其妻？），呼籲他趕緊與家人聯絡，因為他們「為他擔心得要命」，還說：「不聲不響，沒有交代要去哪便失去蹤影，不符合保羅的作風。」接著會來上一句令我毛髮直豎的話，這毀滅性的一句會敲響我們母女的喪鐘：四月十二日當天，有人看見韓尼根的車子胡亂停放在一條鄉間小路上，經當地農民向警方報案……

或者更糟糕：

警方在尋找兩名女性，可能是一對母女，在韓尼根失蹤的兩天後，有人看見她們在農穫的停車場離開他的車子；有一名曾與她們交談的目擊者已向警方描述這兩名女性的長相……警方仍在持續追查。

他們只需要偵訊當晚載我們回家的計程車司機，便曉得該到哪裡找我們。

不過，報上沒有保羅．韓尼根的消息，隻字未提。

當然，這讓我放下心中一塊石頭。我可不想看到那副獐頭鼠目的嘴臉，從模糊的合家歡照片中對我微笑，不想被逮到。不過，怪的是，在這同時，如此平靜無事卻又令我感到不安。

這就好像在我十六歲生日當天凌晨發生了一場強烈的地震，震垮忍冬小屋的天花板，牆壁倒塌，壓住我們。可是當我們餘悸未消、踉踉蹌蹌走到屋外時，赫然發現，外頭的世界完全未受影響，大夥一切照舊，如常生活。我們無法接受那一晚沒有其他地方感受到震波，地震只發生在我們家，是我們的祕密地震。

如此寧靜還有一件事更令我們忐忑不安，保羅．韓尼根就這樣從人間蒸發，看來似乎沒有引發任何反應，無人表示關心，這似乎有違我一向以來學習的教誨，那就是——人命是神聖不可侵犯的。

當然不應該是這樣吧？一個人，一個個體，不論活著時有多麼卑微，其人之逝也應該攸關緊要吧。我們的宗教課老師問過我們一個問題：想像一下，你只要按自己扶手椅上的一個鈕，便可以終結某個陌生人的性命，你永遠也不會被逮到，不會受到懲罰，你會下手嗎？你會按下那個鈕嗎？我斷然表示「不會」，因為我確信即便只是一個人，其生命都是攸關緊要的，如果假想中的那個陌生人死了，那麼宇宙的結構質地也會以某種細微但奧妙的方式轉變、惡化。

然而，保羅．韓尼根從地球表面蒸發了，依我看來，沒有產生什麼變化。日子照舊過下去，全國性報紙並未報導他失蹤的消息，就連地方性報導亦無——上頭有市議會計畫擴建本地圖書館的新聞，有扶輪社獎券銷售活動傳出捷報，或購物中心兩家「高級」外賣店開幕的消息，保羅．韓尼根卻連兩行篇幅都排不上。

我有生以來頭一回開始覺得，說不定一個人的性命根本就無關緊要，說不定就如同不經意拍死一隻蒼蠅般無關痛癢，說不定宇宙的結構質地絲毫都不會有所改變。

如今，當我想到宗教課老師的問題時，發現自己在想，為什麼不按呢？反正也不會有什麼改變吧。

32

俗話說，時間是良藥，這話真不假，我們在忍冬小屋的生活慢慢回到正軌。起先都是些小事，好比又回到廚房的松木桌旁用餐，還有恢復早晨舊有慣例——在玄關吻頰道別；提醒媽媽開車小心；媽媽駕車離開，一邊再回看我一眼，揮揮手。我們把工具棚裡的庭園椅搬出來，又坐到露台上。在晚餐桌上，我們開始（一開頭非常小心翼翼）像以前那樣，聊起一天當中得意和失意的事。我們又吃起義大利肉醬麵，星期天早上我們在後院摘櫻桃，烤美味的派，配上香草冰淇淋一起吃——在那不速之客到來前，我們原就打算做這件事。我們又開始租DVD，星期六晚上背靠背，看了兩部喬治．克隆尼的電影（《霹靂高手》和《愛情達陣》），邊看邊吃著一大碗奶油爆玉米花。

我們每週一次進城購物，逐漸把那一晚上沾到血、如今在礦坑底下的物品都更新了：我們為廚房添購了新窗簾、新抹布、新的拖把與水桶。由於強烈到令人無法抗拒的直覺，我們買的替換品風格和舊物截然不同，好比說，薄薄的橡膠門毯取代了椰子殼纖維毯；買了色彩鮮豔到幾乎有點太豔麗的雨靴，沒買黑色的。媽媽沒再去找大理石砧板，堅持要在折扣店買便宜的塑膠砧板。

遺失的一片片拼圖被拼回去——新的浴巾、新的睡衣、新的睡袍——我覺得我們家好像重建了，又變得完整，我訝然發覺，這令我重新感到自己也是完整的。直到那會兒我方才明瞭，這些小事物對我們的生活有多麼重要。媽媽在乾燥香花碗裡找到袖珍茅屋的煙囪，有天晚上坐在飯廳桌旁，耐心地用強力膠黏回原位，終於拼完了那一面拼圖。

我頸部的瘀青漸漸變淡，終至消失，我總算可以拋開圍巾了，本來只要羅傑和哈利斯太太來，我就一定繫圍巾。我尾骨上的瘀血不再紅腫得可怕，面積也縮小了，不比鐵灰色銅板來得大，最後也消失了。怪的是，隨著瘀傷漸褪，我的傷疤也開始真正有好轉的跡象。只有在極亮的燈光下，才看得見我左手和右耳燒傷的疤痕，就這樣，看來也不過像是皮膚光澤明暗不一。我額頭和頸部的燒傷痕跡也從髒髒的咖啡色，變淡成比較像是蜂蜜色，比以前不明顯得多了。

肉體的創傷逐漸痊癒，心靈的傷口也隨之癒合。我慢慢地不再滿腦門子都是那晚的點點滴滴，種種情景雖然並未完全從腦海中消失（從來就沒有完全消失過），但是比較少出現了。彷彿我的腦子慢慢開始吸收、接受我所經歷的事情。我腦中沒去想那晚的時間越來越長——十分鐘、二十分鐘、半小時、一小時。我逐漸又可以聚精會神，有辦法一氣呵成寫一篇不錯的報告，而不需要花好幾天的工夫，零零碎碎地寫完。我可看電影看到忘我，我能夠在一段不短的時間中，真正忘了自己是誰、在哪裡，最神奇的是，忘了自己曾做了什麼。

我也不再周而復始地做同樣的噩夢，這可讓我大大地鬆了一口氣。那噩夢在最後一次出場做令人不寒而慄的演出後，從此銷聲匿跡。我仍然會做黑暗的夢（我在學校廁所地上，騎坐在愛瑪·唐利的身上，拿著大理石砧板，把她的腦袋砸爛成紅色的果凍），但是重要的事情在於，我也開始做「正常」的夢了。我為迫在眉睫的會考做起焦慮的夢（考卷上的字體又小又潦草，我看不懂；在我的面前放下的是中古史試卷，而不是我復習過的現代史試卷）；滑稽又超現實的夢（踩著高蹺走在沙漠上，還帶著一窩在我襯衫前襟不安扭動的幼倉鼠；媽媽變成一隻巨大的母雞，生出來的蛋有汽車那麼大）。我也又做起羅曼蒂克的夢：在母女倆看了第五遍的《一日鍾情》後，夢見和喬治．克隆尼在紐約計程車的後座打情罵俏（我們都在講手機——表面上在和別人通話，其實是彼此交談。他對著他的手機說：「妳想不想要我吻妳？」我則對我的說：「好想要哦」）。我甚至有個羅曼蒂克的夢——老實講，應該是「春夢」才對——對象居然是羅傑，那夢境內容之直白震撼了我，讓我有好幾天時間跟他上課時，都覺得有點難為情。

還有一件事顯示出我已恢復過來，那就是——我逐漸重拾對筆電的興趣。

那晚之後，我一直沒有走近那部筆電，不想碰它，甚至看都不想看。它和那一晚種種恐怖的情景關聯太深（我不知怎的，甚至把一切都歸咎於它），一想到要把它從餐具櫃中拿出來，就覺得簡直像是要把保羅．韓尼根的屍體挖出來似的，幾乎一樣令人憎惡。

然而，時光一週週過去，我慢慢克服了反感，一想到可以用筆電來打報告，上網時，不必忍受「畜生」那拖拖拉拉到磨人地步的速度和莫名其妙的小毛病，又開始覺得興致勃勃。我確信筆電有助於讓我的功課表現起死回生，又燃起對寫作的企圖心，我對寫作的抱負，這會兒已和打電腦這整件事糾纏在一起了。我發覺自己居然有個想法，其麻木不仁又自私自利的程度，連我自己都感到震驚：在經歷過這些事後，我肯定有辦法寫出真正了不起的東西吧？說到底，能有多少作家真正明白殺人是何等滋味？

我總算將筆電取出餐具櫃，從我生日那天以後，它一直躺在那兒無人聞問。我在媽媽的協助下，在飯廳桌上將筆電設定妥當。起初我滿擔心電腦無法使用，還記得我把刀子插進小偷的肩胛骨之間時，筆電曾重重摔到地上，不過我一按側邊的開關，螢幕便一閃，開機了。

如我期望，筆電切合我的需要，大大提高復習課業的效率。我完全停止手寫，舉凡筆記、報告，一切都改用電腦。我想，比起用上學多年以來練就的一手活像畫圈圈的小女生筆跡手寫文字，我用電腦打字的速度其實較快。媽媽的印表機沒墨水時，羅傑樂於每天把我的隨身碟帶回他家，用他的電腦列印。他不肯收我紙張或墨水的費用，我好感謝他——說實話，不單是感謝而已，更像是感到心裡一暖——這讓我放心了，因為噴射幫對我做的那些事，並未毒害我締結友誼的能力。

33

表面上，媽媽的復原情況也頗佳，眼部的傷很快癒合，她很高興自己再也不必為了掩蓋青紫的痕跡而化妝上班。

她裝作沒事一樣，如常工作，替幾樁小案子達成和解，甚至贏了一宗沒想到會交付審判的案子，這次勝訴令她格外歡欣鼓舞，一部分是因為這起意外——當事人在餐廳樓梯上跌倒——很難提出證據，不過，主要還是由於敗訴的被告「愛的小屋牛排館」的代表律師是艾氏事務所，也就是她的老東家。這幾近於她打敗爸爸，她可真是欣喜若狂。

不過在表面底下也有跡象顯示，媽媽佯裝輕鬆無事，其實不然。

安眠藥治好我的失眠，對媽媽卻沒什麼用。她照常在十一點左右上床，卻很難入睡。她翻來覆去好幾個小時，拚命想睡著，但睡神就是不來。末了，她再也受不了如此徒勞無功，索性起床下樓。我夜裡起床上廁所時，常聽見樓下飄來微弱的電視聲，她在那兒消磨漫長的無眠時光。對媽媽這樣的人來講，失眠是最嚴重的那一類問題，因為無法運用知性來解決：你越是努力想睡著，就越是睡不著。她設法更深入一點思考問題，而不是根本就不去想它，於是，失眠症就徹底打敗了她。

她會在凌晨三點左右回房睡覺，破曉時總算睡著。一個小時之後，當鬧鐘十萬火急地嗶嗶響時，她醒來，覺得比徹夜未眠更疲倦。吃早餐時，她的眼皮浮腫，眼睛泛著淚水，臉色蒼白，皺著眉頭，就算在微笑，也還是蹙著眉。我會問她是否又沒睡好，她只是聳聳肩，不置可否。「會過去的，」她說，「會過去的。」要不就是引述女作家桃樂西．派克的名言說：「人們是怎樣睡覺的？我好像失去這個本領。」但是她不想討論這件事，如果我再追問下去，她很快便會發火，沒好聲氣。

媽媽如今每天晚上都喝酒，她以前不是這樣的。她下班回家往往還來不及脫外套、換鞋子，第一件事就是給自己倒一杯葡萄酒。我覺得她並不是因為愛喝酒而喝酒，起初，她喝酒是為了麻醉自己。酒驅趕掉糾纏著她不放的恐懼，要不至少可以讓這些恐懼變得比較容易應付。說到底，真正殺死保羅．韓尼根的是她，是她用砧板敲下第二擊，取了他的性命；是她挖出他的屍體，搜遍他衣褲上血淋淋的口袋。我認為，後來她喝酒是希望酒精能讓她夜裡不受打擾地休息，她渴望好好休息。當然，酒精這個損友並未讓她如願以償。

那一晚過後，我幾乎是馬上就恢復練長笛，媽媽卻不肯再碰鋼琴。如今，當我請她跟我一起合奏時，她總是找藉口，好比她太累了，還是有太多工作要忙。但是實情如何，我心知肚明。我曉得她之所以避免走近鋼琴，理由就跟我避免走近橢圓形玫瑰花壇如出一轍（當保羅．韓尼根趕著我們下樓時，她腦中是否還在演奏著〈吉普賽婚禮〉？）。

媽媽念茲在茲，滿腦子就只記掛著安全問題，常常又帶了她從城裡五金行買的新鎖回家。她給前後門各自加裝兩道重型插栓門鍊，在她和我的房門裝了結實的鎖。因為真貨貴得嚇人，她買了誘餌警報系統（外觀做得惟妙惟肖，竊賊無法分辨真假），安裝在屋前醒目的位置。她買了精巧的鎖鉤，每一扇窗都裝上，因為她下結論說，保羅・韓尼根是撬開樓下洗手間的窗子闖進屋內的。

我看著她拿著螺絲起子上樓下樓，在前門外頭架了摺梯，爬上爬下，總算沒把我心裡在想的事情說出口：**世上尚未發明可以把我們的恐懼擋在門外的鎖**。

不過，我所注意到媽媽的種種改變中，最叫我擔心的是她與布雷克利之間的關係。當她提到他們之間的爭執時，她看來不再只是受害的一方，在他們的辦公室戰爭中，她如今較像是平等且積極戰鬥的對手。他對她發脾氣時，她不會只是忍氣吞聲，和他對陣時往往會據理力爭，令布蘭妲和莎莉大感意外。倘若只是這樣，我還不會擔憂，我早就聽膩聽煩了這位辦公室希特勒是如何如何地欺負她。可是，她不光是挺身捍衛自己而已，媽媽自從為了我生日的事頭一回同他不愉快以來，對她跟布雷克利之間的對立，似乎是樂在其中。在我看來，她有時候根本就是有意挑釁。她只要在他們的爭吵中佔上風，晚餐時便會口沫橫飛、比手畫腳地實況轉播，雙手像不受控制似的，揮呀揮的，拂過酒杯，差一點要把杯子撞落到桌子底下。

有一天我們在晚餐桌上聊著每日得意和失意的事，媽媽像是期待著什麼，咯咯傻笑地宣布，她那天得意的事情是，**摑了布雷克利一記耳光**。

「妳做了什麼？」我問，簡直不敢相信。

「我摑了布雷克利一記耳光！」她再說一次，自得地咧嘴而笑，好像小孩子惡作劇完，這會兒正洋洋得意。

「什麼──怎麼會這樣？」

「嗯，」她說，一副就事論事的口吻，彷彿這不過又是件辦公室八卦而已，「他看到只有我一個人在辦公室裡，走進來，跟我談起八月休假日期的事。他講著講著，走到我的椅後，我以為他企圖摸我的胸部，想也沒想，就朝著他的臉頰一巴掌揮過去！」

「媽！有沒有人看到？」

「沒有，應該沒有。」

「他有什麼反應？」

「沒有！他什麼反應也沒有，就只是摀著臉頰走開。妳要是能看到他臉上的表情就好了！」

我不知道該說什麼才好，她回憶起當時的情景，顯然樂不可支，講個不停，一想起布雷克利的表情，便爆笑出聲。

「他一個字也沒講！」她嚷道，「他不敢相信！震驚到不行！他壓根沒想到我會那樣！」

我盡量陪笑，可是這整件事有個地方讓我深感不安，往後好幾天心裡還一直有疙瘩。媽媽始終是一股冷靜穩健的力量，操控著航行的方向，我不想要她改變。她新近表現出輕率的作風令我害怕，我不確定自己是否想要追隨她航向未知的海域，而她似乎正要出發去探險。我擔心她會得意忘形，在莎莉和布蘭妲面前一時嘴快，說出什麼害我們完蛋的事。我覺得苦惱，在歷經種種不快後，我好不容易勉力找到平衡點，她憑什麼辦不到？

34

五月二十二日星期一，還有五個星期就要會考了，我展開密集K書計畫，用紅筆在臥室牆上的月曆畫了大大的#作為記號。

我按表操課，每天早上七點起床，在羅傑十點來到我家以前，至少用功兩個小時。傍晚媽媽回家時，也不休息，而是從五點一直溫習功課到九點才告一段落，跟她一起吃遲來的晚餐。我打算週末也K書，但是媽媽堅持要我一星期至少休息一整天，所以我星期六照常溫習功課，星期天休息。

大部分內容必須背起來，而背書既枯燥又務必得全神貫注，因此我決定把課本和報告都從飯廳搬到樓上，在臥室溫書。我想這樣比較不容易分神——沒有電話鈴聲；沒有媽媽在那兒走來走去找剪刀，她老是把剪刀亂擺；沒有她在客廳一邊看報一邊把原子筆弄得卡嗒卡嗒響；我也不會經不起誘惑，溜進廚房替自己弄一杯咖啡或一份三明治。

熱浪毫無減弱的跡象，我就這樣汗流浹背地坐在臥室裡，強迫自己默記《馬克白》長段的文句，背誦一頁頁的法文不規則動詞變化。我緊閉著眼睛，一遍又一遍大聲反覆背誦，把波以耳定律、查理定律、歐姆定律和阿基米德原理背得一字不差。我用完一盒又一盒的面紙，吞服賴醫生開給我的抗組胺劑，默背「納粹國會縱火案」、「入侵魯爾事件」、「非戰公約」、「慕尼黑啤酒館暴動事件」和「進軍羅馬事件」的年月日。窗外屋簷下，燕子在燕子巢四周飛來飛去，我溫習巴西咖啡生產統計數字和雨林耗損年率，直到我不必看筆記便可複述的程度。

自從我和媽媽殺死保羅．韓尼根以來，僅僅過了六週，短短的六週，我卻差不多已恢復過來，一門心思幾乎只掛念會考這件事，只有偶爾才會飄離課本，發覺自己想起在玫瑰花叢下逐漸腐爛的屍體。

雖然我很懷疑，雖然我看過「太多的電影」，在片中總是會發生什麼讓犯罪者露出馬腳，但是我想我已慢慢接受媽媽的說法。我想，我總算逐漸同意，她從頭到尾都沒說錯：**我們會逃脫制裁**。

要是警方到現在都沒有找上門來，他們肯定永遠也不會來了，說到底，他們一定已經發現保羅．韓尼根的車子，它不可能停在「農穫」停車場好幾個星期而不受注意。事隔已將近兩個月，警方一定已接獲報案，說保羅．韓尼根失蹤了。在這段期間，一定有人開始擔心他何以了無音訊。事發後第一天早上，不是就有人想聯絡他嗎？他們這會兒勢必早已報警了……

我能得出的結論，只有一個可能，那就是媽媽說對了——警方並未把保羅．韓尼根失蹤的事和我們連在一起，十之八九永遠也不會把保羅．韓尼根失蹤的事和我們連在一起，**我們果真已逃脫制裁**。

況且，就算警察這會兒來了，也是什麼都查不出來。廚房已洗刷消毒好多次，找不到一絲絲保羅・韓尼根的血跡或一點點指紋；八袋垃圾已移出空房間，而媽媽藏放它們的地點更是再好、再妙也不過了，警察絕對不會發現。

算我們走運，非常走運。我們殺了一個人，我們在自家廚房的地磚上刺死、打死了他，而我們逃脫了制裁。

35

五月二十七日星期六，我按我的溫書時間表，七點起床，披上睡袍，溜出房間，打算很快地煮咖啡，再開始K書。我在媽媽的房門口停下腳步，仔細傾聽。我聽得見她規律而沈重的呼吸聲，微微一笑，我曉得每一秒鐘的睡眠對她都十分珍貴。

我盡量不發出聲響，悄悄下樓，好不容易才避開那很不牢靠的第四階樓梯，這時我看到了。

前門的門毯上，躺了一個白色的長方形物品。

我立刻就明白，那是樣可怕的東西。郵差不會這麼早就來，是有人親自送來的。

我拾起信封，看到封口上有一枚油膩（是牛油嗎？）難看的拇指印。

我翻過來，正面是空白的。我趕快拆信。

裡頭有一小張從拍紙簿上撕下的橫線筆記紙，上半頁用墨水快耗盡的原子筆寫了字，是印刷體大寫字母。簡單寫著：

我知道你們幹了什麼。

我知道你們殺了他。

我要兩萬英鎊，不然我就報警。

不准出門。

我今天會打電話來。

我隨即飛奔上樓，叫媽媽起床。

不到五分鐘，媽媽上身穿著昨天上班時穿的上衣，下身穿著牛仔褲和她在鄉間散步時專用的靴子，坐在廚房桌旁。她咬著下唇，眼睛死命地盯著那張薄到透明的廉價紙。那天早上，她眼袋浮腫得厲害，好像生病的靈魂浮出了表面。她繃著臉，鬱鬱沈思，一副有苦難言的模樣，頭髮亂蓬蓬，打了結。她來不及刷牙，我聞得到昨夜的酒氣，她看著信，視線一秒鐘也沒有離開，連伸手去拿咖啡杯，湊到嘴邊，就著黏答答的馬克杯緣啜飲咖啡時，也照樣看著信。

我還穿著睡衣、睡褲和睡袍，這封信讓我嚇呆了，竟沒辦法上樓去更衣。我一直害怕我們這脆弱的祥和寧靜有一天會冷不防地告終，但我也始終在想像會是有關當局來敲門（客氣有禮但堅持進門，不由得我們拒絕），有穿著制服的警察配備著畢剝響個不停的無線電對講機，臉上掛著皮笑肉不笑、只有嘴角抽動的「笑容」。我從來就沒有想過事情會是這樣——塞進信箱、掉在地上的一封可鄙的勒索信。

媽媽一遍又一遍讀著信，我絞盡腦汁，想猜出是什麼人在勒索我們。

我想起那天早上我們在橢圓形玫瑰花壇挖坑時，開著農機經過的農夫，當時保羅．韓尼根的屍體面朝下，躺在我們腳邊的草皮上。媽媽老是說，隔得那麼遠，他無法看見我們在幹嘛，可是，萬一她說錯了呢？萬一那農夫的確看到那天早上我們在幹嘛，這會兒在針對各種方案考慮六週以後，決定藉此來海撈一票呢？

四輪驅動男是另一明顯的人選。他光頭，留著山羊鬍，看來徹頭徹尾就是連續劇中歹徒的嘴臉，而且那晚在停車場上，他肯定對我們起了疑心。說不定他嗅出了賺錢的機會，尾隨著我們搭的計程車，一路來到忍冬小屋。如果他發現我們留在停車場的是保羅．韓尼根的車子，而保羅．韓尼根失蹤了，搞不好就能拼湊出事情的經過？

還是說，是和我們有來往的人呢？在兇案發生後隔天，我雖然盡力表現得正常，但不知怎的，還是讓羅傑察覺到真相？他是否看到後門上的血手印？那手印清楚得不得了，我知道他手頭很緊，所以才會來當我的家教。但是廉價紙、難看的拇指印，加上這信是一大早塞進信箱口？凡此種種，都不符合我認識的這位書呆子吹毛求疵的作風。不過話說回來，如果世上真的沒有「人物性格」這回事（羅傑對這想法可是大表激賞呢），那麼是他的可能性就並不低於一般了。

「媽，妳想會是誰呢？」

「雪麗，我不知道，」她眼睛依舊盯著勒索信瞧，心不在焉地說，「我不知道。」

「妳想會不會是羅傑？」

「不是！」她嗤之以鼻，大搖其頭，「不是羅傑，絕對不是羅傑。我們面對的是一個罪犯，一個慣犯。」

「那個四輪驅動男呢？妳覺得他看來像是罪犯——我們都覺得。」

媽媽這一回倒是比較認真地考慮了一下，「我猜是，」她說，口氣不大肯定，「但我還是不明白他是怎麼發現的，當天晚上的事只有妳知我知。」

她的注意力又轉回信上，那封信彷彿有磁力，讓她無能為力與之對抗。

「總之，」她以一種幾乎像是後見之明的語氣說道，「我們過不了多久就會知道了。」

我的表情想必呆滯，因為她接下來說：「信上寫『我今天會打電話來』，不論對方是誰，他們今天就要來了，要來家裡了。」

我想像四輪驅動男穿著他的黑色皮夾克，目中無人地在廚房中大搖大擺，走來走去，懶洋洋地坐在廚房椅子上，嚼著口香糖，齜牙咧嘴，一副想威嚇人的嘴臉，每提出一項要求，拳頭就粗野地敲桌子一下。我宛如在院子裡掀開磚頭，卻驚擾了蠕動的地蜈蚣似的，厭惡地打了個寒顫。

「我們該怎麼做？」

媽媽好像突然覺得犯冷，雙手緊緊抱胸。

「雪麗，沒有多少事情是我們可以做的，如果勒索者去報警，警方就必須展開調查，會來這裡找屍首，會有搜索狀，有警犬。我想，到時候我們就都完了……」

我看得見狗急切地耙著玫瑰花壇鬆鬆的土，挖出一根跟新電燈泡一樣白的拇指。

媽媽又專注地看信，冷不防氣沖沖地把信一把揉皺。「我不懂！怎麼會有人發現？我們那麼小心！是哪裡露出破綻？為什麼會在事情過了將近兩個月後才爆發？」

她喝乾剩下的一點點咖啡，扮了個鬼臉，氣惱地撥了撥亂蓬蓬的頭髮。

「要不要再喝一杯？」

她點點頭，把杯子遞過來。我倒咖啡時注意到她手抖得厲害。

「到時候真的會一切都完了嗎？」我問，頭昏眼花，不敢置信。

媽媽把信放在廚房桌上，用手撫平，又沈吟了一會兒，「雪麗，我想我們落入陷阱了。」

落入陷阱。她這樣講讓我吃了一驚，我們終究還是老鼠，被老鼠夾夾住的老鼠，小如火柴的頸子被切斷，身首異處，乾淨利落。

「有沒有什麼是我們可以做的？」

她雙手摀著臉，接著手往下拉，緊貼著下巴，彷彿在禱告。「雪麗，我看不出來，我們沒有什麼辦法可選擇。」

我回想我們為了毀屍滅跡採取的種種手段——把保羅．韓尼根的屍體埋在橢圓形玫瑰花壇裡；把小偷的破車開到城裡；和四輪驅動男大吵一頓；媽媽深夜駕車至國家公園，將垃圾傾倒至廢礦坑中。凡此種種，難道全是白費工夫？這會兒，我們是否將被打敗？打敗我們的，不是警方縝密的調查，而是某個令人不齒、敲詐勒索的傢伙？

「我們有什麼辦法？」我問，語調變得尖銳。

媽媽把她面容優雅、神色憔悴的臉轉過來，對著我。陽光穿破晨雲灑下來，廚房滿室春光燦爛，她卻疲倦得簡直睜不開眼睛。

「我們可以在勒索者上門來以前，去向警方自首，」她說，「無論如何，警方要是先聽到我們這方的說法，總是比較好。雖然已經拖延到這個節骨眼了，等到審判時，自首還是對我們的官司有幫助。」

我看到玫瑰花壇上搭起令人怵目驚心的白色帳篷，分列在碎石車道上的記者，警車的後座，黑皮套摸起來好燙。接下去又會如何呢？在警局一連好幾個小時接受偵訊，愁眉苦臉拍攝丟人現眼的嫌犯照片，按指紋。接著，在苦等好幾個月後，受審。立在被告席上，雙腳發抖，控方律師提出那讓人回答不了的問題：「芮福斯小姐，如果妳真的認為自己並無過錯，如果妳真的認為妳自始至終都是在自衛，那麼妳為何將韓尼根先生的屍首埋在忍冬小屋的院子裡？」

如果說，在我們殺了保羅．韓尼根的那個晚上，我們實在是冒著入獄的風險，那麼這會兒我們肯定逃不過了。中古世紀的恐怖發生在二十一世紀。我光明的未來走偏了方向，一蹶不振，無人聞問，天知道要多少年。被迫與野蠻、兇惡的女孩分享最私密的空間，她們兇殘的程度，泰瑞莎．華生和愛瑪．唐利想學都學不來。我曉得我會活不下去，我無法忍受那種殘暴、那種虐待和污穢。我知道到頭來我會自我了結……

「難道沒有其他辦法嗎？」我問，上氣不接下氣，彷彿頸上套著的活結已漸漸變緊。

媽媽無奈地聳聳肩。「我們可以付兩萬英鎊。」她說，語氣中詢問的成分大於陳述。

「但是我們沒有兩萬英鎊，」我咳聲嘆氣，「那比妳一整年的薪水還多，我們一輩子也籌不出這筆錢。」

「雪麗，我籌得到，」她悄聲說。

「怎麼籌？」

「可以拿房子抵押，去貸款。」

想到媽媽要付那麼多錢給勒索者，我真覺得反胃作嘔。她工作那麼辛苦，所得卻那麼少。想到媽媽背上又多了勒索者給她的重擔，我簡直無法冷靜。而且，要是以為勒索者只會開口要一次錢，就未免太天真無知了。他會需索無度，一輩子都得忍受他像寄生蟲一樣榨乾我們的血。我們將生不如死，如奴隸般做牛做馬，悲慘得難以想像。四月十一日的慘案永遠不會有落幕的一天，每當傷口開始結疤了，勒索者便會再次撕開它。

「媽，事情會沒完沒了的，」我說，「我們一旦給了他錢，他就會一再回來要更多的錢。」

「我知道，雪麗，我知道。」

一個愚蠢的念頭浮現腦海，我想也沒想，衝口就說：「爸爸呢？爸爸會不會給我們這筆錢？」

媽媽對我露出苦惱又難過的表情。

「我絕不會向他開口！」她喝道，很明顯，她不想再繼續討論這個話題。

我覺得我氣得皮膚都刺痛了。她是這樣冷漠又毅然決然地將爸爸摒除在外，彷彿他已經死了。可是對我來講，他並沒有死。我很想頂嘴，但拚命忍住，現在來吵這件事，時機、場合都不對。

我們沈默了好一會兒，媽媽就像身不由己，一直盯著信看，彷彿依然深信短短幾行用原子筆書寫的大寫字母句子中，藏有答案。

「就這樣嗎？」我總算開口問，無法相信我們會這麼突然又這麼無奈地步入絕境。

媽媽不發一語，她咬著下唇，撥弄著信，把它摺成細細的一長條，夾在右手指間，刻意迴避我的眼神。

我好想大聲對她嚷嚷，「就這樣嗎？妳那精明的頭腦裡想得到最好的辦法就是這樣嗎？這位聰明絕頂、萬事通女士拿得出來的最好辦法就是這樣嗎？」

我不屑地瞪著她無精打采、彎腰駝背地坐在廚房桌旁，由於沒睡多少，加上昨晚又喝了太多葡萄酒，眼皮簡直就撐不住。要不是她這麼軟弱，要不是她自從殺了保羅．韓尼根後就開始消沈失常，她當天早上的情況不會如此不堪，就能想出辦法，讓我們自這片泥淖中脫身而出！要不是她這麼軟弱，說不定爸爸還在這裡保護我們！要不是她這麼軟弱，說不定我就不會這麼膽小如鼠——說不定就能挺身對抗相關的女孩，我們就絕對不會淪落至眼前的處境！

媽媽令我怒火中燒，也讓我苦澀地領悟到一件事，就是：雖然我十六歲了，卻仍期待她會為母則強，保護我的安全；我依然期待她會施展母性的奇蹟，驅除危險，趕走在門外徘徊的惡狼。當我發覺今天不會有什麼母親魔法，廚房中不會有奇蹟，只有燦爛到過頭的陽光和沈默，還有偶爾從屋簷傳來小鳥的啁啾聲，就在這時，我覺得自己被出賣了。

過了好久好久，媽媽才又開口。「雪麗，還有個法子。」

「什麼？」我沈著臉，咕噥一聲，心想八成是什麼可悲又不濟事的辦法，「什麼，老天爺，什麼啦？」

媽媽讓勒索信從指間滑落到桌上，深深看進我的眼裡，臉色猙獰慘白，好像戴著雪花石膏的死神面具。

「我們殺了他，雪麗，」她說，聲量之弱有如耳語呢喃，「他今天來的時候，我們殺了他。」

36

回顧當時情景，說來也怪，因為媽媽的話並未讓我大吃一驚。我理當膽戰心驚，但我沒有。不過兩個月前，我會不敢相信，結結巴巴地說，妳神經錯亂了嗎？妳瘋了不成？然而當下我就只是冷靜且不帶感情地考慮這個想法，斟酌得失……

浮現心頭的第一點異議無關道德，而是基於務實理由。我記得四輪驅動男，記得他壯碩魁梧的體型、光頭、邪氣的山羊鬍和眼神兇殘又銳利的小眼睛。

「要怎麼做，媽？我們要怎樣殺了他？四輪驅動男那麼魁梧，像個摔角選手。我們要怎麼去對付像他那樣的大男人？小偷當時喝得醉醺醺，簡直搞不清楚自己在幹嘛，四輪驅動男完全兩樣。」

「雪麗，我們並不知道這人是否就是四輪驅動男。妳又太快下結論了。」

「可是如果就是他呢？」我不鬆口，不肯上當，「萬一真是他呢？那樣的人朝妳臉上重重打上一拳，就可以要了妳的命，可沒辦法用化妝品遮蓋瘀傷，第二天照常去上班，事情肯定如此。看在老天爺分上，我們要如何才能殺死那樣的人？」

媽媽不發一語，只是低頭瞪著桌面上自己那雙粗笨的大手，好像兩隻被太陽曬白的螃蟹，不斷被潮水沖刷。她似乎在心裡衡量著什麼：評估、權衡得失，慢慢得出一個萬不得已的結論。

「有一個辦法，」她總算說話了，抬起頭來看著我，臉上表情怪異，看來茫然，還帶著一點愧色。「我說不上來。」

「怎麼做？」

「妳在這裡等一下。」

她好不容易才疲憊地從椅子上起身，走出廚房。我聽見她穿著靴子咚咚咚上了樓，她房裡的地板在我頭頂上方咳聲嘆氣，接著是一片冗長的寂靜。

我一個人留在廚房，開始覺得不自在，感到無可遁形又不堪一擊。萬一四輪驅動男在我獨自待在樓下時來了，該怎麼辦？萬一廚房窗戶突然冒出他的臉，怎麼辦？最後這個念頭太可怕了，我緊閉眼睛，不想再看見廚房窗戶。我不耐煩地等媽媽回來，腦中只有一個念頭：**媽快一點媽快一點——媽快一點！**

樓梯第四階可憐兮兮地吱吱叫，讓我曉得她正在下樓，我睜開眼睛。

我看到她在上衣外面多加了她那件灰褐色刷毛運動衫，覺得很驚訝，因為那天的天氣肯定又是炎熱不堪。她兩隻手都藏在腹部大口袋中，口袋鼓鼓的，形狀很怪。

媽媽走到桌旁，臉轉過來對著我，從刷毛衫的口袋中慢慢掏出一件東西。就在那一瞬間，明亮的陽光忽然透過她身後的窗戶，照亮整個廚房，我一下子花了眼，只得調整位置，舉手擋住直射眼睛的陽光，這時我才看見她伸過來的手中拿的是什麼。

「妳沒有把槍丟掉？」我喘著氣說，這討厭的東西竟然又出現在眼前，叫我訝異，「妳沒有帶去礦場？」

媽媽輕輕搖了搖頭，擺動幅度之小，簡直像沒有搖頭。

「為什麼？」

「說不上來，」她聳聳肩，「小偷闖入後，我很沒有安全感，該把槍丟掉的時候，就是捨不得。」

她停頓了好一會兒，才又接著往下說：「也許有一部分的我始終就知道，我們將來會需要它……」

她小心地將它放在桌上，坐下來。我本來已經站起來了，這會兒雙膝一軟，一屁股坐回椅子上。

槍大刺刺地躺在桌上，好像金屬蠍子，藍灰色尾巴底部有根殺人的刺。我半是憎惡半是著迷地端詳著它。廚房裡淨是裝義大利麵的綠玻璃罐、烹飪書、小狗照片月曆、釘滿了媽媽和我的照片的軟木板，還有我的凱蒂貓貼紙這一類物品，這把槍置身其中，看來詭異，格格不入，衝突而陽剛。

「上了子彈嗎？」

「上了，六顆子彈。」

「妳知道怎麼用嗎？」

「雪麗，並不難，拉開保險栓，扣扳機就行了。」

我麻木又不敢置信地搖搖頭，這把槍並不是開玩笑，而是實物，這開始讓我回歸現實，體認到我們正考慮做的事非同小可。

「妳為什麼沒跟我講槍還在？」

媽媽不自在地在椅子上動了動身子，眼睛看向別處。「我——我不想讓妳不安。」

「讓我不安？」

她有所規避，這一點並不難看穿：她沒告訴我家裡有槍，是因為她不再相信我。自那一夜我從飯廳桌上抄起那把刀，跑進院子追殺保羅．韓尼根開始，她便再也拿不定我還能做出什麼事。她再也不知道我要是又置身於極端壓力中，會做出什麼事。她是否擔心我會自戕，還是會殺了她？

這令我心裡有點氣，不過還不會氣到無法體會箇中的嘲諷意味：我覺得自從我們殺了保羅．韓尼根那一夜以來，媽媽就變了，多少像個陌生人，行為舉止難以預測，而媽媽對我的看法卻也正是這樣。

「妳早該跟我講，」我說，「妳有事不該瞞著我，我不是小孩子了。妳知道，我也不是怪胎。」

媽媽愁眉苦臉，我看得出來她後悔自己竟犯了疑心病。她伸出一手輕輕地蓋住我的手，歉然地微笑。「雪麗，妳說得對，我早該告訴妳。」

我由著她握住我的手，但堅持不肯露出寬恕的笑容，直到我想起，自己也有祕密瞞著她。保羅．韓尼根的駕照，藏在樓上我的「祕密盒」裡。我良心不安，帶著罪惡感的給了她一個她想要的微笑（沒事，我們之間一切都還好）。

我的注意力回到槍上，看來卑鄙猥褻的黑色槍口正對著我的心口。

「妳確定妳知道怎麼用？」我再問。

「我確定。」

我又想像起四輪驅動男，不過這一回他並沒有指使我們團團轉，而是在廚房一角，一忽兒嚎啕大哭，一忽兒抽泣，跪地求饒，我則站在一旁，手中的槍對準他的腦袋。我要是扣下扳機會如何？會不會跟電影一樣？他的額頭正當中會不會突然湧出一坨草莓果醬？隨著靈魂出竅，他的眼神會不會慢慢變得空洞？他會不會頹然倒地，一命嗚呼？

他今天來的時候，我們殺了他……

我們真的想讓自己再度歷經種種叫人痛苦的創傷嗎（鮮血、屍體、恐懼）？我們真的想謀殺人嗎？因為這樣做肯定是謀殺沒錯，上一次我們殺死保羅．韓尼根，是為了保命，是自衛殺人，可是這一回是經過籌劃的冷血謀殺。

他今天來的時候，我們殺了他……

可是，為什麼非得是我們不可？為什麼媽媽不能像之前掘出保羅．韓尼根的屍體或把垃圾袋運至國家公園那樣，獨自攬下所有責任？她為什麼不叫我上樓去躲在我的房間裡，直到事情過去？不應該非得要我待在現場不可，我看到的難道還不夠多嗎？她難道不該保護我嗎？

不過，她只是悶聲不響地呆坐著，想事情想到出神，她坐在那兒越久，情況就變得越明題，她是不會開口說出那些話的。她不會為了我犧牲她自己。不論我們將歷經什麼考驗，她似乎都已下定決心，要由母女倆共同來承擔。

「媽，妳真的是認真的嗎？」我的嗓子突然乾了，聲音沙啞。

媽媽沒有看我，一邊考慮著我的問題，一邊伸出一隻手，好像唯恐槍會冷不防咬她一口似的，小心翼翼地用食指尖推了推槍身。她停下來，抬起頭看著我，槍口這會兒正對著前門的玄關。勒索者前來的方向。

「如果他去報警，我們就全完了，」她冷冷地說。

我們陷入令人不安且不快的沈默中。事情發生得太不湊巧了！我本來打算一整天都拿來溫習全球暖化、法文課文、凡爾賽和約，這會兒不能一下子就轉過頭去思考現實生活的問題。我沒有精神和腦筋去評量這龐雜的難關，不是今天，不是眼下這一刻，我就是承受不了。我想要回到課本裡頭那些可以掌握的有限問題。

「可是，殺了他？真的殺了他？媽。」

「這叫做zugzwang，」她苦笑著說。

「什麼zug—？」我甚至記不全這名詞。

「迫移，這是下西洋棋的用語。輪到你下棋了，可是不論你怎麼下那一步，都不利於你。」

我想了想，她說得一點都沒錯。不管我們怎麼做決定，是要自首，還是付錢給勒索者或殺了他，統統都會吃到苦頭。我們所有的選擇方案都一樣兇險。可是我們必須採取行動，該我們下棋了。

「雪麗，我們已經陷得太深了，」媽媽說，「我們在這條路上已經走得太遠，最好就一直走下去。自首會很糟糕，就跟——（她顯然不肯說出謀殺二字）——下手同樣糟糕。」

我們已經陷得太深了，她的話讓我想起別的。我幾天前才在《馬克白》劇中學到的另一段話，我設法默背：

我身上都是血，
走了這麼遠了，是否不該再繼續跋涉。
回頭的路卻跟往下走同樣沈悶。

我記起這段話出現於劇中的哪一部分，這比這段話本身還更令我不安。就在馬克白下令謀殺馬克道夫的妻兒之前。就在他犯下頭一宗暴行前。

「妳最好上樓去更衣，」媽媽說，一邊輕輕地托了托我的手肘，「他隨時都可能出現。」

「好吧，」我嘆了口氣，「不過，我下樓來以後，我們必須好好徹底地談一談。我們不可以一時心血來潮就匆促做出這種事，說不定並不是『迫移』，說不定還有別的辦法，只是我們尚未想到。」

我推開椅子，正要站起來時，聽見屋外傳來噪音。

我愣住，媽媽問我怎麼了，我猝然向她伸出一隻手，示意要她噤聲。她明白過來，轉過頭去傾聽，頸項上冒出細小的青筋，好像鋼琴弦。他不可以現在就來，我心想，他不可能現在就來！我們還沒準備好！我尚未更衣！我們還沒決定要怎麼做！拜託，上帝，讓我想一想再說！

然而，碎石子嘎啦作響，不怎麼靈光的煞車發出刺耳的聲音，加上老舊金屬上氣不接下氣的喘息聲，都不在我的想像中——有一輛車開上車道，朝著屋子而來。

媽媽也聽見了，嚇得睜大了眼睛，不健康、泛黃的鞏膜因血管破裂造成紅色血塊而變形。

「是他！」她低語道，這耳語般的聲音聽來卻宛若尖叫，「他已經到了！」

37

「媽，我們該怎麼做？」我喊道，但她已經站起來，一把抄起槍，匆匆藏進刷毛衫前襟的口袋。

她猛然朝著我轉過身來，把臉湊向我的臉，右手緊緊握住我的手腕。「雪麗，一切都交給我來處理！妳什麼也別做，什麼也別說！由我來開口交涉！」

勒索者一來，她整個人就變了一個樣，忽然上緊發條，整個人能量十足又堅定，瞬間擺脫一切疲累和遲鈍。她不耐煩地撥開遮住眼睛的頭髮，大步走向客廳。我乖乖站起來，腳步踉蹌地跟著她。

飯廳和客廳要到下午才曬得到太陽，這會兒光線比廚房暗得多。壁爐、鋼琴、安樂椅和沙發，都顯得陰暗、堅實又死氣沈沈，我過了好一會兒眼睛才適應這一片幽暗。媽媽站在窗前，看過去就只是黑黑的剪影。不明的危險已接近，我忽然覺得需要靠近她，我好像蹣跚學步的幼兒一般，邁著不穩的步伐走向她。

碎石嘎啦作響的聲音和像在慘叫的乾澀煞車聲越來越響，最後有輛車子突然出現在客廳窗外。

我整個人呆住了，起初無法理解我看到的景象，無法相信明擺在我眼前的證據——眼前景象如幻似影，不可能是真的，這讓我差一點、真的差一點就要相信，自己根本沒醒來，而是在跟又一個恐怖的夢境糾纏不清。

那輛破爛的藍綠色汽車，我們好幾週以前棄置在「農穫」停車場的車子，也就是保羅．韓尼根的車子，正慢慢減速，停在我們的福特汽車後面。

我腳下的地板好像突然一斜，我必須伸出一腳撐住，不然就會像算錯落地時間的體操選手一樣，跌倒在地。這沒有道理！不可能！我們處理掉車子了！保羅．韓尼根死了！車子怎麼會找到路回到忍冬小屋？它究竟是怎麼回頭找上我們的？

所以說，到頭來真的沒說錯，死人不會一直都是死人，保羅．韓尼根回來找我們報仇算帳了。

媽媽離開窗邊，臉色陰沈又難看，一片死白。她舉步走向前門，但我擋住她的去路，抓住她的手。

「怎麼了，媽？怎麼回事？」

她沒有回答我，屋外傳來車門甩上的聲音。

「我不懂，」我哀嘆，「我們明明就把車子處理掉了！我們處理掉他的車子了！怎麼又會回來呢？」

我可以聽見笨重的腳步緩緩走在碎石車道上，朝著前面逐漸走來。

「一切都交給我，雪麗。」

她掙脫我的手，想走進走廊，但我不肯放手，拉住她的刷毛衫，抓著她的牛仔褲皮帶。

「媽，別開門！」我哀求，「別讓他進來！」

媽媽用力將我的手推開，「雪麗，別傻了！」她嚷道，「不要歇斯底里！我們必須讓他進來！不論如何，事情都該有個了結！」

前門傳來重重的敲門聲，門扉震動起來，門鍊嘎啦嘎啦響。

我尾隨著媽媽走進玄關，倚著欄杆支撐身子。我看著她解開門鍊，拉開門閂——一個在底部，一個在頂端——她打開門時，我完全準備好面對保羅．韓尼根滿腔仇恨、滿身是血的鬼魂。

38

然而，那不是鬼魂。

門口台階上站著一個小個子男人，年紀五十開外，長相滑稽，挺了個大肚子。他把右耳上方留長的髮絲往上梳，蓋過頭頂，再用油撫順抹平，想遮掩禿頭。他雙下巴之肥大，都快下垂到心窩了。小小的獅子鼻上架著一副大大的膠框眼鏡，鬆弛無力的下唇上叼著手捲煙。他穿著油漬斑駁的黃色T恤，綳得緊緊的，都快綳破了，底下是鬆垮垮的灰色運動褲和一雙破舊不堪的運動鞋。

不過，比這人的便便大腹更吸引我的注意力的，是他的胳臂，特別短小，簡直像侏儒的手，卻又肌肉僨張，孔武有力，厚實且青筋畢露的兩頭肌上有陳年刺青，刺著密密麻麻的藍綠色象形文字。一隻多毛的手腕上戴著附有身分辨識牌的手鍊，還有一只據說可以治療關節炎的銅手環。另一隻手上則有一只金光閃閃的勞力士錶，和他邋遢的外表形成奇異的對比。

他站在門口，哐噹哐噹地撥弄他的汽車鑰匙和口袋裡的零錢，一邊等候獲邀進門。我不曉得媽媽以為來者會是何人，但她似乎跟我一樣大吃一驚。我們站在那兒呆呆看著這名胖男人，啞口無言。

他把被口水浸濕的香煙自唇邊摘下，扔到碎石車道另一側。

「我想妳們應該知道我來這兒的目的，」他說，下顎挑釁地往前一抬。

可是我並不知道，我的腦子慢慢地才把這個長相滑稽的人和那輛藍綠色破車連在一起，我慢慢地才得出唯一可能的結論：儘管我歇斯底里，想東想西，然而眼前這就是勒索者。

「你最好進來，」媽媽說，一邊敞開大門讓他走進來。

胖子踏進玄關，有一會兒我們三人就擠在那裡，好像同搭電梯的陌生人，侷促又手足無措。僅有的聲響是胖子緊張的呼吸聲，唯一在動的，是他上下起伏的黃色大肚子。

媽媽遲疑不決，看來拿不定主意接下來要做什麼。她一手放在刷毛衫的前襟袋口，她是要當下就在玄關射殺他嗎？她是否要在他還來不及多跨進一步以前，就拿槍抵住那個腫脹的肚子，扣下扳機？但是她把手收回垂在身側，轉身，沿著走廊，緩緩走進廚房。

胖子跟著她，我則老大不情願地尾隨在後。雖然我落後了幾步，還是不由得注意到他是個跛子，每次他把身體重量移至左腳時，身子便會斜向一側。他每走一步，一只運動鞋便會發出放屁似的噗的一聲，好像小丑車的滑稽喇叭在響。

當三人都進到廚房，媽媽轉過身來面對勒索者。

「所以，我想這個是你寫的？」她說，一邊舉起了信，好像老師在責備偷懶的小學生。

「正是我本人！」他快活地說，朝著剛在椅子上坐下的媽媽走去，問道：「妳不高興嗎？」

「沒錯，我很不高興！」她兇巴巴地喝道，可是他不理會她，兀自舒舒服服地坐下。

他坐定了，得意洋洋地四下打量，伸出粉紅色的食指，很猥瑣地一戳，把鼻頭的眼鏡往上頂。

他跟很多胖子一樣，有張經年不老的臉，飽滿的臉頰和帶著酒窩的下巴彷彿免疫於歲月的摧殘。他坐在廚房桌旁的椅子上，大塊頭的軀幹縮小成幼稚園比例，肖似異常超重的小學男生，一個禿頭又邪惡的小胖胖，再也沒有辦法舒舒服服坐進他的課桌後面。他有一張帶著娘味、嘟嘟的嘴巴，還有往上翹的鼻頭，要不是有一雙刺青的短臂構成了強烈的對比，這些柔性的特質在在使得他的臉看來就像受害者的臉，老鼠的臉。那雙胳臂述說著不同的故事，表示花了很多時間在健身房裡鍛鍊，把雙臂練成致命的武器、無情的活塞，可以打歪下巴，砸爛鼻子。他這會兒雙臂交叉在圓滾如蛋的黃色大肚皮上，冷靜地上下打量著媽媽。

「所以，親愛的，是怎樣？」他說，「妳是要付我兩萬塊呢，還是要我去報警？」

「我會付款，」媽媽毫不猶豫地說。

「好，」他笑逐顏開，「聰明。那麼，妳需要多少時間弄到錢？」

「不知道，」她說，又咬起她的下唇，「我得申請貸款，不過用不了多久，頂多兩三週。」

「我可以等上幾星期，」他以寬宏大量的語氣說道，「那妳今天可以給我多少？現在可給多少？」

「我在銀行裡有一千五百英鎊左右，」她想了一下，回答說。

「今天可以給我嗎？」

「可以，如果我們一起進城，去我的銀行，我可以用自動提款機提錢——」她突然吸了一口氣，「不行，剛剛才想起來，我的帳戶有每日提款金額上限，每天最多只能提三百英鎊。」

「頭一回這樣也夠了，頭一回這樣也夠了，」他拍了大腿一下，對我們露出燦爛的笑容，一副天下太平、普天同慶的模樣，「那我們還等什麼等？」

他這麼輕鬆快活，很令我訝異，彷彿他渾然不覺自己做的可是一件罪行。他儼然毫無罪惡感，完全不會良心不安，好像他不過就是在收取媽媽欠他的債務，拿回本該屬於他的錢。

媽媽煩躁地在廚房裡踱了幾個方步，然後走回桌旁，兩隻手抓著空椅子的椅背，好像棲息在樹梢的鳥兒，鳥爪緊抓住樹枝（不過，是哪種鳥呢？是被獵人網捕到的鳴禽，還是一隻看到獵物的猛禽？）。

「我可不會這樣就把錢交出去！」

「美女，依我看妳可沒有多少選擇，」勒索者回答說。那張娃娃臉臉色一沈，短短的胳臂從胸前解開，往廚房桌上一放，帶有脅迫的意味。「我知道妳們殺了他，我知道妳們殺了保羅．韓尼根。」

這個名字對媽媽不具備任何意義，聽在我耳中卻是意味深長。我聽到有人這麼大聲地道出這名字，好像被受到打擊般瑟縮了一下。我原已站在廚房的另一頭，離他們遠遠的，這下子更往角落裡縮進去。

「在我付款以前，」媽媽勇敢地堅持說，「必須先弄清楚一些事。」

胖子咕咕噥噥，表示不悅，打從喉嚨深處發出咳痰的怪聲。他抽出一條手帕，姿勢倒是出人意表地流暢，朝著揉成一團的手帕吐了一口綠色的痰，隨即隨便地塞回口袋裡。他不耐煩地把眼鏡往上推，一臉嘲弄地看著媽媽。

「好比說什麼？」他說，「什麼事情？妳想提出要求，沒門兒。」

「我想知道你是怎麼發現的。」

他深沈且無比開心地咯咯笑了。「簡單得很，」他說，「美女，我知道發生了什麼事，因為保羅．韓尼根來這裡搶劫妳們的那晚，我跟他在一起。我跟他在一起！我在這裡！」

39

儘管媽媽竭盡所能想要掩飾，我仍看見她一臉的震驚，額前出現一道皺紋，好像牆上露出裂縫，目瞪口呆。我們一直以為小偷是獨自行動，從來就沒想到會有從犯。可是這會兒在我們廚房裡的這個醜怪的小丑，卻正說出我們有所不知的事。

「我想知道所有事情，」媽媽說，她已恢復正常，真了不起，「我要你把當晚發生的所有事情都告訴我。」

「妳想知道所有事情，」胖子跟著講一遍。

「對。」

「那，是為了什麼？」

「這樣我才能繼續過我的日子，這樣我才能將一切拋在腦後。當晚發生的種種，你能跟我講的，我都得知道。」

「所有事情嗎？每樣細節都不漏？」

「所有事情。」

「然後我們就出發去拿錢？」

「然後我們就出發去拿錢。」

「好吧，」他說，然而這會兒，他臉上頭一次露出狐疑的表情。他看了媽媽一眼，又看了我一眼，好像覺得自己說不定踏入了陷阱。但是，他看了以後想必放心了，因為他臉上的疑色來也匆匆去也匆匆，消失了。說到底，這個膽小如鼠的神經質女人和她膽小如鼠的神經質女兒，能構成什麼威脅呢？他在大腿上擦了擦手，又清了清喉嚨裡頭的痰，這一回光是吞回去就滿足了。

「好，事情是這樣的。那天晚上我在小酒館裡碰見保羅．韓尼根，那天是星期一，四月十日星期一。我跟他並不熟，我向他買過幾次貨，他來過我的公寓幾次，但我們可稱不上是好友，就只是認識的熟人罷了。他來到這一帶不過幾個月，之前在北邊坐過牢，他說因為想改運，才搬下來這裡。」

他的確改了運，我心想，可是改成最大的厄運，再厄也不過了。

「店打烊後，他回到我的公寓，兩人繼續喝。那晚我們可真喝得過癮了，幹掉大半瓶的威士忌、一瓶伏特加，在酒館更是喝了不知道多少。總之，他不斷在講自己有多缺錢，他說他想幹一票，需要一輛車，因為他曉得我有車，就一直嘮叨要我參一腳。

「他打算到鄉下洗劫獨門獨戶的人家，他說鄉下的住家比城裡的房子容易下手，窗戶老舊，所以容易侵入，而且往往沒有警報器，附近又沒有多管閒事的鄰居會去報警。我說過，我跟他並不熟，說實話，我也並不怎麼喜歡他。他不知道哪裡不對勁，少了一根筋，成天就愛說一堆廢話，妳知道，真是個大嘴巴，老愛秀他隨身攜帶的那把獵刀。他想讓我相信他是因為殺了人而坐牢，他宰了某個黑吃黑騙他的傢伙，可是別人跟我說，他坐牢的原因不過就是販毒而已。

「總之，他一直嘮叨，叫我一起跟他幹這一票，念念有詞，說鄉間住家有骨董，走運的話，我們說不定會找到什麼寶物，大撈一筆，那樣一來，就能有好長一段時間不必為錢發愁了。總之，我喝得太醉，後來居然就同意了。我們講好了，要是屋裡有人醒來，他就把他們綁起來，不要有暴力。我在水槽底下的櫥櫃發現舊繩子，出發前吃了點心，因為當時我們都餓壞了。」

點心，保羅．韓尼根最後的晚餐。我還記得那個響亮又酸臭的飽嗝。**兩位女士，抱歉了，我不該吃雞蛋的，雞蛋壞了。**

「保羅想要開車，說他知道要上哪兒去。我無所謂，因為說實話，我想我比他還醉，醉到眼睛都看不清楚了，更別提在黑暗中開車了。」

「我眼皮張不開，在車裡頻頻打盹，我們好像在路上開了幾百年的車子，在那些歪七扭八的小路上繞來繞去……然後保羅看見這地方。」

「我們在這兒停車，」他大拇指朝著我頭一回從臥室窗口看到車子的小路那一頭，隨便比了比，「當時很晚了，三點半左右。我們盤算好由我留在車裡把風，保羅下手偷東西。倘若有人出現，我就揿喇叭三次。保羅下車，我看到他穿過那邊的樹籬，走進妳們的院子。」

他知道日期，知道時間，知道車子停在哪裡，他沒有說謊，當晚他真的在那兒。

「我在車裡等了好久，可是我醉得無法保持清醒。我被女孩的尖叫聲和保羅叫嚷的聲音吵醒，聲音聽來不遠，他們好像就在院子裡。我下車查看到底在搞什麼名堂，就依我所看到保羅的辦法，也從樹籬那裡穿過去。我看得見廚房裡面——我在那兒只站了幾秒鐘，但已經夠長了。我看見保羅追在她身後——」他衝著我的方向點了點頭，「——繞著這張桌子。」他用粗短的指頭戳了桌面三下，彷彿想證明自己所言不虛。

（我對著小偷的背揮砍戳刺，「我們在玩大風吹！我們在玩大風吹啦！」我一刀刀亂砍他的脖子，鮮紅的動脈血液噴射而出。）

「她雞貓子鬼叫個不停，我看得到她渾身是血，」胖子繼續說，「我猜保羅偷東西時被她撞見了，他一時失心瘋，用他的獵刀刺傷了她。我想這孩子的爸媽隨時會跑下樓來救她，保羅會把他們倆也幹掉。記得當時我心裡在想：**他是嗜血狂，他會殺掉屋子裡每一個人，把他們統統幹掉，大屠殺要開始了。**」

胖子豬叫似的咕嚕咕嚕幾聲，又咳了一點痰，把眼鏡推回鼻梁上。

「呃，我基本上一下子慌了，我的意思是，偷偷東西是一回事，但我可不想牽涉到謀殺案，決定迅速閃人。

「可是我回到車上才想起來，鑰匙在保羅身上，我又從來沒學過怎麼不用車鑰匙而以電線短路的方法來發動車子，我又不做偷車的勾當。但是屋裡傳來的尖叫聲太可怕了，所以我乾脆步行回去。我說，那晚天色漆黑，暗得簡直伸手不見五指，我在那些小路上走著，七葷八素的，迷了路，不過我還是一直往前走。我只曉得，我得離這屋子遠遠的，越遠越好。

「總而言之，我總算摸回到大馬路，結果一路走回城裡，肯定花了我近三個小時。我一回家，就趕緊打保羅的手機號碼，電話通了，但是沒人接聽。」

（輕輕的，悶悶的，是一連串的音符，像是鳥囀或蟲鳴。那聲音停了，過了幾秒鐘又響。）

「我以為保羅隨時會一身是血的回到我的公寓，說他闖了大禍，要求我讓他躲躲，或者幫助他潛逃出境。可是他沒出現，我又打他的手機，這一回關機了。我留言好多次，但是他沒回電。我讓本地電台廣播整天開著，心想應該會聽到鄉間住宅血案的消息，可是什麼殺人案的新聞也沒有。我左思右想，只能想說是屍體還沒被發現的關係。後來，我開始在想，他一定是開著我的車子逃了，不敢回我這裡，生怕有警察在等他。我估量他那時八成已經逃遠，躲到北邊了。」

聽別人描述我殺人的經過，給我一種奇異的感覺，讓我兩隻胳臂都起了雞皮疙瘩。我不禁在想，事情原本很容易就變成那樣。保羅．韓尼根持刀挾持我們時，我們如果說錯話，或想逃卻沒有逃成，胖子猜想的點點滴滴，就不難成真，星期二早上，羅傑便會發現我們母女倆像進了屠宰場的牲口，已遭屠殺。

「我跟保羅．韓尼根這樣的小毛頭牽扯在一起，真是笨透了，我明明知道他腦袋秀逗，這下子我可發愁了，就怕警方逮到他以後會連累上我，害我吃上謀殺官司。況且，我吃飯的傢伙全在車上——我是水電工，懂吧——所以沒把工具找回來，就無法幹活，可我又不能打電話報警說車子失竊了，對吧？」

他笑了，抬起頭來看著媽媽，好像指望她也會跟著一起笑，她卻照樣繃著臉，面無表情。

「總之，接下來那天還是沒有謀殺案的消息，再下來一天也沒有。我估量保羅要是在這兒殺了人，那會兒警方早該發現了，怎麼報紙和電視一點消息也沒有呢？

「就在那時，我開始在想，搞不好是我弄錯了，根本沒有殺人案。我一再打保羅的手機，手機一直都沒開。我不知如何是好，決定最好啥也別做，就坐著等待，看事情會如何發展。」

「星期五早上，警方打電話來，我頭一個念頭是，他們逮到保羅，他把我供了出來，這下子我成了謀殺案共犯了。然而全不是那麼回事。警方說農穫餐廳申訴，有輛車被棄置在他們的停車場上，車牌號碼經電腦比對檔案後，發現我是車主，我可不可以馬上去移車。就這樣而已！沒提到保羅，也沒提到謀殺案。

「我去拿車時，發現車子沒鎖，鑰匙插在點火裝置上，車裡的東西統統不見了！除了保羅那晚帶來的那包毒品外，其他都不在了。我的工具和厚夾克不見了，我的公路地圖、擱在後座上保羅的風衣——」

我看見媽媽神經緊繃了起來，她原本一面聽這勒索者講述來龍去脈，一面不自覺地用左腳一下下踩著地板，緊張兮兮的，這會兒腳不再敲地了。我知道她在想什麼，因為我也正在想同一件事：他知不知道槍的事情？不過，從他快活地往下講的模樣看來，顯然不知道。

「——每樣東西都不見了！我想不通是怎麼回事，保羅幹嘛把我的車留在那裡？為什麼不把車子鎖上，鑰匙還插在點火裝置上？他還把價值一百英鎊的毒品留在手套箱中！他拿走我的工具，可是那些對他毫無價值！他為什麼不打電話告訴我事情經過？他在玩什麼花樣？

「我到處打聽，可是沒人看到他，也沒人聽到他的消息，他好像就憑空消失了。我跟妳們講，我可真是摸不著頭腦啊。所以第二天，也就是星期六，我開車回到這裡，來到『忍冬小屋』。」他以極其輕蔑的語氣講這四個字，「我想在周圍轉轉看好了，估計也只有這個辦法，才可以把事情搞清楚。

「我在那邊停了車，離樹下很近，這樣就沒人會看到我。不到五分鐘，我就看到妳們兩個走出屋子，我認出那天夜裡那個女孩，看得出來她好端端的，一點傷也沒有。我看見妳們倆上了車，開車離開。我起先擔心了一下，怕妳們會衝著我這一頭開過來，看到我。結果算我運氣好，妳們朝著另一個方向走，我跟蹤妳們到城裡，妳們到超市時，我在妳們後頭停了車，也走進超市，我可是小心翼翼的，不想被妳們發現。我看著妳們買東西，想偷聽妳們在講什麼，想看看能不能找到線索，查出這裡發生了什麼事。」

想到這邪惡的小丑在迷宮似的鄉間小道上尾隨著我們，在我們忙著把東西放進推車裡時，在超市明亮的走道上跟蹤我們，窺看我們採購最私密的物品——肥皂和洗髮精、衛生棉條和捲筒衛生紙，我就一陣厭惡。我還記得殺死保羅．韓尼根那夜我做的夢：停在小路上的車子尾隨著押送我們入獄的廂型車，方向盤後面有模糊的人影。「那是誰？」在夢中，媽媽問我，「是把風的人，」我回答。有沒有可能我從頭到尾都曉得，保羅．韓尼根有同夥，可是這事藏在我潛意識的深處，以致我只有在夢中才會看見？

「我說過，」他繼續說，「我想不通，我看到妳女兒渾身是血，我相信保羅殺了她。可是她人好好的在那兒買東西，保羅卻從人間蒸發了，沒有人看到他，沒有人聽到他的消息，這些統統都沒有道理。我試打他的手機，線路根本就……不通。」

（媽媽做了一個鬼臉，把手機砸個粉碎。）

「這時，我開始在想，說不定妳們倆對他做了什麼。」

40

這會兒晨雲盡散，廚房滿是金色的陽光，在胖子的眼鏡上造成反射，他轉頭朝著窗戶時，長方形的鏡片白花花的，讓人看不見鏡片後面的眼睛。

璀璨奔放的春陽和廚房中逐漸浮現的緊張氣氛完全不搭調，我忍不住在想，假如是寫小說或演電影，勒索者會在兇猛的暴風雨中前來，當時雷電交加，大雨沖刷著碎石車道。然而，眼下並非虛構故事，而是現實人生。他坐在我們陽光燦爛的廚房中，慢慢地剝除包裹著保羅·韓尼根腐屍的屍衣，屋外的天氣卻在召喚人去海邊野餐、烤肉、吃冰淇淋。

他這會兒眼睛直接對著媽媽看，手捧著肚皮，好像在捧著剛接到的一顆鮮黃色的海灘球，準備把球拋回給她。「對，」他說，「我就是從那時起開始在想，妳們倆大概對保羅做了什麼。

「我試著回想那天夜裡，回想我站在院子朝廚房裡頭看的那幾秒鐘，看到了什麼。想想當時我有多醉，可我還是記得很清楚：廚房燈火通明，像電視螢幕一樣亮，保羅追著女孩繞著桌子跑，我一遍又一遍地回想，我一定遺漏掉什麼，因為保羅並沒有殺死任何人，我想破了腦袋，簡直快瘋了——然後，我恍然大悟！

「我一直把注意力放在保羅身上，注意看著他在做什麼，不過當我轉而注意起女孩——

整個情景就像變魔術一樣。再也不是保羅繞著桌子追她，反倒是她在追保羅！而且，如果是她在追保羅，」他微笑著補充說，「那麼她身上的血跡說不定就不是她流出來的。」

媽媽不著痕跡地把右手放進刷毛衫的大口袋中，我知道她的手正按著槍。她是否正拉開保險栓？是否正在做開槍射他的準備事項？

勒索者沒有留心到她鬼鬼祟祟的動作，繼續講他的故事，看來並未起疑。

「如果保羅在這屋子裡出了事，我看一定會留下線索什麼的。所以我決定回來逛逛，看能查出什麼。」

我看到媽媽坐直了身子，挺直了背。她知道他在屋裡查不到線索，她已經親手處理妥當，不留蛛絲馬跡。可是我對勒索者接下來要說什麼，有不祥的預感，發覺自己的膝蓋開始在睡褲裡頭發顫。

「我看過妳們在那個星期六上午到城裡購物，所以接下來的星期六，我開車來這裡，我猜妳們應該是每週固定一天出門辦事。果然如此，十點左右，我看到妳們的車子駛經我的，妳們倆都在車裡，好像一對金絲雀似的聊著天。我就再往前開，到這屋前下車。」

「你怎麼進屋的？」媽媽問，一臉懼色。

「保羅雖然一天到晚胡說八道，可是有關老房子的窗子他倒沒說錯，輕而易舉就可以撬開。我看到妳們這會兒裝了新鎖了，很明智。

「總之，我把這地方上上下下都搜了一遍，什麼也沒找到，這屋子乾淨得簡直一塵不染。說實話，我差一點就放棄了，直到我找到這個。」

他身子往前傾，伸手去掏他的後褲袋，這動作太費力了，他的臉因此脹成不健康的豬肝紅，呼吸中帶著刺耳的痰聲。最後，他總算把一張粉紅色的塑膠卡扔到廚房桌上。媽媽拾起來，一臉的不解，必須瞇著眼去看那筆跡像小孩子似的花字簽名和郵票大小的大頭照，然後明白過來那是什麼，不由自主地露出難受的表情。

她禁不住恨恨地看了我一眼，眼神中有指責的意思。

「這是保羅・韓尼根的駕照，」胖子說，「我在樓上找到的，藏在妳女兒梳妝檯中的一個小盒子裡。我知道，要是這東西在這裡……那麼保羅・韓尼根就沒有活著走出這屋子。」

媽媽看著他手忙腳亂地把駕照放回口袋，看來多少有點認命，垂頭喪氣。她頹然地坐在他對面的椅子上，看似擔心自己要是沒有迅速動一動，就會倒下去。

她被勒索者打敗了，這個臃腫活像牛蛙的傢伙就坐在她對面，對她嘻皮笑臉。諷刺的是，還有一個人打敗了她，而她原本全力以赴要保護此人，那就是我。我把鑰匙交給敵人，讓他得以長驅直入我們的堡壘，穿越她精心布置的防禦工事，逼得我們不得不投降。她無法隱藏自己的苦澀失望以及被出賣的感覺。

「不難推敲出到底是怎麼回事，」胖子微笑著說，很得意自己如此聰明，「保羅下手偷東西時被妳發現，雙方打了起來，妳女兒不知怎的奪下他的刀子，保羅在扭打中被殺死。妳以為可以瞞天過海，可以騙倒所有人，像沒事人似的，繼續過妳舒服的小日子。但是妳沒料想到我會挖出真相，對吧？」

他把肌肉僨張的短小胳臂把腦後一放，向椅背一靠。

「我敢說，他埋在院子裡，對吧對吧？」他又笑中有痰地咯咯笑了起來，「是的，應該是這樣沒錯。」他嘻皮笑臉地說，媽媽神色凝重，不發一語，對他而言便已證實了一切。

他緊盯著媽媽看，顯然在幸災樂禍。她把手抽出刷毛衫口袋，垂在身側好一陣子了。

「好啦，」他快活地說，「這會兒妳什麼都知道了，那麼，妳是要付兩萬英鎊呢？還是要我寫張字條給那些穿藍衣的小夥子？」

「你跟多少人講了這件事？」媽媽聲音沙啞無力。

「一個也沒有，」他斷然表示。

「我怎麼能確定？」她追問，「我怎麼能知道，你沒在城裡每間酒館逢人就講？我怎麼能知道，在你之後還會有多少天殺的勒索者會一個個莫名其妙冒出來？」

「妳只能相信我了，」他聳聳肩說，不過他想了一會兒，似乎承認口說無憑，想再多給她一點證據。

「聽好，親愛的，」他說，「我在裡頭蹲過三次長牢，三次都是因為有抓耙仔告密，我如今可是什麼都不跟任何人講，我吃過苦頭，學會閉上嘴巴。」

「你為什麼隔了這麼久才上門來？」媽媽問，「你找到駕照是在——」她迅速推算，「——四月二十二日——那是一個多月以前。」

他一副淘氣叔叔的模樣，活像很有默契地對我眨眨眼，「妳媽，什麼都逃不過她的法眼，對吧？」他轉過頭面對她，失去笑容，「我住院了，我的心臟不聽話，住院近一個月，昨天才獲准出院。好了，問夠了。我們到哪兒去領這六百塊錢？」

媽媽不理會他，「保羅．韓尼根的親戚呢？他的朋友呢？他們難道不會找他嗎？」

「他沒有親人，」他說，越來越不耐煩，「他是孤兒，他是這麼跟我講的，說他是在育幼院長大的。」

「他的朋友呢？」

「他搬來這兒才幾個月，認識的人不多。他不是那種容易交到朋友的人，我搞不好是跟他最熟的人，沒有人會想念保羅．韓尼根，親愛的，相信我。沒有別人會推敲出事情的經過，妳要擔心的，就只有我一個人而已。」

胖子自己並不曉得，但是他所說的每一句話，都讓下手殺掉他這個選擇越來越有吸引力。倘若他說的是實話，那麼他便是僅存尚未收拾的破綻，就只有他一個人。而眼下我們有第二次機會可以收拾了。

「我怎麼知道你不會一直回來要更多的錢？」媽媽說。

如果說，勒索者真有可能不會一再回頭來要更多的錢，那麼他對媽媽提問的反應便驅逐了一切的可能性。他氣沖沖地一躍而起，椅子刮在瓷磚地板上，發出刺耳的聲音，我本能地伸手摀住耳朵。

「問夠了！」他嚷道，原本扮的那張快活大叔的臉孔這會兒消失了，僅存難看又緊繃著五官的面具，是一張醜怪膨脹的娃娃臉，因為事情沒順著他的心，而即將對世界大吼大叫。他揮動著短到不行卻滿是肌肉的臂膀，準備要懲罰、傷害人。「我已經答夠了妳的問題！妳不准再問！不准再有要求！」

一陣令人緊張、不自在的沈默。我一顆心跳得好厲害，媽媽好像怕挨打似的，避開他。胖子站在那裡，對她怒目相向，像演默劇那樣噘著嘴，一副老大不高興的模樣，獸性的胳臂肌肉抽搐，露出惡意。有幾綹稀薄的髮絲逃脫髮油的管束，這會兒像天線般在光禿禿的頭頂搖擺。

「我們現在就去拿六百塊錢！不准再問！不准再浪費時間！」

「不需要這麼兇，」媽媽說，舉手示弱，「我一直都說我會付錢，我們現在就走，去提錢。」

她站起來，茫然四顧，喃喃自語，「手提包。我的手提包呢？」她在早餐凳旁的椅子下找到包包，拿起來，掛在肩上。「現在只需要車鑰匙就好了，」她說，拍著衣服各個口袋，再度掃視廚房，可是在這同時並沒有真的在看，一顆心早在別的地方了。我敢肯定，她正努力想下定決心，想決定該怎麼做：是要付錢給勒索者呢？還是要殺了他？是要今後都跟這個討厭的吸血蟲一同活在世上？還是像個孤注一擲的賭徒，把一切都押在最後一把，掏出槍，斃了他？

「別管妳的車鑰匙了，」胖子說，「我們開我的車去，這樣比較好。」他對她斜睨而視，有一時半刻，我透過他的眼光看到她：一個愚蠢、驕縱的中產階級家庭主婦，一隻呆笨的肥母雞，任他張牙舞爪地玩弄取樂，是他下半輩子的自動提款機。

「妳確定該帶的都帶了嗎？」他怒目相向，「我可不要大老遠到了那裡，卻發現妳帶錯了卡，還是忘記提款密碼什麼的。」

「我該帶的都帶了。」

「好，那我們走吧。」

他走出廚房，把怒氣忘在腦後，又變回快活大叔的模樣，一隻手在褲袋裡，把車鑰匙撥弄得叮噹響。「要不了多少時間，」他經過我身旁時，好像是和我家感情很好的家族老友似的，對我眨眨眼。

媽媽還在猶豫，神情迷惘。她想下定決心，想決定該怎麼做。她的手伸向刷毛前襟口袋邊上，可是當胖子對她咆哮「快一點！妳還在等什麼？」時，她又移開手了。

媽媽低頭看著地上，走過我身邊，尾隨著他踏進走廊。我拿不準她打算怎麼做，不過要是這會兒她還沒開槍打他，那麼她肯定不會開槍了。最好是在屋裡殺死他，不宜在室外。在屋裡不會有被人看見的危險，路過的人也比較不可能會聽見槍聲。我只能想說，她到底還是決定付錢給他了。

我尾隨著媽媽走到玄關，因為跟得太緊，差一點被她的腳後跟絆倒。勒索者已打開前門，走進明媚的五月晨光中。他穿過碎石車道，走向他的車子，一邊還吹著口哨，真的在吹口哨，儼如無憂無慮！他打開左前座的門，朝著媽媽看過來。當他看見她還在玄關磨磨蹭蹭時，又氣沖沖地罵道：「我的天，快來啊！動作快一點！」他拉著門不放，不耐煩地等著。

媽媽轉過來看我，用力抓住我的肩膀，她湊過臉來，貼著我的臉頰，假裝在吻別，其實是緊急地對我耳語：「雪麗，我該怎麼做？我該怎麼做？」

我從媽媽的肩頭看過去，瞪著勒索者那牛蛙般的頸子、侏儒般粗短膨脹的臂膀、臃腫的肚皮、正懶洋洋搔耙著鼠蹊部的手，臉緊貼著媽媽的臉，假裝在回吻她，毫不猶豫地回答。

「媽，殺了他。」

41

媽媽猛然抽身，毅然決然走出屋內，跨越車道，衝著勒索者而去，一面走一面敏捷地將皮包從右肩移到左肩，走到和對方相距約兩公尺之處時，停下腳步，手伸進刷毛衫口袋中。

胖子舉步朝著車前向駕駛座走去，半途便停下了，他看到媽媽雙手緊握著槍，瞇著左眼，仔細瞄準，槍口對著他的頭。

他雙手高舉作投降狀，身體緊靠著車子左前翼，上半身在引擎蓋上方往後彎，想拉開他的臉和槍口的距離，模樣看來可悲，彷彿多個幾吋便可緩和子彈無情的衝擊。他瑟縮著，甚至無法朝著槍的方向看去，絕望地一忽兒向左瞟，一忽兒向右瞟，好像深信只要一不小心跟媽媽四目交投，便會誘使她扣下扳機。

「沒事，美女，」他一再地說，「沒事，美女，現在一切都沒事了，美女，現在沒事了，沒事了，美女，沒事了，一切都沒事了。」

我留在門邊，鼓勵她開槍。她頭一甩，甩開蓋住臉頰的頭髮，拖著腳走近幾步。

胖子想說什麼，但是他已害怕得結結巴巴，口齒不清，話不成話了。他的鼠蹊部出現深色的印子，向下延伸到粗大的右大腿。

我屏住呼吸，仍在等待槍響。*這會兒一定要開槍了，就是現在，隨時！*可是依舊沒有扣下扳機，從我站的地方看得見她伸直手臂握著槍，槍口開始左右飄移，如微風中的枯枝，然而我要到看見勒索者臉上神色起了變化時，才領悟到發生什麼事。他依舊焦急地四下張望，不過不再是因為不敢看槍，而是準備逃跑。

這時，我明白媽媽失去勇氣，她無法扣下扳機。

我跑上車道，喊道：「媽，開槍啊！開槍！現在就開！開啊！」

我就在她身旁，衝著她的臉大喊大叫，一手用力拉著她的刷毛衫後襟。槍聲乍響，震耳欲聾，我驚聲尖叫，整個人往上一跳。後座力讓媽媽倒退三大步，身子旋轉幾近一百八十度，槍口這下子對著客廳窗戶。

我瞪著勒索者，尋找他額頭中央如草莓果醬般流出的血，還有隨著靈魂出竅而逐漸空洞的眼神，等著他頹然倒地，變成沒有生命的一團東西。叫我驚訝的是，他似乎完全沒有異樣，仍站在他的車旁，上半身仍在引擎蓋上方盡量往後彎，依然舉著雙手，粉紅色的粗手指在肩頭如海星般擺動著。

可是他領悟到發生了什麼事——媽媽沒打中他——他動作比我們快，而且以就其身形而言著實驚人的速度，拔腿就跑，離開車邊，跑上車道。

媽媽尚未從猛烈的後座力中恢復過來，頭昏眼花地想握牢沈重的手槍，不讓它搖晃，好瞄準目標。

「開槍射他，媽！射他！他要跑走了！」

我知道他要是跑離車道，逃至馬路上，我們便無法追殺他，被人看見的風險太大了。如果他跑到馬路上，如果他逃離有綠蔭為屏、隱密的忍冬小屋，他就安全了，而我們就只能等著他展開恐怖的復仇，那復仇肯定指日可待。

媽媽瞄準他逐漸遠走的軀體，又是一記震耳欲聾的爆炸聲響。車道起點一棵栲木樹幹高處出現白色傷痕，而我明白她又射偏了。

勒索者已繞過車道轉角，不見蹤影，車道從那裡直通馬路。我只能隱約瞥見枝葉間不時露出黃T恤的影子。媽媽和我舉步追趕。

我穿著拖鞋，在碎石路上簡直沒有辦法跑步，只好踢掉拖鞋。尖銳的小石子刺進我的腳跟，不過我咬牙忍受痛楚——**我們一定得阻止他跑到馬路上！**媽媽比我落後，每跑幾步便一手扶腰，弓背彎腰，幾乎沒有在看自己跑的方向。我叫嚷著要她動作快一點，他就要逃脫了，她痛得身子縮成一團，仍然強迫自己跑得快一點，勉強趕上了我。

我們跑到車道急轉彎處時，看到胖子的速度減慢許多，從全力衝刺變為徐緩慢跑。他尚需跑二十公尺，才能到大門口，逃到安全的馬路上。

我和媽媽很快地趕上，他聽到我們追到他身後，趕緊往後看，整個臉色如試管中的血，黑紅得嚇人。他想對我們吼叫什麼，張牙露齒，可是他上氣不接下氣，根本說不清楚話，我只能聽見類似「哈！——發！——趴！」的聲音。他滿頭大汗，一根手指這會兒得一直按住鼻梁，不然眼鏡就會滑下來。他把注意力轉回到大門，那是他拚命想到達的終點線，可是他幾乎就像停步不前，簡直是在原地慢跑，這時我知道，我們母女倆可以趕在他到達馬路前追到他。

我們離他越來越近，我逐漸察覺到自己一面跑一面興奮得咯咯笑個不停，我期待那一刻來臨，到時候我們會超前胖子，媽媽會射殺他。在我們即將趕上他的最後一刻，我赤足跑在車道上，睡袍大敞，翩然飄舞，全身瀰漫一種前所未有的感覺。那是種嶄新的情緒，一種自由自在、興高采烈又甜美的感覺，如毒品般在我全身的血管中流淌，就好像我生命中一切不自然的事物都消失了，我剎那間接觸到太初之始的真相，那是比生命本身都還古老的真實。我覺得自己像巨人，覺得自己像神！

然後，我們離他很近，近到我可以伸出手揪住胖子骯髒的T恤。媽媽依然邊跑邊扶著腰，手握著槍往前伸，直到槍口距離胖子頸背一圈圈肥肉不過數吋之處，扣下扳機。

槍聲之響，響徹心肺深處，我與其說是聽見槍響，不如說是感受到其威力，胖子臉朝下，如樹幹被砍斷般，倒在碎石子上。

42

媽媽想把保險栓按回原位，可是手抖得太厲害，似乎有一世紀之久，她才好不容易把它按回去，小心把槍放回刷毛衫口袋中。

這一番追逐讓我筋疲力盡，肺好似在燃燒，氣喘噓噓，上氣不接下氣。我在車道邊上的一個刷白的圓石上坐下，雙手捧著腦袋，全神貫注於控制急促的呼吸。鳥兒原本被槍聲嚇得各自高飛，慢慢地又紛紛聚集在枝頭，吱吱喳喳個不停，好似興奮地在討論牠們居高臨下欣賞到這一齣戲劇最新的劇情轉折。我瞪著我的腳，沾了土，黑黑的，皮膚上有數不清的刻痕和傷口。

我率先打破沈默。

「媽，妳想有沒有人聽見槍響？好大聲欸。」

媽媽只是含混地唔了兩三聲，她繞著勒索者的屍體轉圈子，那一大坨東西如擱淺的鯨魚般倒在車道中間。他想必在落地前便已死亡，因為他甚至沒有伸出那雙鐵臂去撐地，兩條手被壓在碩大的肥肚腩下，動彈不得。

媽媽屈膝蹲下，伸出兩根手指探觸他的脖子。

「沒有脈搏，」她悄悄地說，像是怕吵醒他似的，「他死掉了。」

我動也不動，我知道我們必須盡快移走屍體，因為從馬路上看得到，不過我得再多休息一會兒。我必須恢復正常呼吸，需要時間來理解吸收剛才發生的事情。我不確定能否打起精神，振作起來，不確定能否貫徹下一階段的工作——處理掉屍首，處理掉汽車。

「好怪，」我聽見媽媽說。

「什麼好怪？」我抬起頭說。

「過來，幫我把他的身體翻過來。」

我勉強站起來，走過去。她傾身抓住屍體的右肩，我抓住灰色運動褲的臀部，兩人一起拉扯屍體。我們有一會兒必須使足勁地拉，不過等拉過了某一點，就可以不費力地把胖子的屍體翻過去，使之背部著地。我拚命用睡袍擦手，深信自己摸到什麼濕濕的東西。

胖子的眼鏡被落地的力道震飛到車道另一頭，沒了眼鏡的臉看來很不一樣，赤裸裸的，很怪，幾乎像沒有五官。他的眼睛閉著，死亡後的臉孔，少了他對我們大吼大叫時那怒氣沖沖、張牙舞爪的神情，一片安詳，近乎寧靜。是一張討人喜歡的大叔的臉，有一肚子笑話或冒險故事可講，每逢星期天，在吃過豐盛的午餐後，就倒在沙發上呼呼大睡。肌肉僨張、孔武有力的臂膀垂在身子兩側，我想到他在健身房浪費了那麼多時間，練就出這麼一對胳臂，可以打穿門扉，到頭來，在危機時刻卻發現這雙臂膀根本沒用，只能軟弱地高舉作投降狀。

我看著勒索者的屍體，毫無感覺，一點感覺也沒有。沒有罪惡感，沒有憐憫，沒有懊悔。他不是個值得哀悼的人類，只是個必須解決的問題。我們必須想辦法清理掉碩大的屍體和車子——我們得二度丟棄那輛破舊的藍綠色汽車，真叫人不敢相信。

「沒有血，」媽媽喃喃地說，自言自語的成分比較大。

「啊？沒有血，什麼意思？一定會流血的。」

「妳自己看，沒有血，沒有子彈傷口。」

她說的沒錯，他的腦袋應該已被子彈貫穿、轟爛，卻毫髮無傷。黃T恤的大肚腩部位有食物的油漬，還有星星點點的污跡，那是碎石路上的泥土，不過上頭連一滴血也沒有。除了倒地時在下巴造成的擦傷、額頭的裂傷外，其他部位都沒有傷口。

我想開口說些什麼，但是媽媽已經沿車道走開。

「妳說的對，」我在她身後喊道，覺得驚愕又不解，「什麼都沒有！」

「妳瞧這個！」媽媽站在大門右側的柱子旁，指著靠柱頂的某樣東西。門柱邊緣的直線被破壞了，宛如有人挖去一小塊木頭。

「我一定是射偏了，」她不敢相信地說，「不知怎的，我一定是射偏了，差了兩吋。」

她開始走回來，彎腰拾取勒索者看來完好無損的眼鏡。

「那，他怎麼會死掉？」她又站回我身邊時，我問道。

「他怎麼會死掉？」媽媽乾笑了一聲，「他是被我們殺死的，雪麗。我們把他嚇死了，看來他心臟病嚴重發作，不過，就算我的子彈射到他，事情也一樣——依據法律，兩者都是謀殺。」

我們把他嚇死了。我們嚇死了這個身形肥碩、雙臂短小邪惡的畜生。一股奇異的滿足感和自豪感湧現，我真想細細品味這種感受，可是一想到馬上就有一大堆討厭的善後工作，什麼自得的感覺都走味了。

「我們最好把他搬走，」我說，「要是有人開車經過……」

「對，沒錯。」

我繞過去到他腳邊，屈身抬起他的腳，但是媽媽輕輕碰了我的背，叫我停下來。

「雪麗，他太重了，不好拖。讓我們把車開過來，把他運回屋子。」

要把胖子的屍體搬進後車廂可真不容易，他想必將近一百公斤，雖然我們兩人勉強可以把他抬起來，問題在於怎麼將他放進後車廂，他的屍體抬著抬著就變得太重了，我們不得不又把他放回地上。經過好幾次功敗垂成的努力，我們決定只有一個辦法是我們應付得來的，就是讓媽媽坐在車子後座，把胖子的頭擱在她腿上，然後從她的上方把他拉進車裡，我則扶著他的腿，臉撇向一邊，設法不要聞到他運動褲上的尿騷味。當半個身子已進了車裡時，媽媽好像掉進果醬裡的蟲子，在那一團沒有生命、軟綿綿的東西底下拚命扭動，想抽身而出，好不容易從另一邊車門下了車。我一推，媽媽一拉，總算把屍體弄進後座就位。

我們關上後車門時，媽媽很擔心會傷到他的頭或腳，所以費了好一番工夫調整他腿部的位置，以免他的腳被銳利的車門邊緣撞到。後來，我不得不從左前座傾身靠向後座，扶著他的腳，直到她好不容易關上車門。

開車回到家門邊的路程很短，但我們倆都不假思索地繫上安全帶，這個舉動帶有諷刺意味，我差一點大笑出聲——母女倆果然是良民，不過十五秒鐘的路程，還會扣上安全帶，而我們剛剛才殺死的那個男人的屍首就顫巍巍地倚在後座。

媽媽把福特車停在原本停放的位置，就在勒索者車子的前面。

她關掉引擎，一陣靜默，我開口問道：「媽，我們該怎麼處置他？」

她神色茫然，若有所思，我誤以為她不說話是因為她不知道答案。

「我有個想法！」我興奮地轉過頭說，「去礦場如何？可以把他放進他車裡，然後連車帶人推進妳先前用過的礦坑中。礦坑應該容納得了汽車，對吧？」

「我有個更好的想法，」媽媽冷冷地說，這會兒轉過頭來看著我了，「不過得盡快動手才行。」她看了看她的手錶，咬了咬下唇，「等太久的話，可能就不管用了。」

她靠過來，熱切地看著我的眼，一隻手放在我的膝上。「妳就分毫不差地照著我的話做，雪麗，懂了嗎？要分毫不差。」她對保羅．韓尼根駕照的事記憶猶新，我用力點頭，決心要她明白，從今而後，她可以百分之百相信我。

「好，現在幫我來移動他，」她說，開始下車。

「移到哪裡？」我咳聲嘆氣，忽然感到一陣恐慌，生怕又得在院子裡挖墳墓。

「雪麗，這會兒沒空解釋了！我叫妳做什麼，妳就做什麼！」她厲聲喝道。

媽媽將胖子的屍首拖出車外，她兩手挾住他的腋下，把他拉起來，往後拖，直到他的臀部觸及後座邊緣，而我能抓住他的腿。

我們抬著他朝屋子的方向走去，每幾公尺便得停下來喘口氣。我們差不多到達他的車子和房屋前門一半的距離時，媽媽大聲吩咐我把他放下來，我們輕輕將他放在碎石道上。我注意到他的勞力士錶的錶面下半部如今有頗大一道半圓形裂痕，令我聯想起小學一年級時老愛在作業簿上畫的笑臉。

「我們必須把他的身體翻過來，」她說，我們就替他翻身，讓他臉朝下，腦袋衝著房屋。媽媽蹲下去，使勁拂去他的黃T恤在碎石道上沾到的小樹葉和泥土。她清理得滿意了才站起來，從刷毛衫口掏出手槍交給我。

「拿到樓上我房間去，藏在我的枕頭底下，然後去換好衣服，盡快回來，快去！」

我奉命行事跑上樓，搞不懂她有何用意，我只明白我們必須跟時間賽跑。我回樓下時，媽媽蹲在胖子的屍首旁邊，正在翻他的後褲袋。我看到她掏出保羅・韓尼根的駕照，我縮回玄關裡，不想在這一刻現身而惹事生非。等到她把駕照放進她的牛仔褲後褲袋中，我才走出去。

她看到我回來，開口說：「妳的拖鞋，妳的拖鞋掉在車道上的某個地方了。快去找回來，然後放到樓上妳臥室裡頭平日擺拖鞋的地方。」

我跑上車道，我的腳這會兒穿了鞋襪，老實講比打著赤腳走來走去時更痛了。我馬上找到一只拖鞋，另一只卻不見蹤影。我找了好幾分鐘，總算發現它掛在杜鵑花枝頭上。

我回到屋外時，媽媽正小心翼翼地把勒索者的眼鏡放在屍體之前數呎遠的地上，等眼鏡擺放的樣子令她滿意了（眼鏡在車道上，一隻鏡腳闔上，一隻打開），就把它留在那裡，舉步走向藍綠色汽車。她關上胖子替她扶著的乘客座車門，接著走到另一側，打開駕駛座的門。她繞著車子走了一圈，仔細打量，然後走向車道中央的安全島，邊走邊回頭看，好像不大相信這車子會保持她轉身走開前替它弄好的樣子。

媽媽從灌木叢中拾回她的皮包，她去追趕勒索者時，順手把包包扔進了矮樹叢。她並未將皮包背上肩頭，而是拿在手中，長長的肩帶垂落，蜷曲成套索形狀。

她回頭衝著車子看過去，這一回視線似乎越過車子，投向農田，朝著她發射第一顆子彈的方向。接著，她轉過身，瞇眼看著樹叢，也就是第二顆子彈的方向。我順著她的視線，發覺自己看著梣木樹幹高處的白色傷痕。媽媽站在那兒思考，幾乎一動也不動，只有纖白的十指揉搓著皮包柔軟的皮革，然後毅然舉步走上車道。

我等到已看不到她的人影了，才小心翼翼地跟在後頭，我心知肚明，她這會兒並不希望我跟在左右，我不管提出什麼問題，都只會招來一頓好罵。

在車道大轉彎處，我躲在矮樹叢後，透過枝葉窺伺。她站在門柱旁，好像在用手指抓耙著它，氣呼呼地用衣袖拚命地擦。然後她蹲下去，四肢著地，像動物般慢慢爬過車道。她到底在幹嘛？她難不成瘋了？

她好不容易站起來，拍拍手，拍拍膝頭。我溜回屋子，守在前門等她。

過了一會兒，她又出現了，暫停腳步，彷彿正在核對心裡的一張清單，接著踩著送葬行列般的步伐，慢吞吞向我走來，眼睛盯著腳前的地。她極其小心地跨越胖子的屍體，彷彿在避開一攤泥水，之後冷不防停下，拾起什麼。我走近一步，在她把那東西放進皮包前，勉強瞥見了一眼。那是胖子抽了一半的手捲煙，他在進屋前被他隨手一扔。媽媽關上皮包，站起來，膝蓋關節噼啪作響。

她站在那兒，儼如電影導演似的，目不轉睛地打量現場，好像想要確定場景的每個細節都恰到好處，每樣道具都在正確的位置，接著才肯喊「action，開麥拉」！我也打量著現場，有那討厭的車子，駕駛座車門洞開；臉朝下趴在車道上的胖子屍體；碎石子上的眼鏡，一隻鏡腳像耳朵般豎直著——不過我看不出一點名堂。

「我拿到我的拖鞋了，」我說，一邊走過去到她身後。

我的聲音讓她嚇了一跳，猛地轉過身來，臉上沒有笑容。

「好，現在按照我的吩咐，把拖鞋放到樓上。」

「好，然後呢？接下來幹嘛？」

「接下來嗎？」她兩手扠腰，帶著奇怪的表情看著我，「接下來我們要求救。」

43

我尾隨著她走進屋裡，這會兒完全摸不著頭腦。

「求救？我不懂，怎麼回事？妳在幹嘛？」

媽媽沿著走廊走向廚房，一邊像發連珠砲似地快速說明。

「我要打緊急求助專線電話，就說我們坐在客廳裡，有輛陌生的車子在我們家的車道上停下來，有個男人摀著胸口下車，隨即倒地。我會說他失去意識，好像沒有呼吸，我們不知所措，他們能不能立刻派救護車來！」

她回過頭來看了我一眼，可是她講得太快了，我一時難以理解。

「雪麗，他死於心臟病發作。身上沒有傷痕，沒有任何事物會讓人懷疑我們與他的死亡有關。他們只會猜想他駕車時心臟病發，就開到路上看到的第一幢房屋求助，可是還沒走到前門就死了。」

她看了看她的手錶，嘴巴隨著腦中的念頭轉，念念有詞，接著一把抄起電話。

「可是我必須馬上打電話，已經十點了，他已經死了半個多小時。」

我一言不發地站在那裡，慢慢明白媽媽心中盤算的計畫。所有的好主意都是這樣，你一旦明白了，就會覺得事情顯然就非得如此辦不可，但是我很肯定自己絕對想不出這個主意。

這辦法大膽得讓人不敢相信，得有鋼鐵般的意志才能執行。救護車會替我們處理掉胖子的屍體，警方會替我們處理掉胖子的車子，有關當局會替我們處理掉所有不利於我們的犯罪證據。我們什麼也不必做，沒有人會懷疑我們——我們是想對陌生人伸出援手但未能救命的好心人。

媽媽把話筒夾在臉頰和肩膀之間。

「現在按我的吩咐，把拖鞋拿上樓，放好，」她一面說，一面用顫抖的食指按電話號碼。

忍冬小屋位置偏僻，救護車趕到的速度卻出奇的快，十點一刻便顛簸地開上車道，警笛嗚嗚大作，藍色燈光閃爍，一副童子軍樂於行善的熱切勁兒。我不敢跟急於救人的守護天使打照面，我們才剛取了他們要救的人的性命（他們看到我的眼神時，能不能看出事情真正的經過？），可是他們為了救胖子的命而將進行的一長串措施，卻又像通俗劇的畫面不斷在我腦海打轉。他已經死了三刻鐘了，國王的人馬再怎麼努力，也挽回不了這個胖男人的命。

兩位急救人員下車來幫助胖子，其中一位是五十開外的中年婦女，戴著無框眼鏡，頭髮染成金色；另一位年輕得多，臉頰鼓鼓的，像花栗鼠，留著陽剛的平頭。他們並沒有奔跑，而是好整以暇、從從容容地走過去，臉上掛著微笑，兩人都經驗豐富，駕輕就熟，明白切忌匆匆忙忙，讓人人都保持冷靜有多麼重要。在這同時，一臉全是青春痘、身材高瘦的年輕司機開始從車後卸下裝備，有氧氣筒和塑膠管，上面附了一只袋子什麼的，還有一個看似吉他擴音器的黑盒子，不過從他走路一腳高一腳低的樣子看來，那東西可不輕。

媽媽在兩位急救人員身邊團團轉，扮演著受驚的居家老百姓角色，好端端平靜的星期六上午，被這個不請自來的人間悲劇打亂了。她以拿捏得恰到好處、又焦急又想幫忙的神情，回答他們的提問——他何時倒下？十分鐘——不，約十五分鐘前。妳們有沒有施行人工呼吸？對不起，那個我不會，對不起……妳們有沒有移動他？沒有，我不敢……沒有人會想到她滿口謊言。

急救人員毫不費力地將胖子翻身，使之仰天躺著，整個過程一氣呵成。「沒有脈搏，沒有呼吸。」染金髮的以實事求是的口吻宣告，好像自己不過隨口講到天氣狀況。

我不想留下來看鬧劇上演，但我覺得我也不可以避不見人——我不願令人起疑。因此，我回到屋裡，留在門口玄關處，在那兒既可看見屋外，別人也看得到我。我呢，扮演的是生性敏感的十六歲女孩，不敢眼睜睜看著如此赤裸裸又真實的生死搏鬥，就在自家車道上活生生地上演。老實講，我巴不得他們快處理完，巴不得他們趕快帶著屍體離去。等他們走了，一切就會結束，漫長的夢魘終於結束。我們的運氣好到不可思議，胖子竟是死於心臟病發，媽媽敏捷明快的主張，又突如其來且出人意表地帶著我們走出原本摸不著出路的迷宮。我只想跟媽媽獨處，享受逃過一劫的神奇滋味。

我無精打采地靠牆而立，不時看錶，指甲神經質地刮著壁紙。怎麼會這麼久？他們難道看不出來他已經死了，死翹翹了？我朝屋外看過去，瞥見臉頰鼓鼓像花栗鼠的那位正用大剪刀從中間剪開胖子的黃T恤，露出糾結、灰黑交雜的胸毛、如小丘般隆起的白肚皮，還有胖嘟嘟的胸部，粉紅的乳頭特別大。

過了幾分鐘，我再往外頭看，染金髮的正把蜷曲的電線連到黑盒子上，當媽媽沒有擋到我的視線時，我看到黑盒子上綠燈一閃一閃。

媽媽仍在扮演受驚的居家老百姓角色，她轉過頭來看著我，做了一個表情，儼然在說，**雪麗，這可真糟糕！這傢伙真是個可憐蟲！**然後轉回頭去，面朝著急救人員，一手摀著嘴，一副焦急擔心的樣子。

染金髮的這會兒手上拿著兩個貌似熨斗的黑色板子，高舉過頭，臉頰鼓鼓如花栗鼠的則有條不紊地將胖子的手錶、註記其身分的手鍊和治療關節炎的手環一一脫下。燈號一從綠色轉成橘色，染金髮的就放下板子，用力壓在胖子胸部上。胖子的手腳猛然抽搐了幾秒鐘，像是癲癇發作似的。染金髮的又俯身彎腰，準備再來一次。

屍體四肢的抽動痙攣，令人噁心得不忍卒睹，然而在同時也讓我想要放聲大笑。我偏過頭去，用手遮住臉上的笑意，走進廚房，在那裡，沒人看得見我。我站在那兒，等那一股忍不住咯咯發笑的衝動過去，巴望時間快一點流逝，眼睛直瞪著早餐凳上各種物品，卻是視而不見。

我獨自在廚房中，開始為胖子實際的死亡時間並不符合我們對急救人員聲稱的時間而擔起心來。我估計兩者相差四十分鐘左右，急救人員是否已留心到屍體有異樣之處？他們能不能一抵達現場，便看出胖子的死亡時間早於我們宣稱的時刻？屍斑何時會出現？保羅・韓尼根死後不到兩小時出現屍斑——有沒有可能更早出現？這會不會是一大破綻，讓人早就識破我們的謊言？他們是否已心照不宣地交換眼神，打算盡快向警方報告他們發覺的疑點？那位高瘦的年輕司機現下是否正摸著勒索者的汽車引擎，注意到引擎是冷的，可是如果我們說的是實話，照理講，引擎應該還溫溫的？

雖然我這人凡事愛做最壞的打算，可是就連我也無法勉強自己真正感到焦慮，我無法說服自己相信急救人員會發現屍體有可疑之處。胖子死於嚴重的心臟病發作，他在他們趕來以前便已不治死亡，他們肯定不會費事多探究一下，而我無法相信短短四十分鐘之差，便會在刑事辨識上造成顯著的不同。我們會安然無恙，我很確定，我們會安然無恙……

我回到屋外時，急救人員正在組合擔架。滿臉青春痘的年輕人走到媽媽身邊。

「妳要不要跟我們一起去醫院？還是想開自己的車跟在後面？」

這問題讓媽媽措手不及，她絕對不想到醫院去，繼續演上好幾個小時的戲。

「可是我又不認識他，」她輕快地說，「我對你的同事說明過了，他在這兒停下車，然後就倒地不起。」

媽媽的答覆似乎也讓年輕人吃了一驚，一下子說不出話來，好像以往從未有人拒絕跟他們一同去醫院過。「好的，」他總算開口說，捏捏自己肥厚的耳垂珠子，設法擠出微笑，好掩飾自己的困惑不解。

媽媽彷彿遭人指責心腸太硬，顯然覺得必須多解釋兩句。「我以前根本沒見過這個人，」她說，「他徹頭徹尾是個陌生人。」

年輕人一邊聽媽媽說明，一邊不斷地點頭，但是看來仍是一副不解且略有點害怕的神情。

兩位急救人員已將胖子抬進救護車中，在潛水艇似的車內持續不懈地對他施以急救。染金髮的替他戴上氧氣罩，伸出右手兩根指頭探觸他的頸部，臉頰鼓鼓如花栗鼠的則想替他綁上止血帶，準備給他打點滴。

高瘦的年輕人走回救護車，關上一扇後門，正要關上另一扇時，染金髮的忽然大叫一聲，好像有哪兒被弄痛了似的。年輕人愣住，臉上露出怪異表情，似乎以為他夾到了她的手指，緊張地朝車裡看。這時我看到他全身一僵。

我想看清楚到底怎麼回事，可是他穿著白衣的背部擋住我的視線，我開始慢慢走近屋子，這時染金髮的又驚聲喊叫，全然失卻專業、冷靜的作風，聲音聽來激動、無法自持又狂亂——「有脈搏，有脈搏，我摸到一絲脈搏！」

我和媽媽並肩而立，看著救護車沿著車道加速前進，警笛聲震耳欲聾，警燈在周遭畫出巨大的漩渦藍光。救護車已經駛遠看不見了好一會兒，我們還站在原地，母女倆都說不出話來，無法動彈。

當媽媽好不容易又有了動靜，轉身進屋時，留意到勒索者的眼鏡還按照她的布置，躺在碎石子路上。急救人員要麼沒看到，要不就是太激動而忘了拿。她蹲下去拾起來，打量著眼鏡。這眼鏡象徵著她悉心打造的計畫，而這個計畫竟出了這麼可怕的紕漏。

她臉色陰沈，五官猙獰了起來，有那麼一會兒，我以為她會一把將眼鏡摜到牆上。不過她並沒有冒火，把打開的鏡腳仔細地摺好，小心翼翼的，彷彿那是受傷的小鳥折斷的羽翼。

44

我和媽媽坐在客廳，頭暈目眩，茫然若失，好像剛剛有炸彈引爆，害我們耳鳴不已，沒有辦法說話，也聽不見對方的聲音。

我們倒在沙發上，無法處理方才經歷的事情（有脈搏，有脈搏，我摸到一絲脈搏！），無法相信急救人員居然救回胖子的命。我們差一點，就差一點點，便有圓滿的結局，便能得到漂亮得不得了的解決方法，乾淨利落且完美地讓一切迎刃而解，卻在最後一刻看到它被硬生生地奪走。

我癱軟無力又麻木地坐著，瞪著鋼琴底下花樣繁複華麗的地毯，不敢置信地搖頭。我們以為自己掌握著生命的道路，我們以為自己操縱著輪舵，是船長，然而真正掌控一切的，其實是運氣（或者是命運、機緣、天上神明，還是我們所選擇隨便任何一種稱呼）。我們乾脆別抓著輪舵，走到船的後艙睡覺算了，因為其實是另一種力量在決定，我們能駛抵岸邊，還是沈入大海不留痕跡。我們自以為掌握了一切，其實什麼也掌握不了。

勒索者已經死了那麼久，他們是怎麼救回他一命的？這是不可能的事，違反所有的邏輯，違反所有的常識。可是另一種力量認定事情本該如此，事情於是變成如此，就是這樣。

媽媽難過得不得了，她一心想盡量縮短實際的「死亡」時間和急救人員趕來的時間之間的差距，沒有靜下心來想想，自己說不定會給他們足夠的時間來挽救胖子的性命。

她慌亂地翻閱家裡寥寥數本醫學書——一本醫學辭典，一本個人傷害律師參考用的工具書，還有一本名為《法醫證據》的刑事法專書，總算找到相關的一個段落。書上說，在長達一個小時過後還救回人命，是有可能的事，可是受害者幾乎都肯定會腦部受損，成為無法思考、言語的植物人。媽媽讀了這段文字，精神稍稍振作了一點，但是不久又焦慮自責起來，十分沮喪。

她再也受不了這番折磨，打電話給地方上的醫院，探聽消息。她又扮演起焦急的居家老百姓角色，又從頭說起她編的故事。今早我們坐在家裡，有輛陌生的車子在車道上停下來，有個男人摀著胸口下車……電話從一個部門被轉到另一個，她很有耐心，又一字不差地重述三遍。不，她不知道患者的名字。不，她不知道是哪個病房。不，她不是他的親屬。她的電話被轉來轉去，不時有人請她稍候，如此過了差不多十五分鐘後，她總算得知那天早上沒有符合她敘述的患者入院。

媽媽終於掛上電話時，整個人精神緊繃得不得了，於是打消念頭，決定不撥電話給胖子可能被送去的其他醫院。

直到那天下午接近傍晚時分，我們才總算脫離苦海。

我長久以來一直在想像警車會上門來，這代表我們即將遭到逮捕，無法再逍遙法外，將因殺害保羅·韓尼根而受到制裁。這一天將近六點時，警車終於開上我們的車道了。

然而有別於我的預料，警車的藍色警燈並未一閃一閃，敲門聲也不大，幾乎帶著歉然的意味。與我想像的不同，迎面而來的並非穿著黑制服的條子，手中的無線電對講機畢剝作響。當媽媽打開門時，有一位穿著短袖白襯衫的年輕警察，因為天氣太熱戴不住警帽，而把它拿在手上。他看來像文藝復興時代畫作中的小天使，有一對碧眼和紅潤的臉頰，鬈曲的金髮蓋過衣領，肯定超過警方規定的頭髮長度。我見到他的第一個念頭是：**他不可能是來逮捕我們的，他們不會派天使來報噩耗……**

「芮福斯太太嗎？」他問，語氣沈緩。

媽媽點點頭，緊張得不敢開口，示意請他進客廳。我們如涉水而過一般戒慎恐懼，氣氛凝重、緊繃。大夥坐下，警察從胸前口袋掏出小記事本和蜥蜴綠的小鉛筆，然後翻著本子，尋找特定的一頁。（**上頭是否寫著他們每一回逮捕嫌犯前必須宣讀的制式聲明？他是否得照本宣科，因為他老是記不住全文——「你所說的一切都會留下紀錄，成為不利於你的證據……」**？）

我們不發一語地等著，我有種奇異的感覺，覺得時間逐漸變慢，差一點就要整個停滯不動了。周遭的一切彷彿都以慢動作進行：年輕警察翻著他的記事本，聚精會神時舌尖探出嘴角；媽媽坐在椅子邊緣，蹙著眉，額頭有一條條的抬頭紋，雙手撫臉，和孟克名畫〈吶喊〉中的橋上人物同個模樣。

再過幾秒鐘，這位年輕警察將宣判我們的命運。胖子沒死，已將一切經過向警方和盤托出，我們被捕；胖子死了，我們安全無事。

就在那一剎那，我覺得有一股異樣的平靜感流遍全身，是那種事到臨頭索性認命、處之泰然的感覺。就好像經歷太多波折，這會兒已耗盡所有情緒，一種聽天由命的空茫鋪天蓋地而來，麻痺了我，保護我不受即將到來的痛苦所侵蝕。我在想，行將被處決的人是否也有這種宜人的感受，覺得平靜且認命，在最後的痛苦時刻，當頸間繫上套索，雙手被反綁時，這給了他們保護罩，讓他們得以安詳地死去……

警察終於找到那一頁，目露精光地看著媽媽。

「我因職責所在，必須通知您，」他說，「今天在此地發病的那位先生——」他垂目瞥了記事本一眼，「馬丁．柯雷多先生——未到醫院便已不治死亡。」

「噢，太糟糕了，」媽媽說，有如才華橫溢的女演員，開口的時機拿捏得恰到好處，語調也恰到好處——真誠感到難過，但同時有微乎其微的冷靜自持意味，「太不幸了，真的太不幸了。」

我乍然放下心中一塊大石頭，喜悅之感湧上心頭，必須努力克制，以免喜形於色。我真想一躍而起，手舞足蹈；真想一把抱住警察，一吻再吻那天使般的雙頰。

他死了！胖子死了！

警察扮出痛苦的表情，藉以對柯雷多先生當天早上猝逝一事表達同情之意，不過他表現得不夠到位，我看到他偷偷瞄了手錶一眼。他想長話短說，想盡快走人。

他傾聽媽媽再次重述事情經過，不過他這麼做顯然是出於禮貌，而不是因為警方真對案情有興趣。他不時點頭，嗯嗯有聲地附和，但是沒有在記事本上記下隻字片語，而且早就把袖珍鉛筆放回口袋中。他環顧客廳，似乎在指望會有隻小狗突然闖進來，給他轉移話題的藉口。

媽媽講完以後，有好一陣子沒人開口，靜默得讓人坐立不安。警察顯然迫不及待想告辭，挖空心思想說兩句得體的話。

「據我所知，他有很長的心臟病史，剛出院不久。」

「是這樣嗎？」媽媽說，「真讓人難過。」

又是一陣叫人不自在的沈默，接著他努力說出老生常談的哲思。「唔，生命本如此，每一分鐘都有人出生，每一分鐘都有人死亡。人生就是這樣，不是嗎？」

他言猶在耳，大夥一陣尷尬，媽媽趕在母女倆忍俊不住前巧妙地化解僵局。她一躍而起，說：「是啊，嗯，您想必是個大忙人，感謝您抽空過來告訴我們事情的結果，您實在太好心了。」

我也站起來，警察看到我起身，有點太過熱切地從椅子上跳起來，三人不知所措地杵在那裡，都在暗自竊喜，會晤總算結束了。

「哦，我差一點忘了，」媽媽從鋼琴頂上取下胖子的眼鏡，「救護車急救人員忘了拿走這個。」

警察舉起大眼鏡框，好像想開個玩笑什麼的，接著想起來這副眼鏡是在什麼情況下遺落此地。眼鏡剛剛好可以塞進他胸前的口袋。

我們送警察到門口，走上車道。

「那是他的車子嗎？」他問，手中的警帽衝著那方向一比。

「呃，是的。」媽媽說，掩不住語氣中的緊張。

他繞過去到這輛破爛的青綠色汽車的駕駛座旁，探身而進，停留了幾分鐘。我對媽媽拋去探詢的一眼，她聳聳肩算是回答，不過我看得出來她前額又浮現抬頭紋。

警察終於關上駕駛座的門，接著一手扠腰，一手搔著太陽穴，繞著汽車走了一圈。

「好奇怪，」他說，臉上帶著不解的微笑。

「警察先生，怎麼了？」媽媽整個人突然少了幾分令人信服的神采，表情緊張又脆弱不安。

「呃，車子停得很漂亮。」他奉派來出這一趟乏味瑣碎的任務，這下子總算發現有點意思的事情。「我的意思是，他心臟病發作，卻能乾淨利落地把車正好停在你們的車後。還不只這樣而已，他也把排檔拉到空檔，還拉了手煞車，熄掉引擎，把鑰匙收進口袋中——可是當時他一定極端的痛苦。這太神奇了！」

他對媽媽微笑，但是她似乎不知該如何反應是好；他那一雙清澈的碧眼令她難以招架。

「我猜是習慣使然吧，」她乾巴巴的說。

「一定是這樣，」他笑道，一隻大拇指勾進褲袋，「一定是這樣，不過還是很不可思議，對吧？」

「對呀，」媽媽不得已勉強附和地說，「令人很難相信。」

這位警察面露既困惑又莞爾的神情，端詳著車子好一會兒，最後甩甩頭說，做這份工作，老是會讓人見識到叫人驚異的事物。他轉身，舉步走回巡邏車。

「我們今晚會派人過來把車子拖走，」他回過頭來喊道，「我相信妳們可不希望車子擋在這兒一連好幾週。」

說完，他發動引擎，隨便做了個敬禮的手勢，駕車離去。

45

第二天是星期日，我和媽媽賴床，還打破慣例，吃了一頓熱騰騰現煮的豐盛早餐，有雞蛋、培根、蘑菇和煎番茄。我們坐在廚房桌旁，一面吃，一面翻閱週日報一大疊的增刊。媽媽看來年輕了十歲；前一天早上疲憊和緊繃的神情，從她臉龐上消失無蹤。

「妳睡得好不好？」我斗膽問道。

她笑得開心。「睡得很好，雪麗，謝謝，真的睡得很好，睡得像小嬰兒似的。」

我也微笑，媽媽恢復睡眠了，這是個好跡象。

那一天有如聖誕節，有種特別的性質，帶有魔力。我們在經歷前一天的風波以後，在四月十一日凌晨遭遇過林林總總的波折，生活變得有如雲霄飛車般高低起伏令人反胃以後，這一切終於結束了，這種鬆了一口氣的感覺真是甜美。

我覺得好幸福，覺得自己像是海難中的倖存者，坐在救生艇上漂流了好幾週，飽受風吹雨淋，如房屋般巨大的波濤一次又一次讓小艇翻了過去，結果居然死裡逃生，冷不防發覺自己坐在熊熊火堆前，裹著毛毯，啜飲著熱茶。我津津有味地品嘗周遭種種世俗而微小的細節，彷彿在見證奇蹟：牛奶如蕈狀雲一般，緩緩伸出觸角，融進深黑色的咖啡中；灰塵微粒在斜照進廚房的陽光中旋轉，好像自成袖珍的太陽系；媽媽看報紙時，下眼瞼有紫色的微血管；遠處教堂的鐘聲融合成模糊但透明的一片，似乎在述說牧歌般、一盒巧克力式的往昔時光。我品味著這一切，為萬事萬物各自存在感到快樂。

我們到十一點才更衣，接著又坐回廚房桌旁，繼續看報，再煮了一壺咖啡。

我們並未多談前一天的事，不過三不五時就會有一個念頭浮現我們的腦海，我們倆當中有一人便會開口。

「妳認為勒索者說的是實話嗎？」我問，「妳知道，就是當他說他沒跟別人講我們殺了保羅．韓尼根。」

媽媽考慮了一下。「沒錯，我想他說的是實話。畢竟，有關他的心臟狀況，他就跟我們講了實話。」

「還有保羅．韓尼根沒有任何近親會來找他的那一部分呢？」

「這部分就比較難講了，他只是聽韓尼根這樣說而已。我只能說，我直覺認為一切都已經結束了，我真的相信這會兒已經結束了。」

過了一會兒，媽媽感嘆道：「雪麗，想想看我要是打中了他，我們就得處理掉他的屍體，還有那輛破車，妳想想哦！」

我搖搖頭，光是想到我們險些又得重新歷經那種種的恐怖，就感到難受。我們究竟該拿胖子的屍首如何是好？埋在院子裡嗎？在菜圃裡挖墳嗎？我們又該如何處置那輛車子？冒著種種伴隨而來的風險，把它丟棄在他處；還是按照我的建議，推入國家公園的礦坑中？單是想一想就叫人受不了……

「感謝老天爺讓妳手拙射不準，」我開玩笑地說，但是媽媽並未如我所料報以笑聲。

「這就像奇蹟一般，」她說，「我的意思是，距離那麼近，我居然還會射偏？槍簡直就貼到他的後頸了，雪麗，不可能的，就是不可能。」

稍後，我想到前一天母女倆的一席談話（迫移，這是下西洋棋的用語），於是說道：

「這有點像是下西洋棋，對不對？」

「多多少少是吧，我們必須費盡心思考慮要採取的每一步驟。」

我想到媽媽從拿著砧板往保羅・韓尼根腦袋上一砸那時起下的每一個決定：不報警，而把他埋在院子裡；日常起居一切照舊，好像沒事發生一般；把垃圾袋棄置於廢棄礦場，別人一輩子也找不到；保留手槍；她一發覺他死於心臟病，便重新布局留給急救人員處理。這麼多困難的決定，這麼多正確的行動。

「媽，妳下了一場高明的棋。」

「我們倆都下了棋，雪麗，兩人都下了棋。」

當我在木椅上坐太久，背開始痠痛，也讀膩了時裝新趨勢、新的節食法、新的電影和新進小明星時，開口說：「媽，我對我們所做的事並沒有罪惡感，我很高興他們倆都死了，我一點罪惡感都沒有，就連昨天的事也一樣。他活該如此，依我看，就是清除人渣而已。我們做的林林總總每件事，都是為了防衛自我，即便昨天也是這樣。」

吃過午餐，我們驅車至鄉間，沿著河畔的水草地散了一個長長的步。又是一個陽光燦爛的好日子，春光明媚，色彩絢麗，生氣蓬勃，油菜花鮮黃到令人簡直無法直視，花朵彷彿緊盯著太陽灼熱的心臟不放。天空一片湛藍，遠遠的山丘是淡淡的薰衣草紫，河畔新綠的小樹是近乎黃色的萊姆綠，高高的草叢碧綠，草叢間長著純白的野花。

「好像置身於梵谷的畫裡，」媽媽說，「彷彿顏料剛被擠出來，尚未在調色盤上調和。」

我們散步到河畔隱蔽處，刺人的蕁麻在那兒肆意瘋長，媽媽左顧右盼，確定周遭沒有行人，也沒有漁夫時，從手提包中拿出槍，迅速拋進河中。耳邊傳來宜人的噗通一聲，手槍沈沒不見。

「妳不是說，水總是藏不住祕密？」

「無所謂了，他們絕對無法從這把槍追查到我們，我就是不想再放在家裡。」

「妳確定我們以後不會需要它？」

媽媽伸出一手攬住我。「是的，雪麗，我確定。在我們歷經這麼多事後，我今後再也不會被任何事物嚇倒。」

我們在柳蔭下乾地上一個小小的凹處，燒掉保羅．韓尼根的駕照。媽媽用打火機引燃駕照，它慢慢變黑，四個角落受熱，開始向內捲曲，散發出臭氣薰人的黑煙，我認為那正是保羅．韓尼根惡臭的靈魂焚化所發出的氣味。我看著他的臉融化起泡，逐漸不可辨識，覺得卸下了心頭的重擔。

胖子揭露我藏有駕照的事並未如我所料，引發我和媽媽之間一場無法避免的大吵——即便是前一日當我們待在屋裡良久，籠罩在愁雲慘霧中，忐忑不安地等待命運的裁決時，母女倆也相安無事。這會兒，這張駕照在我倆之間乾爽的小洞中逐漸燒燬了，我知道我們永遠也不會為此爭吵。媽媽永遠也不會為了此事而質問我，她絕對不會責罵我，絕對不會重提此事。我知道她已經原諒我了。

媽媽看著我，甜甜地笑了，「以後不會再瞞著我？」

「不會再瞞著妳，」我毫不猶疑，一口答應。

火焰熄滅，熱度慢慢冷卻。我撥了撥那扭曲變形、如蟲般的黑色玩意，那便是保羅．韓尼根駕照的殘骸，經過一撥，霎時化為灰燼。

那天下午我們倆都有興致到院子裡坐坐，雖然我的疤痕復原狀況不錯，我還是得小心，我們四下打量，想找個合適的樹蔭坐下乘涼。

「那裡怎麼樣？」媽媽指著院子另一頭說。

我臉色刷白，她指的是橢圓形玫瑰花壇的方向，粉紅玫瑰盛開，繁花似錦，有如用花朵拼成了大噴泉。

她看見我的表情，明白自己的錯誤。「也許那裡比較好，就在那──」

所以我們就搬著塑膠材質的庭園椅，坐在玫瑰花蔭裡，距離保羅．韓尼根的淺墳不過數公尺。我按捺住心中的反感，控制它，平心靜氣地看待它。不論我距離保羅．韓尼根的屍體是近是遠，他都將一輩子跟著我。其實，我逐漸相信，如今他已是我的一部分了，就像我在電視上看的部落族人那樣，他們相信他獵殺的野豬或猴子，成為他們的一部分。我已逃不過，擺脫不了他。不論遭遇順境或逆境，保羅．韓尼根這下子將和我長相左右。

這幕超現實的場景甚至給了我構想，日後可拾筆畫出來：兩位高雅的維多利亞仕女在草地上喝茶，在她們身後的花壇上，隱約可見一具穿著壽衣的發綠屍體。我要把畫名叫做〈生之涯死之境〉，名稱得自基督教葬禮儀式，傳達出的訊息是：不論我們在哪裡、在做什麼，死亡和恐怖一直離我們不遠。挑戰在於，繼續過自己的日子，讓自己快樂，同時仍可用眼角的餘光始終看著它們，影像儘管模糊，卻一直在背景當中隱約可見。

我們昏昏沈沈地打著盹，懶洋洋地閒聊，當整個前院都籠罩在藍紫色的陰影中時，我輕輕碰一碰媽媽的肩頭。

「媽？」她懶得睜開眼睛，瞌睡兮兮地笑了笑。

「媽，我想回學校。」我說。

她這下子張開了眼睛，眼神既意外又著急，眉頭又蹙了起來。「雪麗，可是再過幾個星期就要會考了。妳這一屆的同學眼下都在放溫書假，不是嗎？」

「沒錯，」我說，「但是有幾門復習課我滿想去上的。哈利斯太太知道詳細情況，我想在會考前再見到幾位老師，特別是布里格小姐。」

媽媽尚未說出她真正的疑慮，依舊眉頭不展。「那幾個女生呢？泰瑞莎．華生和另外那兩個？要是她們也去上那些課怎麼辦？」

「依我看，她們不會去上課，媽。我懷疑她們會對復習課感興趣，不過，如果我真的見到她們……」

我還記得自己是如何從飯廳桌上拾起刀，刺進保羅．韓尼根的背部。我還記得自己是怎麼追著胖子跑上車道，一心只想殺死他。泰瑞莎．華生敢動我一根汗毛，我會在她還來不及搞清楚狀況時，就把她按在牆上，一手掐住她的喉嚨。當她看著我的眼睛，看到我能做出什麼樣的事，會嚇得魂飛魄散。我已經殺了兩個男人，區區女學生再也嚇不倒我了。

「放心，她們不會對我怎麼樣的，我已經不怕她們了。話說回來，這會兒應該是她們要怕我才對。」

我知道這些話出自我口中，可是那調調聽在我耳裡好陌生，簡直像是別人說的。再也不是一隻小老鼠在開口說話；再也沒有沿著壁腳竄逃，想找個安全的躲藏處這種事；再也不會一動也不動，指望別人看不見自己。我覺得自己堅強了，有信心了，也比以前有能力了。生命本殘酷，生命本野蠻，生命如戰爭，這會兒我可了解了，我可接受了。我要說，放馬過來吧，我才不要淪為受害者。再也不要。

「媽，還有一件事，我想打電話給爸爸。」

她的手臂好像被刺到一般，縮了一下，咬牙緊抿著嘴。

「嗯，妳可以自己決定，」她說，聲音乾巴巴、帶著抖音，「我不會阻止妳。」

不，她不會阻止我，佐依也不能阻止我。即使接電話的是佐依，我也不會裹足不前（「告訴他說是他女兒打來的」）。他不能輕易就拒絕我，非得給我一點解釋不可，非得負起責任不可，非得聽聽我一定要說的話不可。

媽媽摸摸我的後腦勺，順順我的頭髮，手撫著我的脖子。

「傷口癒合得很漂亮，」她說。

「我知道，我知道，再過幾個月就幾乎不會注意到了。」

她輕輕地撫摸我的臉頰，微笑，「跟新的一樣好。」

「不對，」我撒嬌說，「比新的更好。」

國家圖書館出版品預行編目資料

2隻老鼠 /戈登．芮斯(Gordon Reece)著；
韓良憶譯. — 初版. — 臺北市 ：
大塊文化，2012.05
面 ； 公分. — (to ; 75)
譯自 ：MICE

ISBN978-986-213-330-9 (平裝)

887.157　　　　101004061

LOCUS

LOCUS

LOCUS

LOCUS